불의 여신 정이

2

불의 여신

정이

권순규 장편소설

황금가지

차
례

9장
흙은 빚고 꽃은 만개한다

🌱

태토는 흙土, 유약은 물水, 안료는 금金, 가마는 불火, 장작은 나무木,
하여 오행五行이라.

　유난히도 드셌던 그해 겨울이 눈 녹듯 사라지고 이내 진한 봄
내음이 동풍을 타고 사대문을 넘어섰다. 세월은 유수와도 같아
흑단처럼 검었던 강천의 머리카락에 드문드문 흰 서리가 내려앉
았고 거칠고 매서웠던 성정도 그만큼 누그러졌다. 사옹원 본원을
거닐던 강천이 처연한 눈빛으로 낭청실로 들어서자 방을 가득 에
운 무수한 자기들이 눈에 들어왔다. 수 세월 동안 옆에 두고 보아
온 것이지만 오열을 맞춘 각양각색의 자기를 마주할 때면 늘 하
해 같은 환희가 가슴에 스미었다. 그중 작은 그릇 하나가 눈에 띄
었다. 조심스런 손길로 먼지를 닦아 내자 이슬이 맺히듯 눈가에
눈물이 웅어리졌다. 슬픔도 그리움도 아닌 그렇다고 아쉬움도 아
닌 묘한 눈물이었다. 그제야 누군가의 죽음이 납득이 되었다. 겨울

을 녹이고 찾아든 봄이 강천의 냉한 가슴까지 어루만지고 있었다.

폭염이 찾아든 건 삽시간이었다. 변수로서 분원을 통솔한 요
몇 개월 동안 육도에 대한 사기장들의 신임은 아비 강천을 능가
할 정도였다. 냉철한 머리에 차분한 심성이라 분원의 대소사를
처리함에 빈틈이 없었고, 때 아닌 모진 상황에 맞닥뜨려도 뭉글
뭉글한 진흙처럼 쉬이 제자리를 찾았다. 분명 제 아비를 닮았으
나 백색도 아니고 흑색도 아니었다. 남들이 보지 못하는 것을 보
았고 남들이 느끼지 못하는 걸 느꼈다. 흙으로 옥을 만든다고 소
옥이라는 별명도 붙었다. 하나 크게 기뻐하지도 오만함에 소리치
지도 않았으니 그것이 제가 가진 힘과 권능을 더 부추겨 아랫사
람들로 하여금 경외케 만들었다. 하나 높은 곳에서 내려다보는
이는 늘 위태롭고 외로운 존재였다. 아래엔 있었지만 옆엔 없었
다. 해서 늘 혼자였지만 그렇다 하여 저 아래로 내려가고 싶단 맘
또한 없었다. 차라리 더 올라가 보고 싶었다. 더 이상 오를 수 없
는 세상에서 가장 높은 곳으로. 백자기가 가져다준 황금의 무게
가 탐욕 가득한 육도의 가슴을 짓누르고 있었다.

가을이라, 하나둘 떨어지던 낙엽이 바람에 쓸려 길을 만들고
있었다. 그 길을 걷는 광해의 심중에도 앙상한 나뭇가지처럼 적

적한 쓸쓸함이 찾아들었다. 그간 무엇을 한 것도 이루어 낸 것도 없었고, 정이에 대한 그리움은 지워지기는커녕 시간이 지날수록 증폭되었다. 기실 성장이라는 것이 긴 시간을 필요로 하는 것은 아니었다. 수년간 변하지 않던 생각이 정이와의 그 짧았던 만남에서 너무나 많이 변하였다. 하지만 춘삼월 봄날에 만난 이가 겨울을 알리는 소설小雪의 눈발과 함께 사라져 버렸다. 상처인지 성장인지 모를 것을 남기고 간 이는 자신에게 아무런 질문도 하지 않았지만 홀로 남은 광해는 수백의 질문에 자문자답해야 했다. 왕세자 자리를 둔 진흙탕 싸움에서 한참 비켜나 버린 자신이 할 수 있는 거라곤 고작 책을 읽고 검술을 연마하는 것밖에 없었다. 자폐되지 않기 위해서라도 소홀히 할 수 없었으나, 검으로도 베지 못할 제 신분과 낙인처럼 지울 수 없는 서자 차남의 굴레가 가슴을 옥죄었다. 하늘은 청명하였으나 바람은 차가웠다. 일찍이 찬 겨울의 한기를 머금은 서늘한 삭풍이 광해의 가슴을 훑고 지나갔다.

간헐적이던 왜구의 노략질이 밤낮없이 잦아졌고 백성을 지켜야 할 관군은 멀찌감치 불구경 하듯 손을 놓고 있던 때였다. 첫 눈송이가 태도의 어깨에 내려앉자 무심한 마음에도 싸한 냉기가 들어 앉았다. 어느덧 일 년의 시간이 지나 있었다. 정이를 못 본

지도, 광해를 떠나 이곳 전라 전주에 정착한 지도. 몸은 가벼웠으나 마음은 무거웠다. 세 살 때 장난으로 잡은 목검이 어느새 사어피를 두른 명검이 되어 있었다. 왕가의 사인검에는 미치지 못하겠지만 민초의 일 년 벌이가 들어가는 값비싼 검이리라. 자신의 영달과 안녕을 위해서가 아닌, 실로 지켜 주고 싶은 사람을 위해서였다. 광해가 아니었다. 그저 이름 석 자 정여립鄭汝立이라 했다. 처음 본 순간 사내의 눈에 범상치 않은 기가 서려 있음을 보았다. 그 기는 천하를 평정할 꿈을 꾸는 자에게서나 볼 수 있는 것이었다. 천하를 꿰뚫어 보는 듯 광채가 빛났고 천하를 호령하는 듯 위엄이 서려 있었다. 그럼에도 늘 아래를 돌보는 사람이었다. 제 기준에선 한 줌의 가치도 없던 사소한 것들이 그에겐 삶의 애환이었다. 자신의 목숨만큼 백성을 위하는 그런 사내였다. 해서 저도 백성을 지켜 주고 싶었다. 제 칼로 주군을 지켜 주고 싶었다. 열세 번째 왜구의 목을 그었을 때 태도의 검 위로 올해의 첫눈이 떨어졌다. 세상에서 가장 지키고픈 이가 떠난 지 벌써 일 년이 지난 때였다.

만물의 조화가 오행에서 비롯되었고 인간의 삶 또한 오행이 결정짓는다 하였으니 그릇을 빚는 것 또한 오행에서 비롯되는 법이리라. 흙土과 물水이 한데 섞여야 반죽이 나오고, 그 반죽으

10

로 빚어낸 그릇을 불火로 구워 내야 그럴싸한 초벌기물이 나온다. 여기에 금金으로 화한 오색 안료로 문양이며 색을 넣고, 나무木 태운 재를 물水에 동해 유약을 만든 다음 초벌기물에 씌워 재차 불火로 구워 내야 그릇이 완성된다. 해서 그릇을 빚는 데 오행이 필요했고 정이의 첫 번째 교육은 오행 중 토土, 흙이었다. 천천히 흙을 어루만진 문사승이 말했다.

"네 나이만큼이나 창창하던 시절에 조선을 떠난 적이 있느니라. 더 넓은 세상 앞에 서고서야 보이지 않던 것이 보였고 볼 수 없었던 것을 볼 수 있었지. 주름진 노인을 보았고, 병자도 보았고, 장강의 거지들과 함께 살을 부비기도 했으며, 고관대작과 함께했고, 금은보화를 끼고 주지육림에 빠지기도 했었다. 그리 십 년 세월을 보내고 나서야 무엇이 옳고 무엇이 그른지를 깨달을 수 있었고, 무엇을 버리고 무엇을 취해야 할지도 알게 되었다. 한데 그 모든 것이 또한 착각이었음을 고향 땅을 밟고서야 알게 됐느니라. 멀고 먼 타향 땅에서 내가 보고 느낀 것은 모두 허상이며 망상일 뿐이었다. 아느냐? 그 넓은 세상에 수많은 만물의 조화가 어우러져 있었지만, 결국 내 나라, 내 고향, 내 가족이 그 모든 세상의 시작이었던 게지. 그것이 만 리 길 끝에 얻어 낸 작은 깨달음이었느니라."

무언가 정체모를 동함이 있었지만 예순을 넘긴 문사승의 푸념 섞인 교훈은 채 절반도 이해할 수 없었다. 흙을 만지작거리던 문사승이 말을 이었다.

"나를 보거라. 이제 보니 아내도 없고 자식도 없다. 굴곡진 인생 끝에 흰머리와 주름살만 가득하니 이 한줌도 안 되는 흙과 무엇이 다르겠느냐. 이 얼빠진 흙이 내 몸뚱이고 정신의 산물이며 삶의 유일한 의미가 되는 게지."

무언가 가슴을 울리는 목소리였다. 정이가 고개를 끄덕이자 흙 내음을 맡고 한 분지 찍어 맛을 본 문사승이 재차 말을 이었다.

"텁텁하고 심심한 맛 가운데 비린향이 가득한 걸 보니…… 한강수와 만나는 개천의 흙이로구나."

화들짝 놀란 정이가 물었다.

"그걸…… 어찌 아십니까?"

"들판의 흙은 그 안에 품은 꽃을 빚는 것이라 그릇에 꽃향기가 나는 법이며, 강둑에 쌓인 흙은 천년 강물의 숨결과 닿았으니 그 안에 숨 쉬는 생명을 담고 있고, 바다가 토해낸 짜디 짠 갯벌의 흙은 이리 빚든 저리 빚든 창창대해의 빛깔을 품게 되는 법이다. 팔도산천을 떠도는 그 어떤 이름 없는 흙도 후덕한 사기장의 손길 아래서 달빛과 교접하고 바람에 걸러지면 좋은 백토가 되는 법이니, 좋은 사기장이란 이러한 흙의 본질을 마음에 담아 고스란히 손끝으로 표현해내는 사람이다. 알아들었느냐?"

주름진 눈빛이 정이를 향하자 문사승의 말을 고이고이 곱씹은 정이가 조심스레 물었다.

"예, 모든 흙이 자연이며 생명이란 말씀이 아니옵니까?"

"아니, 또한 사람이다."

"흙이 사람이란 말씀이옵니까?"

"어리숙해 보여도 말귀는 알아듣는 게로고. 흙이 사람이다. 어디 그 뿐이냐. 같은 흙에도 남성이 있고 여성이 있느니라. 서로 오랫동안 위 아래로 포개져 있는 흙은 위아래를 함께 파내어 고루 섞어주는 것이 좋은 법이다. 그리해야 남녀가 화합하듯 좋은 흙이 잉태되는 게지. 그리 생각하고 흙을 대해야 한다. 그저 사람에게 뼈와 살이 있듯이 흙에도 뼈와 살이 있으니, 너도 그런 흙을 찾거라. 살아있는 흙을 찾아야 하느니라."

봄이었으나 채 녹지 않아 얼어붙은 지반은 태토를 채취하는 정이에게 커다란 적이었다. 식토에 정저사, 양토에 생명토, 부엽토에 운적토, 갈매흙과 감탕, 감흙과 갓돌, 개흙과 굴개, 막백토며 메흙까지, 손톱이 빠지고 생살에 다시 손톱이 돋아나길 두어 번, 씻고 씻어도 전신에서 진동하는 흙내가 가시질 않은 때야 겨우 예순 종에 이르는 태토를 분간할 수 있었다.

여름 산에 만개한 꽃들이 향내로 유혹했지만 잠시 들여다볼

겨를조차 없었다. 두 발이 떨어져라 산과 들을 누비었고 찌릿한 통증에 매일 밤잠을 설치었다. 그런 중 보고 느낄 수 있었다. 깊은 산중에도 바람이 불면 양지의 풀은 새파란 솔잎이 있는 듯 없는 듯한 바람에 머리를 흔들어 춤추고, 새벽이면 축축하게 물먹은 땅에서 뽀얀 김이 몽실몽실 피어올랐다. 자욱히 피어오른 아지랑이가 바람에 일렁거리며 대기 속으로 녹아드는 것을 무심히 본 정이의 눈빛이 반짝였다. 숨 쉬고 있었다. 흙이, 대지가. 살아 있는 생명체였다.

두 손 가득 물통을 든 정이가 뒤뚱뒤뚱 문사승의 뒤를 따를수록 물통의 물은 점차 줄어들었다. 흘어진 물을 보니 힘겹게 이고 온 것이 아까운지라 정이는 계속해서 뒤와 발밑을 살폈다. 냇가 앞에서 멈춘 문사승이 정이에게 냇물을 떠 보라고 하자 정이가 물통을 내려놓은 뒤 냇물을 퍼 담았다. 중턱을 넘어온지라 목이 간질간질 타고 들어 단숨에 두 손바닥에 물을 모아 들이켰다. 절반도 마시지 못했으나 겨우 마른 목은 적실 수 있었다. 그때 문사승이 입을 열었다.

"애초 모든 만물이 이 물에서 시작되었느니라. 하나 어떠하냐. 만물을 지배하려는 인간 역시 손바닥에 차는 한 줌의 물도 떠올릴 수 없음이다. 사람의 몸이 아니면 물을 채울 수 없으니 흙 또

14

한 물길이 닿지 않는다면 죽은 흙과 다름없다. 이 물은 흐름으로써 정기를 받고 생을 이어 가니 이 모든 것이 자연의 이치에서 비롯되는 법이니라."

"하오면 스승님. 물 또한 흙처럼 생명이 있다는 말씀이십니까?"

문사승은 말없이 냇물이 흘러가는 먼발치를 응시했다. 산등성이를 타고 내려온 냇물들이 곳곳에서 제법 모여들어 퍼져 나가고 있었다. 큰 바다로 나가기 위한 소박한 꿈을 이룬, 그럴듯한 모양새를 갖춘 듯 보였다.

"물의 숨결을 느껴야만 그 물을 담을 그릇 역시 적절히 찾아낼 수 있느니라. 물과 흙의 배합은 그것에서부터 시작된다."

'물의 숨결이라.'

우두커니 우물을 바라본 적이 있었다. 우물이라는 커다란 몸뚱어리가 물을 담고 있었다고 생각하니 이끼가 무성한 낡은 우물도 사람과 진배없다는 생각이 들었다. 우물물이 없었다면 우물이라는 통 또한 죽었을 것이리라. 작은 깨달음에 입술을 봉긋하니 모은 정이의 머리 위로 문사승의 목소리가 들렸다.

"항아리, 주전자, 요강, 하물며 종지라도. 어느 것 하니 물이 닿지 않는 것이 없다. 물이 없이는 그릇이 완성될 수 없으나 완성된 그릇 또한 물이 없다면 제 역할을 할 수 없는 것이다. 요수든, 설수든, 정수든, 그 물을 온전히 떠받들 그릇이어야만 제 쓰임새를 다하였다 할 수 있느니라."

정이의 시선이 냇물을 향했다. 연신 출렁이는 냇물의 요동 소리가 노랫가락 마냥 흥겹게 들렸고 지난 밤 내내 쏟아졌던 빗물과의 화합이 정겨워 보였다. 마치 살아 있는 듯했다. 아니, 분명 살아 있었다.

"그릇이 어떠한 형태를 담는가는 흙과 물의 만남에서부터 시작되느니라. 양질의 백토라 해도 고인 물을 만나면 그 흙 역시 생기를 잃게 되고, 옥정수를 쏟아 붓는다 해도 죽은 흙은 살릴 수 없느니라. 중요한 것은 흙을 살리고, 흙이 가진 본질을 보호하며, 흙이 다른 삶을 배양하는 데 있어 최고의 배필이 되어 주는 물을 찾아야 하는 것이니라."

땡볕 여름의 햇살은 정이에게 쥐약이었다. 헉헉대며 산길을 오르자 발목까지 땀이 차올랐다. 이대로 실신할 것만 같다는 생각이 뇌리를 스칠 때쯤 차가운 개울물이 눈에 보였다. 풍덩 뛰어들어 시원한 물속에 몸을 담그서야 겨우 살 것 같았다. 그때 무언가 작은 깨달음이 있었다. 흙과 물이라. 정이의 입가에 미소가 일었다. 그것이 두 번째 발견이었다.

하여 요수에서 설수, 정화수에 옥정수, 한천수와 온천수, 천리수에 정수, 순류수와 역류수까지, 여름이 다 가도록 세상에 존재하는 57종의 흙과 19종의 물을 모두 모았다. 하나 정작 어려운 것은 그 이후에 꼬박을 만드는 과정이었다. 수비한 흙을 물과 한데 섞어 반죽하는 일이라 여인에겐 너무도 힘에 부치고 벅찬 작업이었다. 부르튼 손에 굳은 살이 박히고 팔이며 다리며 매일같이 반복되던 통증이 무감각해질 때쯤에야 겨우 제대로 된 꼬박을 만들어 낼 수 있었다.

그 여름의 끝에 문사승을 따라 산에 올랐다. 사람의 발길이 닿지 않는 깊은 산 중턱까지 올라서야 빼곡히 들어찬 소나무 숲이 눈에 들어왔다. 잘려 나간 나무도 죽은 나무도 없이 온전히 살아 있는 숲이었다. 내심 좋은 땔감이 가득한 곳을 문사승이 여태 비밀로 한 이유가 이해되질 않았다. 얼마 전에도 땔감이 없어 웃돈을 얹어 준 뒤 어렵사리 저자에서 구해 왔었다. 정이의 호기심 어린 눈빛을 본 문사승이 입을 열었다.

"이곳에 있는 송목은 향후 오 년 후까진 절대 베어서도 건드려서도 아니 된다."

좋은 땔감이 천지에 널렸는데 오 년간이나 방치한다니. 의아한 정이의 눈빛에 사승이 말을 이었다.

"흙에서 시작한 풀이 무성해진 후에야 날아든 씨앗이 소목이 되고, 하여 사시사철을 견디고 견뎌 내야만 비로소 이 거대한 송목이 되는 것이다. 하나 홀로 솟은 송목은 힘이 없고 불을 피우는 데도 긴 시간이 걸리는 법이다. 가령 불을 붙였다 해도 쉽게 꺼지거나 화력이 약하여 자기를 구워 내는 적정의 불길을 쏟아 내기도 전 재가 되고 마는 법이지."

문득 아버지를 따라 땔감을 구하러 간 기억이 떠올랐다. 비가 세차게 내린 후라 마땅한 땔감을 구하기 힘든 날이었다. 여름내 찌는 더위가 더욱 발길을 지치게 했었다. 한시라도 빨리 돌아가고픈 마음 뿐이었다. 한데 을담은 소나무 줄기가 꺾였다거나, 이파리가 죽었다거나, 정이가 듣기에는 영 말도 안 되는 이유들로 땔감 목들을 그저 지나쳤다. 이제야 그 이해 못할 을담의 행동들이 온전히 이해되었다.

"송목의 뿌리는 하나의 젖줄로 이루어져 있느니라. 한 송목이 위태로우면 다른 송목들이 제 영양분을 나누어 주는 게야. 이리한데 모여 자라야만 좋은 송목으로서 가치가 있는 법이다."

나무 가까이 다가간 문사승이 오래된 지우를 만난 듯 소나무를 찬찬히 어루만졌다.

"송목은 뿌리며 줄기, 잎, 꽃가루, 하물며 솔씨나 송진, 관솔까지 어느 것 하나 버릴 것이 없다. 모든 것을 하찮은 인간들에게 내어 주고 비로소 제 생을 마감하는 것이다. 죽은 후에도 송목 밭에 자라는 송이버섯은 또 어떠하냐. 또 죽고 나서 다섯 해가 지난 후 뿌리에서 기생하는 복령이며 송진을 모태 삼은 호박석까지, 송목이 인간에게 주는 선물은 끝이 없다."

듣고 보니 소나무가 인간들에게 턱없이 많은 것을 베풀고 있는 것이 그저 저를 위해 아낌없이 베풀었던 아비 을담 같았다.

"좋은 땔감은 창창한 젊은 시절을 맞은 송목이다. 여러 줄기가 부채처럼 자라난 것이어야 하며, 그 줄기가 곧고 수관이 좋아야 하느니라. 굵은 몸통에 안쪽의 심재는 황적색을 띠고, 겉은 적갈색을 띠어야 양질의 자기를 구워 내는 데 적합한 땔감이라 할 수 있다."

다시 여름이 지나고 가을이 되어서야 가마 앞에 설 수 있었다. 정이도 모르게 어깨가 움츠려 들었다. 잊으려 할 때마다 짙어지는 아버지에 대한 기억 때문이기도 했다.

"마음이 어지러운 게 있다면 모두 털어 내고 오거라."

정이는 멀겋게 문사승을 바라봤다. 설마 제 속내를 읽기라도 한 것일까. 내심 찔리는 까닭에 정이는 부러 장작을 보관하는 창고로 향했다. 봄날에 베어 두었다 묵혀 둔 소나무들이 창고 한 편에 가득 쌓여 있었다. 얼마 전까지만 해도 진을 빼고 껍질을 벗기는 작업에만 매진했었다. 소나무의 희생이 안쓰러웠던 것일까, 그리 어렵게 손질한 땔감을 쓴다 생각하니 저도 모르게 눈물이 왈칵 쏟아졌다. 한 아름 땔감을 담아 들고 가마 앞에 서자 문사승이 기다렸다는 듯 입을 열었다.

"가마의 불길 앞에 서는 사기장들은 강렬히 희구하는 마음을 담아야 하느니라. 아느냐? 가마는 자궁이요, 자기는 태다. 사기장에게 가장 중한 것이 불이고 또한 가장 두려운 것이 불이다. 하니 사기장은 불의 신을 노하게 해선 안 되는 법이다. 이 가마가 너를 산 채로 태운다 해도 말이다."

잠시 불길을 살핀 문사승이 말을 이었다.

"땔감과 가마 그리고 너의 두 눈이 삼위일체가 되어 조화를 이룰 때만 최상의 불길을 만들 수 있는 법이다. 어디…… 네 눈에 보이는 색을 말해 보거라."

잠시 가마를 살핀 정이가 말했다.

"붉은빛이긴 하나 어두운 안개가 낀 듯 침침합니다."

"옳거니. 기억하여라. 지금 네가 보는 이 불이 초벌구이에 적정한 불길이 되기 직전의 빛이다."

시간이 지나자 불길이 어느새 주황빛을 띠고 있었다.

"불길의 빛을 얼마만큼 정확히 잡아내느냐의 판단이 도자기의 빛을 품는 데 가장 큰 역할을 하느니라. 하니 제아무리 뛰어난 사기장이라 할지라도 눈이 제 역할을 못한다면 손을 쓰지 못하는 환쟁이와 다를 바 없는 게지."

붉은빛에 간간히 제 빛을 밝히던 주황빛이 어느새 붉은빛을 몰아내곤 누런빛으로 변하였다.

"지금부터가 자기들 삶의 성패를 좌우한다. 불길이 주황빛을

띠기 전까지가 '핌불'이니라. 그 이후가 '정불'이니 서서히 화력
이 올라가 주황빛은 점차 누런빛으로 변모한다. 이 누런빛이 백
화白火의 빛으로 변할 때까지 꼬박 한나절이 흐르니라."

쉬지 않고 문사승의 말이 이어졌다.

"불길을 죽이지 않기 위해 봉통에 땔감을 적절히 넣어 주어야
한다. 진이 너무 많은 땔감은 청자색을 변색시키며, 껍질이 남은
장작 또한 불길에 튀어 오른 껍질이 자기 표면에 앉아 상품의 자
기를 만들 수 없게 된다. 알겠느냐? 정불의 정점에선 뜨거운 열
기에 가마 앞에 서 있기도 힘들 것이나, 땔감이 부족하면 발색이
죽고, 땔감이 많으면 그 열기를 견디지 못한 자기가 터져 버리니,
늘 신중에 신중을 기해야 하는 법이다."

정이가 고개를 끄덕이자 문사승이 물었다.

"소싯적에 염을 했다 했느냐?"

"예, 스승님."

"천에 염을 하는 연유가 무엇인 것 같으냐?"

"색色을 통하여 미美의 가치를 끌어올리기 위함이라 생각합니다."

정이 앞에 넝그러니 항아리 하나가 놓였다. 오행 중 마지막 수
업을 하기 위함이리라.

"제 색이 제 위치에서 제 빛을 발하는 것이 적정한 미美라 할
수 있을 것이다. 저 하늘의 구름이 황색이라 한다면 태양의 밝은

빛을 어찌 감당할 수 있겠느냐. 유약을 입히기 전 씌우는 안료 역시 마찬가지니 마땅한 빛을 제자리에 찾아 넘치지 않게 그려 주는 것이 안료가 발하는 미의 가치이니라."

정이가 항아리에 그려진 포도송이에 손을 붙여 천천히 더듬었다. 포도가 그렁그렁 열린 모양이 마치 바로 따먹어도 이상치 않을 만큼 생생했다.

"붓의 힘과 안료의 농담으로 살아 움직이는 청룡을 그릴 수도, 벽화처럼 박힌 초문草文을 그려 낼 수도 있다. 하나 미를 끌어올리려다 되레 추한 형상을 덧입히게 될 수도 있음이다. 정이 네가 어떤 마음을 먹는지가 안료에 그대로 스며들 것이니, 붓을 잡기전 고매하고 선한 마음을 가다듬어야 하는 것을 첫째로 해야 할 것이니라."

끄덕이는 정이의 고개가 잦아들기도 전 문사승이 정이에게 항아리의 문양이 어떠한지 말해 보라 하였다. 한참을 훑어 본 정이가 조심히 입을 뗐다.

"알맞게 솟은 입에 어깨는 둥글고 풍요로우며, 허리 아래로는 힘차면서도 대담하게 좁아져 아랫도리의 맵시가 한층 돋보입니다."

그러고는 잠시 항아리의 매무새에 대한 감상을 한 뒤 말을 이었다.

"철사鐵砂의 포도 덩굴이 넘실댈 듯 뻗었으며 넓적한 포도 잎

사이로 붉은 포도가 주렁주렁 열렸습니다. 포도 덩굴이 뻗어 나간 자취부터 순리順利에 따랐으며, 그림이 차지한 공간 역시 더없이 적절합니다. 하여 마치 풍만한 여인의 가슴에 잘 익은 포도와 덩굴을 그린 듯 순백의 숨결이 살아 있는 듯합니다."

정이가 말문을 닫기도 전에 문사승이 말했다.

"너 또한, 그리하면 될 것이다."

문사승의 입가에 잔잔한 미소가 일자 정이의 얼굴에도 미소가 번졌다.

10장
꿈이 있었다

✿

吾十有五而志于學 三十而立 四十而不惑.
오십유오이지우학 삼십이립 사십이불혹.

공자는 15세에 학문에 뜻을 두어 30세에 학문의 기초를 확립
했고, 40세가 되어서는 미혹하지 않았다 했다. 하여 불혹不惑이리
라. 그윽하게 팬 정여립의 눈가에 유수와 같은 세월이 흘러 지났
다. 그에게도 학문에 뜻을 두었던 지학志學의 때가 있었으며 막
갓을 올렸던 약관의 시절도 있었다. 확고한 마음을 도덕 위에 세
워 튼튼한 기틀에 붙잡아 두었던 이립而立의 십여 년은 또 어떠
했던가. 그의 눈앞에 암소 잔등처럼 아늑한 모악산 자락이 사라
지고 난생처음 마주했던 대궐의 위용이 펼쳐졌다. 더듬어 보니
이십 년도 더 지난 과거였다.

여경문麗景門이 위협적인 어깨로 막 당도한 진사進士들을 내리

눌렀으나 저마다의 패기로 무장한 진사들이 이깟 성문의 장엄함 따위에 위축될 리 없었다. 되레 입신양명의 기대에 가슴이 부풀어 올랐다. 기십의 진사들 중 유독 젊어 뵈는 청년이 하얀 목덜미를 길게 내빼어 여경문 끝자락까지 살피곤 이내 차분한 눈매로 초병을 응시했다. 그의 당돌함이 마땅찮았는지 초병이 꾸짖듯 청년을 위아래로 훑어 내리곤 말했다.

"들어가게."

여경문을 들어서자 동녘의 태양을 짓누르고도 남을 대궐의 위세가 눈앞에 펼쳐졌다. 비단보를 펼친 듯 양질의 박석들이 끝도 없이 깔렸으며 회갈색 수피를 곱게 뻗댄 이팝나무는 가지런히 심겨져 꽃잎으로 수놓은 백색 융단을 병풍 삼고 있었다. 멀찍이 흐르는 금천의 물줄기 소리에 청년의 걸음이 느슨해졌다. 묘하게 흐려진 안색 저편으로 한탄이 쏟아졌다.

"석 달째 가뭄이 지속되었건만 어찌 대궐의 금천은 마르지도 않는단 말인가!"

반듯한 이마 아래 이목구비가 뚜렷하였고 하늘의 정기를 받은 듯 총명한 눈빛을 지녔다. 높지도 낮지도 않은 음성이 또한 듣는 이의 귀를 열었으니 대왕 선조가 눈여겨보는 것은 당연하였다.

"너는 어떤 사람이냐?"

그날 선조와의 첫 대면에 정여립은 이리 대답하였다.

"도덕에 뜻을 두는 사람은 공명에 연연하지 않고, 공명에 뜻을 두는 사람은 부귀에 연연하지 않으며, 부귀에 뜻을 두는 사람은 못하는 것이 없다 하였습니다. 소신은 부귀를 멀리하여 할 수 있는 일이 없고, 공명을 바라지 않으니 부귀를 누릴 수 없으며, 도덕에 뜻을 두지 않으니 공명 또한 이룰 수 없는 사람입니다. 소신은 그저 세속이재世俗理財를 멀리하여 예禮와 의義를 지키는 선비일 뿐이옵니다."

그로부터 세 번째 중추명월이 지난 처서處暑 즈음이었다. 선조 원년에 진사가 된 정여립이 만 삼 년 만에 식년과式年科 차석으로 선조의 친람親覽을 받았다. 방계 출신인 선조에게 있어 당파에 속하지 않은 인재를 차출하는 것은 용좌를 확고부동히 다지기 위한 포석이었다. 선조의 시선이 정여립 앞에 멈추자 정여립이 단정히 부복한 후 시선을 내리깔았다. 하나 눈빛은 깊고 또렷하였으며 굳게 다문 입 매무새 아래로 넓게 벌어진 어깨를 내어 펴고 있어 실로 돋보이는 풍채였다. 머리 위로 선조의 나직한 음성이 들렸다.

"학유學諭에 제수하노라."

성균관 정록소正錄所의 학유라, 실로 파격적인 인사였다. 전라 전주 토박이로 마땅한 토착 기반 하나 없었던 그였다. 장원 급제자도 정계의 추천 없이는 관직에 오르를 수 없었으니 망아지를 외양간에 넣은 것과 진배없었다. 이는 곧 정여립에 대한 선조의 신뢰가 남달랐음을 증명한 일대의 사건이었다.

그리 이십여 년이 찰나처럼 지나갔다. 턱 밑으로 한 뼘 자란 설백의 수염과 총기 대신 관용과 포용이 들어찬 눈빛이 불혹의 나이에 잘 어울렸다. 푸르스름한 새벽의 찬 공기가 홍문관 앞에 선 정여립의 입속으로 빨려 들어갔다가 이내 희뿌연 김이 되어 퍼져 나왔다. 한기를 잔뜩 머금은 효풍이 떠나는 이를 붙잡으려는 듯 밤사이 달을 머금은 월백색 도포 자락과 머리 위 총립을 연신 흔들었지만 갓끈을 단단히 조인 여립의 손엔 더 이상 대궐에 적을 두지 않겠다는 의지가 분명했다. 긴 시름을 섞어 한 차례, 그리고 두 차례 호흡을 뱉곤 홍문관 현판에서 시선을 거두어 걸음을 뗐다. 불혹의 나이이건만 홍문관 전각을 뒤로 하고 서쪽 영추문 문턱을 넘는 발걸음은 마치 만 근의 추를 달아맨 듯 무거웠다. 뻣뻣한 수염이 턱 밑과 코 밑을 메워 갈 때 입신해 부침 없는 관직 생활을 하지 않았던가. 예조좌랑을 거처 홍문관 수찬까지, 금수저는 아니더라도 은수저 정도는 입에 물은 셈이었다. 그간 가슴이 아닌 머리로, 손발이 아닌 입으로만 정치를 하는 신료들을 보며 주먹을 움켜쥐고 치를 떨었지만 저도 모르게 그들과 닮아 가는 제 자신을 발견하곤 귀향을 결심한 지 이틀째였다.

한양을 떠나 오백 리 길 고향 전주에 도착했을 때는 모든 걸

내려놓으리라 다짐했다. 더는 정수찬이 아닌 그저 인간 정여립으로 돌아가고 싶었다. 하지만 정여립의 바람은 이루어지지 않았다. 마음이 맞는 이들과 모여 이야기를 나누고 고달픈 백성들을 사심 없이 도왔지만 세상은 그런 여립의 언행에 적잖은 의미를 부여했다. 그의 생각이 산을 넘고 강을 건너자 '수천의 사대부보다 정여립 한 사람이 더 낫다'라는 풍문이 돌았고 작은 풍문은 바람처럼 팔도로 퍼져 나갔다.

모악산 배꼽 밑에 자리한 저수지 바닥에 메마른 물줄기 몇 가닥이 애처로이 흘렀다.

'금천의 물줄기가 예까지 닿지 못한다 해도 궐내에선 유수처럼 흐르고 있을 테지.'

올터 정수리에 솟은 제비산으로 눈길을 돌리자 막 인사를 건네며 날아들 듯 정겨운 날갯짓이 산자락을 타고 흘렀다. 그때 "어르신!" 하는 소리가 멀찍이서 들렸다. 특유의 유순한 미소로 돌아보자 백색 도포 자락 곳곳에 핏물을 묻힌 선비가 다급히 달려왔다. 보아하니 전투가 치열했던 모양이었다. 그리 멀지 않은 포구에 왜구의 습격이 있었다. 왜구의 마구잡이 칼질에 무고한 목숨 수십, 수백이 끊어졌다 생각하니 정여립의 눈가 주름이 아득히 짙어졌다. 늦었으나 그만큼 바삐 움직여야 했다. 급히 의원과 약방이 모여 있는 구릿골로 걸음을 청하자 수십의 선비가 정여립의 뒤를 따랐다.

매서운 칼날이 왜구의 목을 갈랐다. 열하나, 열둘, 열셋, 굵은 음성이 널뛰는 심장 속에서 메아리쳤고 어찌나 날렵하고 검세가 기묘한지 창졸지간 그의 뒤로 쓰러진 왜구가 정확히 열둘이었다. 거친 숨을 토해낸 태도가 열넷을 헤아릴 때 즈음 덩치가 산만한 왜구가 두둑한 뱃살을 흔들며 돌진해 왔다. 자연 숫자는 열셋에서 멈추었다. 쿵쾅대며 달려드는 덩치의 장창이 태도의 심장을 향했지만 십여 보 앞에서 두 무릎이 꺾이며 털썩 주저앉고 말았다. 왼쪽 허벅지와 오른쪽 발목에 화살 두 개가 박혀 있었다. 활을 거두고 다가선 태도가 앞에 서자, 당고머리를 묶어 올린 덩치의 매섭게 찢어진 눈매가 파르르 떨렸다.

"여긴 조선 땅이니…… 너를 위해 상을 치를 이도, 곡을 해 줄 이도 없다."

허리춤에 맡겨 둔 태도의 검날이 튀어 나오려던 그 찰나에 뒤늦게 당도한 관군들이 험악한 분위기로 태도를 에워쌌다. 매서운 눈초리에 태도의 시선이 스윽 말에 올라타 있는 무관을 향했다. 넘실대던 파도가 내리 쏟기 시작하는 빗줄기에 힘입어 해암석 한 편을 철썩 때리고 달아났다. 그때 묘한 미소가 번져 나갔다. 해암

절벽에 숨어 지켜보던 그 얼굴이 아니냐. 태도의 눈빛이 그리 말하고 있었다. 말고삐를 틀어 쥔 무관의 손아귀가 화에 못 이겨 미세하게 떨렸다. 이내 몸을 돌려세운 태도의 나직한 음성이 울려 퍼졌다.

"공을 세우고자 한 일이 아니니 뒷일은 관에서 처리하시지요."

실려 오는 백성들 족족 팔다리가 댕강 잘려 나갔거나 죽음을 목전에 둔 말기 환자들이었다. 오른팔을 잃은 어느 농부 앞에 선 정여립의 얼굴빛도 그만큼 어두웠다. 남편으로 아버지로 한 가정을 짊어졌을 사내는 앞으로 외팔이 인생을 살아야 했다. 외팔이라 화전민도 도사공도 못할 터였고, 이 악물고 덤벼들어 왈짜패가 된다 한들 어느 누가 무섭다고 외팔이 앞에서 벌벌 떨까. 그나마 환쟁이가 아닌 게 다행이라면 다행이었다. 이들의 삶이, 생의 터전이 잿더미가 되고 말았다. 언제부터인가 관에서는 왜구의 노략질을 눈감아 주고 있었다. 대신 왜구로부터 상납받은 제 주머니는 두둑해졌을 터였다. 그들 중엔 함께 대과에서부터 성균관까지 정을 나눈 지우도 있을 것이며 밤새 난상토론을 펼치던 동료도 있을 것이다. 부동심이 흔들렸고 한탄이 쏟아졌다. 조선은 이미 뿌리째 썩어 있었다.

포구의 일을 마무리하고 뒤늦게 당도한 태도가 정여립 옆에 섰다. 고개를 숙여 채 인사를 건네기도 전에 만면이 흙빛으로 변한 정여립이 몸을 돌렸다. 참혹한 현실에 무어라 말을 건넬 수도 없었다. 정여립의 빈자리를 우두커니 선 태도가 이어받았다. 문득 종사관의 목소리가 심중에 떠돌았다. '네놈들이 어찌 관군 행세를 한단 말이냐! 이리 관군 놀음 하다간 목이 성치 않을 게야! 네놈도, 네놈의 주인 정여립도!' 깊은 한숨이 새어 나왔다. 처사處士로 떠돌던 정여립이 백성을 구하고자 함은 이치를 거스르는 것이요, 조선의 아비인 선조의 순리에도 역행하는 것이었다. 자연 향락에 찌든 사대부의 날선 철전鐵箭이 정여립을 향할 테고 간신배들 부채질에 눈 먼 선조의 선택 또한 눈에 선하였다.

투박한 궤에 달린 큼지막한 백동 자물쇠엔 열쇠 구멍이 세 개나 뚫려 있었다. 세 개의 열쇠가 차례차례 속청을 들어 올리자 철컥, 굳게 닫힌 궤의 아귀가 힘껏 벌어졌다. 최충헌은 궤를 열기 전이면 항상 상자를 먼저 들어 봐 그 무게를 확인하곤 했으나 오늘은 너무 무거워 들 수조차 없었다. 예상대로 궤 안엔 스무 개의 금괴가 반듯하게 숨죽이고 있었다. 금괴 사이로 고개를 쳐든 금두꺼비를 꺼내 들자 그 무게가 또한 대단했다. 흡족한 미소로 금두꺼비를 궤에 돌려놓으려던 최충헌이 잠시 머뭇하곤 시선을 내리 깔았다. 날카로운 시선 끝에 휘갈겨 쓴 서찰이 펼쳐져 있었다.

'대동계大同契…… 정여립이라…….'

진정시 이각이라, 먹구름 가득한 하늘에 태양은 보이지 않았고
선선한 바람에 옷깃을 여미는 날씨였다.

"한때 수찬을 지냈던 정여립이 일당을 끌어 모아 역모를 준비
한다 하옵니다!"

최충헌이 꺼낸 짧은 고변에 편전이 통째 들썩였고 대동계와
정여립은 역당이 되고 말았다. 한때 정여립의 곧은 성정을 눈여
겨본 선조는 줄곧 판단을 유보했지만 최충헌을 위시한 서인 신료
들의 주청에 버들가지마냥 흔들렸다. 즈음하여 최충헌이 쐐기를
박았다.

"역당이든 아니든 한 뜻으로 무리를 지어 움직인다면 그것이
역적이 아니고 무엇이겠습니까? 전하, 믿을 만한 이를 파견하시
어 정여립과 그 역당의 무리를 손수 사찰하라 명하시옵소서!"

더 나아갈 필요도 없이 딱 그 정도면 되었다. 역모를 사찰하는
일에 믿을 만한 이가 누가 있겠는가? 기껏해야 제 자식 임해군과
광해군 정도였으나 임해군은 그만한 그릇이 못 되었다. 익히 성
균관 제학으로 있을 때 정여립과 학문을 논한 적 있는 류성룡이
성심을 다하여 변론하였으나 어심은 최충헌의 손을 들어 주었다.
최충헌의 입에서 시작된 피바람이었으나 기실 그 뿌리엔 인빈 김

씨의 노림수가 있었다. '정여립을 역당으로 몰아세운 후 광해군으로 하여금 정여립을 사찰토록 하시지요. 만에 하나 여린 광해군이 정여립에게 맘이 동하기라도 한다면…… 왕자의 신분으로도 결코 역모에서 자유로울 수 없을 겝니다.' 숙원宿願의 목소리가 귀에 들리는 듯했다. 최충헌의 입가에 미소가 걸린 순간에 위엄 어린 선조의 목소리가 울려 퍼졌다.

"광해군을 들라 하라!"

누군가 한 움큼 베어 먹은 달이 한양 북촌 위에 떠 있었다. 저 달이 몇 번 모습을 바꿔야 그리운 이들을 다시 만날 수 있을까, 제 곁을 떠난 이들을 근심하고 또 그리워하는 것이 어느새 일상이 되어 있었다. 그놈은 또 어디서 막무가내로 검을 뽑아 난처한 일에 휘말리지는 않았을까, 태도에 대한 걱정에 땅이 꺼져라 한숨을 내쉴 무렵 소식이 전해졌다. 정여립, 태도와 함께 있는 자라 했다. 낯선 이름이라. 홍문관 수찬이라는 제법 괜찮은 관직까지 올랐던 자이지만 광해의 기억에 남을 만큼 대단한 일을 한 자는 아닌 듯했다. 하나 그런 생각은 채 이틀을 넘기지 못했다. 백성의 안위 따위 제 발가락 때만큼도 중하지 않다 생각하는 최충헌의 입에서 그 이름이 튀어나왔다. 여섯 해 전 관직을 버리고 낙향한 정여립이 뜻을 같이하는 이들을 모아 대동계라는 사사로운 조직을 결성했다 한다. 처음엔 친목의 성격을 가졌던 것이 최근에는 왜구를 막는다는 명목을 앞세워 공공연히 칼을 들고 관군의 행세를 한다 했다. 때를 가리지 않고 연회를 열어 향락에 찌든 이들이 먹잇감을 발견하자 맹수같이 달려들었다. 역모와 모반이 거론되는 것이 심상치 않은 분위기에 태도가 그 무리에 섞여 있으니 두고 볼 수만은 없는 터에 대왕의 부름이 있었다.

언제나처럼 사정전에 들어서는 광해의 발걸음은 더디고 또 무거웠다. 오백 리 밖에서 들리는 풍문만으로 어찌 역모라 단정한단 말인가, 비단 태도의 존재를 배제하더라도 너무 성급한 결정임에 광해는 줄곧 생면부지의 정여립과 대동계를 비호했지만 선조는 그저 냉랭히 명했다.

"정여립과 대동계를 샅샅이 파헤쳐라!"

어심을 가늠할 수 없는 선조의 명에 역참의 말 중 가장 좋은 말만을 골라 달려갔다. 이틀을 달려 당도한 곳은 너무나 평온한 고을이었다. 가진 것 없고 베풀 것이 없어도 서로가 서로를 위하고 배려했으니, 한 푼을 위해 다투는 한양의 인간들보다 두 배 세 배는 더 훌륭한 사람들이었다. 하나 웃을 수 없었다. 입신양명은커녕 이기도 탐욕도 없으니 그저 조정의 맹수들에겐 좋은 먹잇감에 불과하지 않은가. 게다가 전주에 당도한 첫날에 피를 뿌리는 왜구의 약탈을 목격할 수 있었다. 등에 화살을 박고서도 품 안의 아이를 놓지 않은 한 아낙네의 처참한 시신을 대한 순간 왜구의 습격에 그저 대피령만을 남발한 조정에 분노가 터져 나왔다. 피바람과는 거리가 먼 온돌방에 앉아 머리로 생각하고 재단하지 않았던가. 노략질에 신음하고 있을 백성을 단 한 번이라도 가슴으로 생각한 적이 없었다. 칼이 있다면 제 발등이라도 찍고 싶었다.

주막에서 하룻밤을 노숙하고 새벽닭 우는 소리에 벌떡 자리에서 일어났다. 마른세수로 정신을 차린 후 주섬주섬 봇짐을 둘러메고 갓끈을 고쳐 맸다. 너부러져 코를 고는 사람들 사이로 조심히 빠져나가 문을 나서자 차가운 효풍이 광해의 얼굴을 매섭게 갉아 댔다. 한 집 건너 겨우 한 집 지어진 마을 주변엔 몇 마지기 되지 않는 논과 밭이 전부인 듯했다. 이렇게 고즈넉한 새벽엔 개 짖는 소리조차 반가우련만 각박한 마을인 양 개 한 마리 키우지 않는 듯 고요했다. 처벅처벅 제 발길 소리만 유난히 큰 가운데 전후좌우에서 동시다발적으로 인기척이 느껴졌다. 뉘의 그림자가 광해를 습격하기 직전 광해는 재빨리 대님을 고쳐 매는 척하며 단도를 빼 들어 손목에 감춰 두었다. 몸을 일으키자마자 광해의 목덜미로 날선 칼날이 파고들었지만 피식 비웃음을 날린 광해의 손끝에 사내 하나가 털썩 쓰러졌다. 무예라면 궐에서도 당해 낼 자가 없는 광해가 아니던가. 슬금 곁눈질을 하니 네 명이 사위를 에워쌌다.

"무엇하는 놈들이냐?"

그때 태도의 목소리가 들렸다.

"나리께서는 어찌 예까지 오셨습니까?"

이 년 만의 재회였다. 시선을 옮기자 짙은 그림자를 거둬 낸 태도가 모습을 드러냈다.

"오랜만이구나. 한데…… 두 해 만에 보는데 어찌 그리 매서운 눈빛이냐."

"저는 다만 어찌 예까지 오셨느냐 물었습니다."

"너 때문만은 아닐 게다. 너의 주군, 대동계의 수장, 정여립에게 안내하거라."

"……!"

광해의 눈에 비친 정여립은 충신은 되지 못한다 해도 결코 역신이 될 자는 아니었다. 그는 다만 백성을 위했다. 하나 왕이 아닌 자가 백성을 위한다면 그 또한 역심이라는 이름으로 불릴 수 있었다.

"대동계가 역모를 꾀하고 있다는 소문을 듣고 왔네만."

"잘못 아셨습니다. 다만 뜻이 같아 모여 있고 함께 어울리는 것뿐이지요."

"함께 어울린다? 칼을 들고서? 그리 모인 게 바로 역도이며 역당이 아닌가?"

"하지만 불순함이 없습니다."

"역도가 위험한 것은 불순해서가 아니라 같은 뜻의 사람들만 모였기 때문일세!"

"하면, 뜻이 다른 현 조정의 붕당은 어떻습니까? 어찌 그리들 대립하고 다투는 것을 일삼는 것입니까?"

"그것은⋯⋯."

'경쟁과 대립을 통해 앞으로 나아가는 과정이네.'라고 말하고 싶었으나 입을 열지 못했다. 답답했다. 정여립, 대동계, 그리고 태도, 풀 수 없는 매듭이 잔뜩 꼬여 있었다. 광해를 마주한 정여립의 얼굴 또한 근심으로 너울졌다. 일국의 왕자를 대면하고서도 진수성찬을 내어 줄 형편도 아니며 진상할 만한 은붙이가 있는 것도 아니었다. 대동계를 역당으로 모는 세력에 떠밀려 온 것이라면 그것이 아님을 증명하는 것이 할 수 있는 전부였다. 어차피 정여립에겐 지켜야 할 백성의 안위만이 중요할 뿐 거리낄 것이 없었다.

"한 닷새 예서 묵고 가신다니 태도 네 방을 내어 드리거라."

몇 권의 서책과 두 권의 검과 각궁을 제외하곤 무엇 하나 없는 단촐한 방이었다. 봇짐을 내려놓자마자 태도가 입을 열었다.

"나리께선 결코 역모 따윌 꾀하실 분이 아닙니다."

한숨을 푹 내쉰 광해가 측은한 마음으로 태도를 응시했다.

"그러게 말이다. 그래서 내가 온 것이 아니냐. 충신은 아니나
절대 역신은 되지 못하는 인물이 바로 네가 섬기고 있는 정여립
그자다. 한데 말이다······. 만에 하나 간신들의 세 치 혀에 정여립
의 목이 날아간다면······. 그자를 따르는 대동계가 가만히 앉아만
있겠느냐? 너는 또 어쩌하고?"

"······."

"닷새만 예서 묵을 것이다. 닷새 안에 정여립이 역신이 아님을
밝혀내지 못한다면····· 이후 어찌 될지는 태도 네가 더 잘 알 것
이다."

하여 사흘이 지난 때였다. 지난 사흘간 쉬지 않고 정여립의 뒤
를 따라다니며 그를 지켜보았다. 새끼 송아지를 받아 냈던 외양
간에서 아이들을 가르치는 사관寺觀까지. 생각 같아선 태도 앞에
놓인 두 개의 매듭을 그저 잘라 버리고 싶었지만 3일이라는 짧은
시간에 저마저도 정여립이란 사내에게 빠져들어 있었다. 평생 누
군가에게 무얼 배우겠다는 생각이 없던 제 가슴 한편에 정여립이
자리를 꿰차고 있었다. 하나 시간의 문제일 뿐 이대로 두면 반드
시 정여립은 죽게 될 터였다. 그 사실이 광해를 초조하게 만들었
다. 정여립 또한 그 사실을 인지하고 있는 듯했다. 하지만 설득할

수 없었다. 아니 설득할 말이 광해의 머릿속에 떠오르지 않았다.

"이념을 정치로써 구현하고자 한다면…… 반드시 힘이 필요한 법이지."

"저는 힘을 원치 않습니다."

"자넨 힘을 원치 않겠지만, 자네 주위에 있는 이들은 필시 그 힘을 원할 것이네."

"……."

"당장 대동계를 해체하게."

"마마! 이곳에서 역심이라도 보신 것이옵니까?"

"아니, 내가 이곳에서 본 것은…… 사람, 그저 사람일세. 하나 내가 아닌 다른 이는 이를 역심이라 부를 수 있지."

그러곤 품에서 종이 하나를 꺼내 서안 위에 올려놓았다. 정여립의 얼굴이 순간 빳빳하게 굳었다. '목자망전읍홍木子亡 奠邑興.'

"목자망전읍홍. 이씨왕조가 망하고 정씨가 새 임금이 된다! 조선 팔도에 이 노래를 모르는 이가 없네."

"그 구절 속의 정가가 저라 생각하시는 것이옵니까?"

"아닌가?"

눈썹을 치켜든 정여립이 종이를 갈기갈기 찢은 후 대꾸했다.

"보여 드리지요. 제가 진정 이루고자 하는 것이 무엇인지, 마마께 보여 드리겠습니다."

곧장 자리를 털고 일어선 정여립이 광해를 사관으로 안내했다. 소학을 읽는 남아의 낭독 소리가 추풍에 실려 수풀의 지저귐처럼 찾아들었고 광해 앞으로 남루한 차림의 아이들이 서책을 새참 꾸러미마냥 가슴팍에 꽈악 안아 들고 있었으나 팔이 없고 다리가 없는 아이들이 태반이었다. 외발바닥은 시커멓게 진흙이 덕지덕지 묻어 있고 외손엔 다섯 손가락을 갖추지 못하였으며, 그늘진 얼굴엔 먹지 못해 피어난 버짐 꽃이 연지처럼 번져 있었다. 초롱초롱한 눈빛이 광해를 향하자 표현할 수 없는 참혹한 기분에 시선을 돌렸다.

"이것입니다. 부모를 잃고 고아가 된 이 가엾은 아이들에게, 조선이라는 나라가 왜 약할 수밖에 없는지, 조선의 임금이 대체 왜 저들을 모른 척 내버려 둘 수밖에 없는지, 그 이유를 알려 주려는 겁니다."

가슴이 울컥하여 말을 할 수 없었다. 그동안 믿어 왔던 모든 것이 천지가 개벽하듯 요동쳤다. 혼란을 틈타 정여립을 향했던 실낱같은 믿음이 증폭되어 곧 시련으로 닥쳤다. 모든 것을 인정하고 받아들이기엔 광해는 지금껏 너무 다른 길을 걸어왔다.

'조선의 임금은…… 그리 한가한 자리가 아니다. 전하께선…… 백성을 버려 둔 것도 모른 체하시는 것도 아니다……. 다만…… 모두를 거두실 수 없기 때문이다…….'

제 맘을 읽은 듯 정여립이 소리쳤다.

"이 아이들이 커서도 이 나라 조선이…… 대왕 임금이 바뀌지 않을 거라면…… 아이들 스스로가 이겨 내야 하지 않겠습니까? 백성을 보호해 주는 건 나라도 임금도 아닌…… 스스로가 되어야 함을 알려 주려는 것입니다!"

소리 없는 메아리가 끊임없이 심중에서 메아리쳤다.

'전하께선 언젠가 물러나실 것이다……. 하면 임금이 바뀔 것이고…… 그 후엔…… 그 후엔…….'

"백성들이 원하는 것이 무엇입니까? 하루 밥 세 끼라도 제때 먹는 것입니다. 한 끼 배도 채우기 힘든 지경에 유자들이 인의예지가 어떻고, 칠정이 어떻고, 이와 기가 어떻고 하는 것이 귀에 들어오겠습니까? 당장 배를 곯는데 알아듣지도 못하는 학문이 무슨 소용입니까?"

정여립의 한마디 한마디가 정답이고 틀리지 않았다. 성균관 대제학을 데려온다 해도 정여립의 말에 반박할 답을 찾기란 쉽지 않았다. 그때 한 아이의 배 속에서 꼬르륵하는 소리가 울렸다. 주변 아이들의 놀림에도 아랑곳 않고 익숙하게 배꼽을 잡고 함께 웃는 아이들의 웃음소리가 널리 퍼져 나갔다. 그저 이 순간이 행복해 보였다.

'백성들을 살피는 것이 임금의 일이다.

백성들을 돌보는 것이 임금의 몫이다.

백성들을 살리는 것이…… 바로 임금이다.

한데 어찌……! 한 아이의 배고픔조차도 해결하지 못한단 말인가!'

흔들리는 광해의 눈빛을 본 정여립의 생각도 별반 다르지 않았다. 왕자, 광해군이라. 타고난 기품을 낡은 도포로 감춘다는 것이 애당초 무리였다. 단정한 품위를 넘어 전신에서 위엄을 내뿜고 있었으나 상대를 깔보는 위선 따윈 일말도 언행에 담지 않았다. 눈빛은 시종일관 진지하게 번뜩거렸으며 타고난 진솔함이 배어 있었다.

'이분이라면…… 이러한 분이 금상에 오르신다면 조선 땅에 광명의 기운이 뻗칠지도.'

그저 한탄에 가까운 바람이었고 무언가 아쉬움 가득한 애석함이 가슴에 맴돌았다.

한 데 얽힌 시선을 풀어 산 위를 바라보았다. 정여립도 시선을 옮겼다. 멀리 산등성과 맞닿은 푸른 하늘이 한가로이 펼쳐져 있었다. 광해는 깊은 한숨을 내뱉었다. 최선은 사라졌고 차선도 그 의미가 희박한 상황이었다. 그저 안타까움과 염려를 담아 태도만이라도 다가올 위험과 재해 앞에서 비켜서게 하고 싶었다.

"나를 따르지 않아도 좋다만…… 대동계만이라도 나올 수 없겠느냐. 정이를 생각해서라도……."

"아시지 않습니까. 정이 그 아이는…… 제가 있어 하고 제가 없다고 무얼 못할 아이가 아닙니다. 마마, 소신은 죽는 그날까지 나리를 보필할 것이니…… 그만 돌아가십시오."

변해 있었다. 고작 두 해의 시간이 지났을 뿐인데 태도는 훌쩍 커 있었다. 등 뒤에 지킬 것이 있는 태도의 기세는 사냥감을 놓고 치기 어린 검을 뽑던 예전의 태도가 아니었다. 샘이 날 정도로 커져 있었고 더는 설득할 말을 찾지 못했다. 대동계, 정여립, 그리고 태도, 어떠한 매듭도 문제도 해결하지 못하였고 무엇 하나 할 수 있는 것도 없었다.

"어찌 그리도 어리석단 말이냐! 그리 부둥켜 모여 있다간 서슬 퍼런 국법의 칼날에 참형을 면할 길이 없다!"

입추가 지나자 아침 저녁으로 가을바람이 소슬하게 불었다. 아직 한낮은 후텁지근했으나 골짜기 계곡에는 삽상한 가을바람으로 단풍이 물들어 가고 있었다. 한양으로 향하는 이틀 동안 그저 정여립과 태도의 얼굴만 아른거렸다. 답답한 맘에 눈을 감자 까마득한 암전과 함께 딛고 있는 땅바닥이 훅 꺼져 내렸다. 그 속도가 마치 전설의 맹수 비휴貔貅를 타고 나르는 듯 열기가 뜨거워 온 몸이 타들어 가는 두려움이 일었다. 흩날리던 비휴의 회백색

털이 사라지고 용의 머리 대신 정여립의 얼굴이 환영처럼 떠올랐다. 성질이 용맹하고, 요마와 귀신을 물리쳐 복을 가져다준다는 벽사진경의 신수. 전설의 비휴는 임금도, 자신도 아닌, 정여립이었다.

정여립과 동인, 광해를 한데 엮어 쓸어내려는 서인들의 준비는 철저했다. 왜구의 폭압에 쏟아지는 상소문들은 윤대에 오르지 못했고 정여립에 대한 역한 고변만이 선조에게 닿았다. 마치 장계에 발이라도 달린 듯 자기들끼리 편을 갈라 윤대에 올랐고, 왕이라 하나 제 의지로 눈을 뜰 수는 있어도 결코 진실을 볼 수는 없었다. 하여 광해는 분노했다. 아니 자책했다. 선택된 장계만이 어좌 앞에 놓인다는 사실은 지난 세월 이미 알고 있었지만 단 한 번도 이를 문제 삼지도 부정하지도 않았다. 결국 선조 옆에서 감언이설을 내뱉는 저 한심한 벼슬아치들과 애초에 별반 다름이 없었던 게다. 다만 적극적으로 이득을 챙겼느냐, 그저 무관심했느냐의 차이만 있을 뿐 본질은 다르지 않았다. 잔뜩 이를 갈던 광해가 힘겹게 입을 열었다.

"전하…… 제가 지켜 본 정여립이란 자는 역모를 꾀하지도 반역을 도모하지도 않았사옵니다. 도리어 왜구들에게 핍박받는 백성들을 사활을 다하여 도왔으며 고아가 된 아이들을 거두어 키우고 있었습니다."

"……하면 최충헌이 정여립을 모함했다는 뜻이냐."

선조는 그렇게 말하곤 장계를 던지듯 우루루 쏟아냈다.

"이것들은 어사가 올린 장계다. 암행한 어사뿐만이 아니라 인근 관아의 수령과 호남의 토호들 역시 하나같이 같은 상소를 올렸다. 하나같이 이리 말하는데 네 녀석은 대체 거기까지 가서 무엇을 보고 온 것이냐!"

"전하……!"

"닥치거라! 네놈이 대동계인지 뭔지에 단단히 빠진 게로구나!"

"아, 아니옵니다, 전하!"

"아니다? 그것이 아니라도 정여립 그자가 위험한 자인 것만은 확실하지. 네놈이 이리도 정신을 못 차리는 걸 보면…… 아니 그러냐? 분명 역모를 꾀하고도 남을 작당이 분명하다!"

"아닙니다, 전하! 정여립은 결코 그럴 위인이 아니옵니다!"

"닥쳐라! 다시 한 번 내 앞에서 정여립을 옹호했다간…… 네놈 역시 반역 죄인으로 다스릴 것이다!"

정여립은 사특한 무리를 끌어 모아 역모를 꾀하는 역신이며 대동계는 역당의 무리였다. 이미 거대한 해일이 된 여론은 왕자가 아닌 그 누구라 해도 막을 수 없는 터였다. 두 팔 벌려 막아 본들 흔적도 없이 휩쓸릴 것이 자명했다. 안타까웠다. 높은 곳에서 내려다보이는 숲 또한 단 한 그루의 나무가 모여 그리된 것이라 배웠고 한낱 작은 나무를 살필 줄 아는 자가 되어라 배웠다. 자신의 배움이 물거품이라 느끼는 순간이었다. 외로웠다. 대궐과 육조거리, 사람으로 가득한 운종가, 그리고 북촌의 사가에서도, 다가오는 손짓과 우려와 근심을 담아 하는 걱정까지, 마치 선을 그어 그들과 자신을 분리한 듯 보였다. 자신은 땅이라 부르는 것을 그들은 하늘이라 불렀다. 그들이 바람이라고 말하는 것이 제 눈엔 산으로 보였다. 아득했다. 손발이 모두 묶여 눈을 감을 수도 없는 상황에 보고 싶지 않은 광경을 목도해야 하는 처지에 놓였다. 그렇게 무너져 가는 광해의 가슴에 기어이 비수가 박히고 말았다.

"황해도관찰사 한준, 안악군수 이축, 재령군수 박충간, 신천군수 한응인이 정여립의 역모를 고변하였습니다. 이뿐만이 아닙니다, 전하! 한양 입성을 도모하기 위해 신립과 병조판서를 살해할 계획까지 세웠다 하옵니다!"

선조의 노기가 벼락처럼 내리쳤다.

"정여립…… 이런 쳐 죽일 놈 같으니……!"

"전하, 시간이 촉박하옵니다. 용단을 내리시옵소서!"

거짓말이 정론이 되었고 광해가 복궐한 지 이틀 만에 정여립과 대동계에게 대한 추포령이 떨어지고 말았다. 광해의 눈에 비친 선조는 그리 아둔하지 않았다. 자식으로서 아비를 판단하는 게 어긋난 예일지 모르나 군주를 판단하는 신하의 눈에 비친 선조는 자비롭지는 않아도 무지하지는 않은 군주였다. 한데도 선조는 너무도 쉽게 판단하고 너무도 빨리 결단을 내렸다. 의심스러웠다. 무엇이 선조를 채근하는가, 무엇이 대왕의 판단력을 흐리게 만들었는가. 아니, 애초에 선조는 정여립의 역심 따위에 관심이 없었을 수도 있었다. 불순한 세를 몰아낸다는 명분으로 왕권을 다지려는 의도도 배제할 수 없었다. 그럼에도 광해는 어찌할 수 없었다.

광해가 날뛰면 그만큼 최충헌의 반격도 거세졌다. 추포령이 떨어지자 선전관과 의금부도사의 바쁜 발걸음에 한양 조정을 비롯해 조선 팔도가 숨을 죽였다. 괜한 불똥에 사지가 잘려 나갈 수도 있었다. 어떤 변도 통하지 않고 그 어떤 해명도 무용하게 만드는 게 역모였고 모반이 아닌가. 해서 답답하기 그지없었다. 한 푼의 힘으론 뉘 하나 살릴 수 없기에 기어이 궐을 뛰쳐나왔다. 할 수 있는 거라곤 그저 정여립을 향해 말을 타고 달려가는 것뿐이었다.

사복시를 빠져나온 밀이 쉼 없이 날렸다. 정여립을 구해야 한다는 일념으로 별빛에 휘감긴 바닷길을 전속력으로 내달리자 절벽에 부딪히는 파도 소리가 채찍처럼 휘갈겼다. 거뭇거뭇 그림자 진 바위섬들이 멀어져 갈 때 즈음 멀찍이 모악산 자락이 시야에 들어왔다. 조금만 더, 조금만 더, 날선 칼바람이 광해의 얼굴을 깎아 댔다. 그럼에도 멈출 수 없는 발길질이 더 세차게 말 등을 내리쳤다. 황새 부리처럼 솟아 있는 절벽 뒤로 펼쳐진 너른 등판을 지나자 정여립의 처소가 있는 제비산帝妃山이 나왔다. 산자락 중턱에 자리한 정여립 처소에 도착하자 다행히 아직 토포군이 당도하지 않은 듯 고요함이 광해를 반겼다. 막 치마바위로 올라가려던 정여립과 마주한 것은 그때였다. 자신에게 신료들이 했던 말을 정여립에게 고스란히 읊어 댔다.

"어찌 퍼붓는 폭우를 맞고 있는 겐가! 피하라. 잠시 피해도 좋고, 목숨을 위협하는 신념 따위 헌신짝처럼 버려도 욕하지 않을 것이다! 대동계를 해체하는 것만이 무고한 이들을 살릴 유일한 길이다!"

"마마……, 시작은 제가 했는지 몰라도, 지금은 그들의 대동계입니다. 제가 무엇이기에 해체를 한다, 해산을 한다 결정하겠습니까?"

"왜들 그리 죽지 못해 안달한단 말이냐! 궐 안엔 영리한 자들이 넘쳐나는데, 궐 밖에는 이리도 아둔한 자들밖엔 없구나……."

"그런 아둔한 자들을 위해 밤새 말을 타고 온 마마 역시 영리해 보이진 않습니다."

꺾인 신념은 후에라도 되살릴 수 있지만 한 번 떨어진 목은 결코 되붙일 수 없기에, 정여립이 제 의견을 받아들이지 않을 거라는 걸 알면서도 광해는 정여립에게 거의 매달리다시피 했다. 답답한 마음에 광해의 시선이 하늘을 향하자 차분한 정여립의 음성이 흘러 나왔다.

"자리를 옮기시지요."

산길을 따라 얼마나 걸었을까. 땀이 밴 도포 자락이 등짝에 달라붙어 들썩일 때였다. 어디선가 성난 파도의 외침이 메아리쳤다. 걸음을 멈추고 고개를 들자 발 아래로 꺾이듯 쏟아진 절벽이 위태로운 광해를 불러들였다. 이곳을 왜 치마바위라 부르는지 알 듯했다. 청포자락을 드넓게 펼쳐 내밀 듯 풀썩 안아 품을 것 같이 나무 수풀이 아득히 펼쳐 있었다. 당장이라도 뛰어들어 지린내 나는 대신들의 불똥을 피하고 싶었다. 어미의 품이 저렇듯 따스할까. 순간 휘청이는 몸뚱어리를 다잡지 않았다면 광해는 곧장 산세의 비경으로 직행했을 것이다. 절벽과 일별한 광해가 정여립을 응시했다. 하루에도 수차례 치마바위에 오른 듯 지친 기색 하나 없이 야경에 푸욱 빠진 얼굴이었다. 어찌 할 건지 묻지 않았다. 일언반구 없이 한참 후 치마바위에서 내려왔다. 치마폭에 안겨 있던 그 짧은 순간에 두 사람이 함께 느꼈다. 한 차례의 폭풍을 가까스로 모면한다 해도 뒤이은 홍수는 피할 수 없다는 걸. 그것이 만물의 이치였으며 자연의 섭리였다.

다만 아무것도 이루지 못하고 떠난다는 것이 두려웠을 뿐 역모꾼으로 죽는 것은 두렵지 않았다. 대왕에게 올릴 서신을 펼쳐 놓고 한 자 한 자 일획필지로 써 내려갔다. 서신은 정여립의 손에서 태도에게 그리고 대동계의 한양 계원에게로 넘어갔다. 두 눈을 감기 전 상감의 손에 제 서신이 전해진다면 마지막 몸부림으로 족하였다. 땅을 울리는 군마의 말발굽 소리가 마르지 않은 붓자락을 떨구었다. 어찌될지는 모르나 선조가 이 상소를 보고 마음을 돌리다면, 무고한 이들을 살림은 물론 답답한 조선에 청풍이 불 새로운 기틀을 마련할 수도 있었다. 하지만 상소는 전해지지 못했다. 뉘 실수인지 계략인지는 몰라도, 상소가 전해지고도 남을 시간이 지났지만 대동계를 추적하는 토포군의 추적은 잦아들지 않았다.

발본색원을 외치는 무정한 칼날에 기십의 선비들이 추풍낙엽처럼 쓰러졌다. 정여립이라도 살리고자 왕자의 체면을 무시하고 매달렸지만 정여립은 흔들리지 않았다. 마치 이 모든 것을 짐작하고 예상한 듯 너무도 담담히 죽을 곳을 향해 걸어갔다. 광해의 눈에 피눈물이 흘렀지만 결국은 정여립을 잡았던 손을 힘없이 떨구고야 말았다. 자신이 붙잡을 수 있는 그릇이 아니었고, 자신이 감히 꺾을 수 있는 신념이 아니었다. 광해가 할 수 있는 건 그저 의금부도사의 칼날에 베여 싸늘히 식어 버린 정여립의 시신을 안고 총명했던 두 눈을 고이 감겨 주는 것, 고작 그뿐이었다.

역모와 모반이라는 전가의 보도를 휘두르며 위정자들은 쉴 없이 움직였다. 대동계와 연이 있던 자, 정여립과 친분이 있던 자, 그도 아니면 그냥 재수 없이 끌려온 자! 셀 수 없이 많았고 누구의 억울함이 높은지 감히 판단할 수 없었다. 도울 수 없는 안타까움에 광해의 심장이 타들어 갔다. 이불 속으로 파고들어 숨어 버리고 싶었다. 도망치고 싶었다. 하지만 도망치려는 광해의 발목을 이미 죽고 없는 정여립의 목소리가 막아 붙잡았다.

'사사로운 동정에 휘둘리지 않는 것이 공명이며, 어명을 따르고 국법을 준수하는 것 또한 공명이 아닙니까.'

북촌에서 방향을 튼 광해의 발길이 재차 강녕전을 향했다. 광화문에서 강녕전의 향오문까지의 거리가 이리도 길게 느껴지긴 처음이었다. 하지만 막상 당도하니 향오문의 문턱이 너무도 높게 느껴졌다. 내관과 궁녀들이 향오문 앞에 서성이는 자신을 비웃는 듯했다. 왕자 같지 않은 왕자라, 소중한 이를 지키지 못한 사내라, 가슴속 말을 뱉어 내지 못하는 못난이라 외쳐 대고 있었다. 궁궐을 감싼 삼각산이 지금 이 순간에 두 발에 엉겨 붙었다. 태산을 옮기는 어려움보다 결코 적지 않은 양으로 향오문의 문턱을 넘었다.

칼날을 삼키는 심정으로 선조에게 정여립의 진심을 토해 냈으나 돌아온 건 벼락같은 선조의 일침이었다. 선조에게 전해지지 않았다 생각한 정여립의 상소가 버젓이 대왕의 손에 있었다. 이해할 수 없었다. 정여립의 진심을 읽었다면 결코 이런 참사를 두고 볼 아바마마가 아니었기에. 제 앞에 날아든 장계를 펼쳐 든 광해의 눈빛이 파르르 떨리었다.

'전하, 미천한 천신 정여립이 마지막 서신을 올리옵니다. 이 나라 조선은 전하의 것이 아닙니다. 또한 만백성을 두루 살피셔야 할 전하께옵서 백성을 돌보지 못한다면 군주의 자격을 가졌다 할 수 없음입니다. 용상에 거하시는 것은 조선을 가지기 위해서임이 아니라 조선을 지키기 위해서임을 기억하시옵소서.'

상소가 정여립의 것인지 아닌지는 확인할 수 없었으나 실낱같던 희망이 무참히 도륙 난 사실만큼은 명확했다. 광해가 생각한 최악의 결과였다. 단 한 명의 백성을 위해서 자신의 모든 것을 던진 정여립과 달리, 구중궁궐에 있는 이들에게 백성은 그저 밟고 누르는 발판에 불과했다.

넋이 빠진 얼굴로 궐을 빠져나오자 태도가 기다리고 있었다. 저보다 더 분통할 것이라 생각했고, 하여 떠날 것이라 믿었다. 무엇하러 이토록 힘없는 제 곁에 머물겠는가. 한데 태도는 되레 저를 위로해 주었고 뜻 모를 눈물이 핑 돌았다. 줄곧 무심한 듯했지만 광해는 세상을 깔보고 있었다. 왕자지만 왕자 같지 않고, 소탈하면서 누구든지 포용하는 자신을 내심 자랑스러워했다. 한데 아니었다. 왕자라는 허위를 벗은 자신은 기실 아무것도 아닌 존재였다. 자신을 향해 주군이라고 말하는 태도 앞에서 털썩 주저앉고 말았다. 누구에게라도 기대지 않으면 도저히 서 있을 힘이 남아 있지 않았다.

의금부에서 피어오른 혈향이 바람에 실려 날아들어 생기로 가득할 저잣거리를 을씨년스러운 분위기로 바꿔놓았다. 그날, 십 척 장대들이 마치 솟대처럼 솟아 길게 줄지어 있었다. 그중 가장 높은 장대 끝에 효수된 정여립의 목이 보였다. 그 앞으로 광해와 태도가 들어섰다. 유난히도 맑은 하늘이 그들을 더욱 구슬프게 만들었다. 천천히 몸을 숙여 효수된 목을 향해 절을 올렸다.

'더 이상 아이 같지 않으리라.'

창천에 걸려 자신을 내려다보는 정여립을 향해 광해는 그렇게 다짐했다. 두 눈은 붉게 충혈되었지만 눈물을 흘리진 않았다. 자신의 눈물이 정여립의 죽음을 값싸게 만들까 저어되었다. 그것만은 차마 할 수 없었다. 오랜 기간 알고 지낸 것도 아니었고 거나하게 취해 술잔을 맞댄 사이도 아니었다. 다만 더 알고 싶었고 더 배우고 싶었다. 고작 하나의 목숨이 떨어진 것이 아니었다. 조선 팔도의 무수히 많은 백성을 살릴 수 있고 구휼할 수 있는, 그런

이의 목숨이 너무도 허무하게 사라지고 말았다. 하나 그가 꿈꾸던 세상은 끝났지만, 그가 조선에 내건 태양은 아직 살아 있었다.

'어르신께서 남기신 태양, 제가 밝히겠습니다.'

광해는 정여립 앞에 무릎 꿇었다. 기어이 참았던 눈물이 터져 나왔다. 왕자라 생각할 수 없는 통곡을 입에서 뱉어 내며, 아무것도 할 수 없는 자신의 무능함을, 고작 이렇게 울 수밖에 없는 무력함을 뼈저리게 느꼈다. 자신의 통곡이 아니어도 이미 한양 바닥엔 들리지 않는 통곡이 너무도 넘쳐 나고 있었다. 억울한 이들의 울부짖음이 들려왔다. 정여립의 죽음이 마치 본인의 잘못인 듯 느껴졌다. 생살을 쥐어뜯는 고통이 전신을 휘몰아쳤다. 시류를 잘못 판단한 아집과 시건방이 한스럽도록 미웠다. 감당할 수 없는 회한에 무릎을 꿇고 말았다. 일어설 힘조차 없었다. 양반과 상민, 천민이 한데 어우러진, 정여립이 세우고자 했던 대동세상은 금강의 물굽이와 병풍 너머로 사그라들었다.

"가겠느냐. 정여립의 고향, 전주에."

손수 효수된 목을 거두어 말에 오르자 마파람이 광해의 뺨을 훑고 지나갔다. 꼬박 하루 반나절을 달려 정여립의 지근대던 발길을 반겼던 곳곳의 촌로에서 흐느끼는 눈물을 풀풀 뱉어 냈다. 호젓하던 앞뜰의 배롱나무 역시 샛문 사이로 보이는 정여립과의 고별에 그 슬픔을 가누질 못하고 들썩였다. 툭 바닥으로 떨군 광해의 눈물과 함께 모악산이, 모악 마을이, 치마바위가 그의 죽음을 배웅했다. 서풋서풋 사라져 가는 그의 마지막 발걸음을 인도하듯 마르지 않는 광해의 눈물 자락이 계속해서 바닥으로 흘러내렸다.

'편히 가십시오……. 못 이룬 세상에 대한 미련 따윈 접으시고……. 제가 이루겠습니다……. 백성이 주인인 나라를 만들겠습니다……. 그리할 것입니다……. 꼭…… 이룰 겁니다. 그러니…… 부디 편히…… 눈 감으십시오…….'

하늘은 어둡고 발은 무거웠다. 그 뒤로 태도가 서 있었다.

"정여립이 네게 어떠한 세상을 말했느냐?"

"그분은 제게 세상을 말씀하신 적이 없습니다."

"정여립이 네게 어떤 세상을 보여 주었느냐?"

"그분은 제게 세상을 보여 주신 적이 없습니다."

"하면 너는 정여립의 무엇을 본 것이냐?"

"제가 본 것이 아니라…… 그분께서 보아 주셨습니다. 그분께서 저의 세상을 들어 주셨고, 아무도 관심이 없는 저를 봐 주셨습니다."

"나도 보고 싶구나, 나도 태도 너의 세상을 보고 듣고…… 그러고 싶다. 그러니 죽지 말자…… 살자꾸나…… 함께 살자꾸나."

말은 그리했으나 당장 혀를 물고 죽고 싶은 심정이었다. 정여립의 죽음이 몰고 온 충격에서 벗어나려 요동치고 몸부림칠수록 점점 더 나락으로 빠져들었다. 칠흑 같은 어둠 속 가시밭길을 알 몸뚱이 맨발로 걷는 듯했고 강건한 육체는 그대로였으나 어찌된 일인지 두 다리를 지탱할 힘조차 없었다. 쓰러지고 엎어지길 수 없는 시행착오가 다발하였고 두 눈을 부릅떠도 피안의 길목은 좀 처럼 보이지 않았다. 그리 며칠을 보내고서야 겨우 눈을 뜰 수 있었다. 힘겹게 몸을 일으키자 싸늘한 가을바람이 먹구름을 부르고 있었다. 간간히 떨어지던 빗방울이 굵어지더니 어느새 억수 같은 장맛비가 되었고 바람은 소나무 가지를 뽑아 버릴 듯 아우성쳤다. 그러기를 문득 비가 그치자 견디기 힘든 적막이 찾아들었다. 바람 한 점 없었다. 재잘대던 새소리도 졸졸졸 흐르는 시냇물 소리도 없었다. 순간 몸속을 떠돌던 피가 멈춘 듯 아찔했다. 정신을 차려보니 그 모든 것이 그저 망상이었다. 깊은 한숨을 토해 내고 고개를 들자 말간 하늘이 눈에 들었다. 구름 한 점 없는 맑은 하늘에 작은 빛줄기가 일렁였다. 무엇인가 싶어 눈을 부비고 다시 보니 바람을 타는 듯 이리저리 희멀거리던 빛줄기가 한데 엉키더니 이내 제 모습을 갖추었다. 그제야 무엇인지 깨달았다. 달처럼 환한 미소에 말간 눈동자를 머금은 여인이었다.

'너는 무얼 하고 있느냐. 어디서 무얼 하는 게야……'

산중엔 뭇 새들의 지저귐이 분주했다. 인적 드문 산길이라 곳곳에 토끼며 다람쥐가 보이다가도 광해가 다가서면 어디론가 종적을 감추길 두 시진을 걸었다. 오시가 넘어 해가 기울자 서늘한 바람이 불기 시작했다. 갈수록 거세지는 바람에 한껏 메말랐던 산과 들에서 먼지가 휘몰아쳐 광해의 이목을 괴롭혔다. 한차례 돌풍이 멎자 동남쪽 하늘에 한 줄기 검은 구름이 피어오르더니 물감 번지듯 빠르게 주변을 물들여 갔다. 강약이 일정치 않은 돌풍이 두어 번 더 휘몰아치는 사이 반쪽 하늘은 온통 먹구름으로 뒤덮였고 대지는 삽시간에 음침한 세상으로 변하였다. 그때 저 멀리 문사승의 산채가 눈에 들었다. 싸리문을 열고 들어서자 마당 한가운데서 빨래를 걷고 있는 여인의 뒤태가 보였다. 정이이리라. 노을에 비낀 정이의 모습은 그저 이 년 전에 보았던, 잠시 인연이었다가 헤어졌던 그 어린 소녀가 아니었다. 붉은 석양에 애수를 녹이며 물처럼 구름처럼 흘려보내는 일말의 애원과 우수가 다분하여 보는 이의 심금을 울리고도 남을 자태였다. 발소리를 죽이고 다가섰다. 정이를 놀라게 하고 싶지 않았으나 저도 모르게 목멘 목소리를 꺼내 놓았다.

"정이야…… 정이가 아니냐?"

깜짝 놀란 정이가 발을 헛디뎌 앞으로 넘어졌고 정이의 손을 덥석 잡아 와락 품 안에 끌어안은 광해가 연꽃처럼 보들보들한 얼굴을 마주했다. 거의 반사적으로 광해를 밀어낸 정이가 발개진 얼굴을 문질렀다. 여인이었다. 어느새, 여인이 되어 있었다.

"마마? 마마가 아니십니까? 어찌 아시고 이곳까지……."

이 년 만의 재회이니 반가움이 이루 말할 수 없었지만 그보다는 어엿한 여인이 된 정이의 얼굴에서 제 눈을 뗄 수 없었다. 하얗고 말간 얼굴이 미소를 머금고 있었다. 흑진주 같은 눈동자가 유난히도 크고 맑아 마치 제 눈빛을 죄다 빨아들이는 듯했고 갖춰 입은 허름한 의복조차 빛이 나는 듯했다. 바싹 타오른 긴장에 저도 모르게 마른 침을 삼켰고 숨을 나직하니 고른 후에야 겨우 입을 열 수 있었다.

"네가 보고 싶어 왔느니라."

저도 모르게 튀어나온 말이었으나 후회되진 않았다. 화들짝 놀란 정이가 무어라 화답할 말을 찾지 못하였다. 속삭이는 듯한 뜨거운 사랑의 목소리에 눈이 암암하고 귓불이 발갛게 달아올랐다. 행여 들킬세라 홀로 두근대는 가슴을 두 손으로 부둥켜안곤 저물어 가는 하늘에 피어오르는 붉은 구름을 응시했다. 낙조의 발간 햇살을 받은 구름이 정처 없이 흘러가니 꼭 제 마음 같았다. 이해할 수 없었다. 어찌 이런 마음이 드는지. 그때 광해의 목소리가 들렸다.

"태도 소식은…… 들었느냐?"

그리운 마음에 살포시 고개를 내젓는 정이에게 태도의 소식을 전하고 정여립이란 자의 소식도 전했다. 하나 세상과 떨어진 무릉도원이라 개혁을 부르짖은 정여립이란 사람도, 공명을 꿈꾸던 선비 천여 명의 목숨을 앗아간 기축사화己丑士禍도, 정이에겐 모두 딴 세상 이야기였다. 광해가 대뜸 정이의 손을 움켜쥐었다. 화들짝 놀란 정이가 급히 손을 빼려 했지만 광해의 손은 정이가 손을 빼는 걸 허락지 않았다. 묵직한 바위가 눌러 대는 듯한 중압감에 눌려 정이는 옴짝달싹 못했다. 잠시간 그리 부둥켜 있다가 가까스로 손을 빼낸 정이가 발갛게 달아오른 얼굴을 떨어트리자 광해가 대뜸 그녀의 허리를 끌어안았다. 그간 은근히 속을 태웠던지라 운명처럼 다시 찾아온 이 해후를 그냥 스쳐 보낼 수 없었던 게다. 가녀린 허리를 감싸 안은 사내의 손길에 불쑥 힘이 가해지자 정이의 심장이 터질 듯 요동쳤다. 하나 힘껏 끌어안을 수도 밀어 내칠 수도 없어 발개진 얼굴을 묻어 그저 우두커니 있었다. 떨리었다. 눈빛도, 손끝도, 발끝도. 만 가지 꽃 내음을 머금은 정이의 체향에 광해의 정신 또한 아찔할 지경이었다. 황홀하고 달콤한 느낌을 놓치고 싶지 않아 품 안 가득 정이를 안은 채 속삭이듯 말했다.

　"용서하여라. 지금의 내게, 오직 너만이 살 길이다."

　그러곤 나비 한 쌍이 교접하듯 서로의 품을 파고들었으나 이내 황망한 마음에 정이가 조심스레 광해를 밀어내며 말했다.

"마마, 어찌 그리 힘든 얼굴을 하고 계십니까."

광해가 나직이 읊조렸다. 절망 가득한 눈빛이었다.

"괴롭고 침통하여 무엇 하나 할 수가 없다. 고이 숨겨 둔 내 욕심과 어리석음을 보았고, 이 몸이 고작 백 년도 못 살 고깃덩이에 불과함을, 내 의식과 정신이 한낱 바람에 흩날리는 먼지보다 못함을 이제야 깨달았다. 정여립의 죽음을 눈앞에 두고서야 겨우 깨달았단 말이다. 정이 너도 나와 같을 것이다. 태어나자마자 어미를 잃었고 꿈을 이루고자 하나 부조리와 편견의 벽이 너무도 높지 않느냐? 사기장이 되고 싶다 했더냐? 그릇을 빚는다 했느냐? 그것이 망상에 뿌리를 둔 탐욕이며 집착이 아니고 무엇이냐. 서로 부둥켜 엉킨 뿌리를 도끼로 찍어 낸들 또 다른 뿌리가 사위에서 자라고 말 게다. 희망이라는 덫에 빠져 영원히 헤어날 수 없는 게지."

"그렇다하여 도끼질을 멈출 순 없지 않사옵니까."

"……."

"마마, 어찌 그리 절망에 빠져 계십니까. 저 하늘을 보십시오. 구름에 가려져 있다 한들 달이 없는 것이 아니며, 겨울 한파가 세차다하여 봄이 오지 않는 것도 아닙니다."

할 수 없다! 불가하다! 자신이 온갖 핑계를 내세워 주저앉아 있는 동안에 눈앞에서 아비를 잃은 정이는 침통과 비탄, 고통과 절망을 감내하고 또 극복하지 않았는가. 실로 창피하고 부끄러워 고개를 들 수조차 없었다. 하여 침묵했다. 그러곤 목깃을 훑는 서늘한 삭풍과 함께 발길을 돌렸다. 정이를 뒤로하자 적적하기만 했던 광해의 가슴이 더 무겁고 먹먹해졌다. 절망의 가지와 망상의 뿌리, 고뇌의 씨앗들이 안개 속 어둠 속으로 사라지는 광해를 휘감았고 저도 모르게 땅이 꺼져라 한숨이 쏟아져 입술을 베어 물었다. 무엇을 얻고 싶으냐, 무엇을 취하고 무엇을 버려야 하는가. 문득 정이의 목소리가 귓전에 맴돌았다. '그렇다하여 도끼질을 멈출 순 없지 않사옵니까.' 피식 웃음이 났다. 너무도 명쾌한 답변이 거기 있었다. 광해의 시선이 발끝을 향했다가 다시 한 치 앞도 보이지 않는 칠흑 어둠 속 길 저편을 향했다. 이 길 끝에 무엇이 있는지 고민할 필요가 무엇 있는가. 그저 길을 가면 되었다. 가다가다 보면 끝이 나오기 마련이리라. 광해의 발걸음이 빨라지더니 어느샌가 어둠 속으로 완전히 사그라졌다.

그해 겨울 매서운 한파가 휘몰아쳤고 홀로 선 산채 골짜기에도 폭설이 쏟아졌다. 뼛속까지 시린 추위였다. 노쇠한 스승을 위해 새벽 댓바람부터 땔감을 구하고 마른 갈대를 엮어 문이며 창문이며 덧붙였지만 한파를 막기엔 역부족이었다. 이틀을 내리 쏟고서도 눈은 그치질 않았고 길이란 길은 모조리 끊겨 버렸다. 눈에 덮이지 않은 거라곤 멀리 깎아지른 기암절벽뿐이었다. 앙상한 나뭇가지도, 바위도, 냇물도 모두 눈에 덮여 있었다. 지붕 가득 내려앉은 눈 때문에 지붕이 무너질라 밤낮으로 장대를 들고 눈을 긁어 댔다. 잠시 해가 뜨면 녹아내린 눈이 고드름이 되었다. 가녀린 손이 고드름을 땄다. 한 입 베어 물자 이가 시릴 정도로 차가웠다. 한데 문사승의 교육은 더 차갑고 모질었다.

"이놈들아! 겨울이라 하여 물이 없고 흙이 없느냐! 얼음을 깨면 그 아래 물이 있고, 눈을 파내면 그 아래 흙이 있는 법이니, 이길로 당장 나서라!"

볼기를 후려치고도 남을 호된 고함 소리였다. 황황히 가슴을 쓸어내린 정이가 문 밖을 나서고서야 서릿발 같던 문사승의 시선이 누그러졌다. 스승의 맘을 모르는 바 아니었지만 이 엄동설한에 길을 나서자니 한숨이 절로 나왔다. 고개를 드니 백설로 뒤덮인 병풍 산맥이 눈에 보였다. 산채의 적막을 뚫고 들어온 찬 겨울의 바람 소리가 제 맘처럼 소란스러웠고 휘몰아친 냉기가 정이의 뺨을 파랗게 물들였다. 이 겨울에 흙을 퍼고 물을 떠오려니, 옆으로 바싹 붙어 서서는 연신 불만을 토해 내는 광수와 미진을 뒤로하고 정이가 먼저 걸음을 뗐다.

얼어 버린 강물에 돌덩이를 집어 던지자 쩽 하며 갈라졌다. 그

사이로 스머 나오는 물을 한 바가지 퍼올리자 물에 담갔던 손이 칼에 베인 듯 아렸다. 빨갛게 변한 손을 호호 불며 광수가 메고 온 물동이를 가득 채우자 양손이 불덩이처럼 타올랐다. 얼어붙은 손을 입김으로 녹이며 멀리 시선을 옮기자 눈보라에 뒤덮인 산 정상이 보였다. 그러고 보니 지난 두 해 동안 저 험난한 겨울 산을 올라 본 적은 없었다. 하여 한번 오르고 싶은 맘이 동하였다.

"너희는 먼저 들어가. 태토는 내가 가져갈게."

구시렁거리는 미진과 광수를 제쳐 둔 정이가 홀로 산에 올랐다. 일다경을 쉼 없이 올라가자 매서운 추위에도 몸이 달아올라 땀이 흥건히 배었다. 간간이 바람을 타고 흩날리던 싸라기눈이 얼어붙은 얼굴에 내려앉았지만 발갛게 달아오른 열기에 이내 녹아 없어졌다. 가뜩이나 험준한 산에 눈까지 내렸으니 길을 찾는 것조차 쉽지 않았다. 중턱을 넘어서자 능선에서 불어온 바람에 계곡에 쌓인 눈이 허리까지 차올랐다. 무릎까지 푹푹 파이는 눈을 밟아 힘겹게 걸음을 옮기길 한참, 태토를 구해야 한다는 맘은 사라지고 그저 하염없이 이유도 목적도 없는 듯했다. 그렇게 두 시진이 지나자 더 이상 오를 곳이 없었다. 세상은 설경 아래 고요했고 눈에 보이는 것이라곤 눈발밖에 없었다. 문득 허무함이 밀려왔다. 욕심의 끝이라, 그곳에 아무것도 존재치 않았다. 땀이 식자 삽시간에 온몸이 차갑게 얼어붙었다. 추웠다. 칼바람에 살갖

이 벗겨져 나가는 듯 따가웠다. 그때 저 멀리 절벽 아래 눈이 쌓이지 않은 황토색 흙이 보였다. 그 아래 백토가 잠들어 있으리라. 어느새 이름 모를 잡초의 모양새와 흙의 빛깔만 보아도 그 아래에 백토가 있는지 없는지 알 수 있는 수준에 이르러 있었다. 조심스레 바윗길을 내려가 봇짐을 풀어 놓고 백토를 채취했다. 가파른 난간에 버티고 선 정이의 발밑이 조금씩 허물어졌지만 아랑곳 않고 백토 채취에 몰두하길 일다경이 지난 때였다. 간신히 버티고 있던 흙바닥이 허물어지며 정이의 몸뚱이가 휘청거렸다. 그 아래는 깎아지른 절벽뿐이라 이대로 떨어진다면 다시 살아날 가능성은 전무했다. 죽음을 목전에 둔 그 찰나의 순간에 무수한 기억들이 뇌리를 스쳤고 막연하게 느낀 죽음은 두려움이 아닌 아쉬움이 되었다. 이리 죽을 수밖에 없는, 꿈을 이루지도 불꽃같은 열정을 다 태워 보지도 못한 채 죽을 수밖에 없는 자책도 있었다. 한데 그 절망의 순간에 용암 같은 열기가 손끝에 전해졌고 누군가의 벼락같은 외침에 무의식적으로 손을 뻗지 않았으면 날카로운 기암괴석의 칼 숲에 떨어지고 말았을 것이다. 세월의 주름을 머금은 손이 정이의 눈에 들어왔다. 문사승의 손이었다.

"스승님⋯⋯."

힘껏 감아쥔 스승의 손에서 진득한 온기가 느껴졌다. 이 년 전 아비 을담이 죽은 후로 이러한 온기는 정이에겐 낯선 것이었다.

순간 눈물이 핑 돌았다.

"아둔하고 어리석은 놈 같으니! 제 목숨 하나 간수하지 못하는 놈이 대체 무얼 하겠단 게야! 무엇하느냐, 얼른 올라서지 않고!"

스승이며 또한 아비 같았다. 목련처럼 새하얀 미소를 머금은 정이가 말했다.

"감사합니다……. 감사합니다, 스승님……."

11장
그 봄, 강한 바람이 일다

🌿

교룡이 모두 열두 마리라, 그중 우두머리가 황룡이 될지니.

고설삼문高設三門의 광화문을 지나 홍례문弘禮門에 이르는 공
간에는 왕의 길 어도御道 옆으로 삼도三道가 형성되어 있지 않았
다. 다만 병사들이 수련할 공간과 전각 들만 있었다. 홍례문을 통
과하면 그제야 삼도가 모습을 드러냈고, 삼도를 지나 근정문에
이르려면 서수瑞獸 네 마리가 지키는 영제교라는 다리를 통과해
야 했다. 다리 아래로 봄꽃들에게 전할 양분을 머금은 명당수가
느리지만 힘차게 흐르고 있었다. 열상진원烈上眞源에서 시작된
물줄기는 향원정과 경회루의 연못에 봄을 알리는 연꽃을 틔웠고,
담장 아래 수문을 통해 궁궐을 빠져나가는 동안 구중궁궐 곳곳에
봄을 알려 왔다. 밤이었으나 봄은 봄이었다. 오랜만에 궐 구석구
석을 살피니 촉촉이 땀이 났고 허기가 졌다. 초롱한 밤하늘을 보

자 달빛에 여인의 얼굴이 일렁였다. 선조의 발길이 이내 양화당을 향했다.

봄날의 팔색 화원을 옮겨 놓은 듯 만 가지 꽃과 과일이 방 안을 채우고 있었고 달빛이 스미는 창가 아래서 붉은 촉이 타오르고 있었다. 선조가 오길 기다리고 있었던 듯 소소히 피어오르는 향연 아래로 영롱한 여인의 육체가 눈에 들어왔다. 묘한 꽃향기에 더한 여인의 체취에 정신이 혼미할 지경이라 선조는 순식간에 인빈의 향내에 취해 들었다. 교교히 몸을 비튼 인빈이 다소곳이 눈을 내리 깔았다가 살짝 고개를 들어 올렸다. 틀어 올린 머릿결 사이에 꽂은 비취옥 비녀 아래 아침 이슬을 머금은 듯한 인빈의 눈동자가 반짝였다. 옷이라기보다 얇은 비단으로 몸을 감싼 인빈의 백설처럼 새하얀 살결이 봉긋 솟은 가슴과 어우러져 선조의 눈을 유혹했다. 선조의 맘이 이내 동하며 꿈틀거렸다. 입바람으로 촛불을 끄곤 이내 부둥켜 얼싸안았다. 은은한 달빛이 창을 뚫고 들어와 인빈의 고운 속살밖에 보이는 것이 없었다. 봉긋 솟은 인빈의 앞가슴이 선조의 가슴에 묻히자 잔잔하던 심장이 널올 뛰듯 요동쳤다. 조심스레 인빈의 가슴을 옥조이자 그녀는 가벼운 신음을 흘리며 몸을 뉘었다. 이내 두 사람은 한 몸처럼 침상에 몸을 실었다. 쓰러지듯 몸을 누인 인빈의 손이 대왕의 몸을 연신 더듬었고 선조의 거친 입김 또한 인빈의 몸을 훑어 내렸다. 인빈의 가슴에 얼굴을 파묻은 선조가 하늘하늘한 그녀의 비단옷을 벗겨 내자 매끄러운 살갗이 희미한 달빛 아래 손짓했다. 해일처럼 몰려든 격정에 몸을 으스러지게 껴안은 선조가 입을 맞추자 인빈은 몸이 나른해지고 정신이 혼미해지는 느낌이었다. 인빈의 교태 어린 몸짓에 선조의 발가벗은 몸이 인빈 위로 올라섰다. 이내 돌진하는 선조의 육중한 몸에 인빈은 신음을 터트렸다. 운우지락이라, 뜨거운 입김이 솟아난 입을 다물지 못하였고 선조의 이마에 송글송글 땀이 맺히길 일다경이 지나고서야 몸이 무거워지며 평온이 찾아 들었다. 심신을 누그러트려 눈을 감았지만 답답하기 짝이 없었다. 제 앞날도 기약 못하는 때에 신료들은 연일 세자 책봉을 재촉했고, 열두 명에 이르는 왕자들 중 제 맘에 꼭 드는 자식 또한 없었다. 어떻게든 세자 책봉을 미루고 싶은 때에 명 황제의 칙서를 받은 사신이 익일 도성에 당도한다는 보고를 받았다. 무슨 일인지는 모르나 사신의 방래訪來가 골머리를 썩일 것이라 훤히 짐작되었다. 그날 밤, 눈은 감았으나 눈썹이 떨리었고 잠은 들었으나 정신은 깨어 있었다.

춘분春分이 지나고도 닷새라 뒤늦은 꽃샘추위에 소매를 여미던 주름진 손이 허겁지겁 차가운 흙바닥을 짚었다. 괜히 높은 신분 행차에 고개를 쳐들었다가 한성부나 포청에 끌려갈 수도 있어 허리도 굽히고 상투가 바닥에 닿도록 머리도 숙였다. 장악원 악공들이 죄다 거리로 쏟아져 나온 듯 이내 시끄러워졌다. 태평 소와 향피리, 장구와 꽹과리가 어우러진 취타대의 연주 소리가 사방곡곡으로 울려 퍼졌고 예조 관원의 목소리가 연신 군중의 귓속으로 빨려 들었다.

"사신 행차요! 비켜서시오!"

거대한 연輦이 남대문로에 들어섰다. 조선에선 보기 힘든 연이라 길이가 삼 척에 높이도 이 척이나 되었고 지붕과 겉면에 복숭아문이 새겨져 있는 것이 양반내들이 타는 사인교나 평교자平轎子도 감히 비교할 수조차 없어 마치 임금의 어가御駕와 같았다. 더욱이 전후좌우로 구슬을 꿰어 만든 발이 처져 있었다. 주렴珠簾 때문에 허리 아래로밖에 보이지 않았지만 연에 타고 있는 명국 사신의 덩치가 짐작되고도 남았다. 가히 비대한 덩치 위로 살이 두둑이 오른 볼살이 인상적이었다. 숨기려야 숨길 수 없는 교만과 방자함도 깃들어 있는 얼굴이었다. 남대문로를 빠져나간 사신 행렬은 운종가를 지나 육조거리로 꺾어 들이갔다. 광화문 앞에 다다라서야 멈추지 않을 것 같았던 육중한 연이 멈춰 섰다. 조선의 흙이 제 신발에 묻는 것이 싫었던 듯 연에서 여輿로 갈아타는 그 잠시의 걸음에도 사신의 얼굴에는 짜증이 가득했다. 사신을 태운 여는 문신과 무신들이 다니는 동서의 칸이 아닌, 왕과 왕

비만이 다닌다는 고설삼문의 중앙 어칸御間으로 들어섰다.

여를 타고 근정문을 넘어온 사신은 근정전 앞에 다다라서야 무거운 몸을 내렸다. 사대문 앞까지 조선의 왕이 마중 나오지 않은 것이 불만인 듯 마주한 사신의 표정이 그리 밝지 않았다. 떠올리니 십여 년 전 방국한 그 오만방자한 사신이었다. 어찌나 안하무인인지 조정에서 취할 수 있는 모든 정성을 내보였건만 돌아온 건 방계 출신의 왕을 인정할 수 없다는 황제의 친서였다. 진정 이를 갈지 않았던가. 선조의 표정 또한 어두웠고 두 사람 사이에 흐르는 냉랭한 분위기는 근정전을 메운 신료들을 불안하게 만들었다.

"전하, 태평관에 연회를 준비해 놓았습니다."

"성심껏 보필하라⋯⋯."

말끝이 흐려지는 것이 분명 어심이 불편한 낌새였다. 하나 사신의 방래에 연회를 베푸는 것은 전례인지라 딱히 거절할 명분도 없었다.

도성 황화방에 위치한 태평관 담장으로 흥겨운 소리에 섞여 군침을 삼킬 내음이 흘러 넘었다. 수라간에서 나온 궁녀들이 분주했고 장악서에서 나온 악공들은 조선의 향악이 아닌 명국의 당악을 연주했다. 비파와 거문고가 음률을 타면 피리와 퉁소, 젓대가 장단구를 쳤고, 그 위아래로 크고 작은 뿔 나발과 걸쇠 북, 흔들 북, 장고 소리가 어우러졌다. 악장이 바뀔 때마다 오색 옷을 맞춰 입은 무희들이 바뀌며 교태 가득한 몸짓으로 보는 이의 마음을 흔들었다. 경쾌하던 연주가 일단락되자 이어 지축을 울리는 징 소리와 함께 십여 명의 무희가 쌍검을 들고 나섰다. 검무를 출 요량이리라. 사위에 위치한 다섯 개의 북을 멋들어지게 두드리는 오고무에 이십여 개의 번득이는 칼날이 정연히 살아 움직였다. 춤사위는 부드러우면서도 날카로웠다. 휘감은 손을 뻗으면 눈부신 봄 햇살이 칼끝에 걸려 무지갯빛을 쏟아 냈고 그 아래 겨드랑이 밑 속살이 은은히 엿보였다. 발을 구르면 지축이 흔들리며 치마폭 아래 숨겨둔 외씨버선이 수줍게 보였다.

"어디 조선년 춤사위 한번 보자꾸나!"

죽청 몇 잔에 대추빛마냥 발긋게 상기된 사신이 고슴도치 털 같은 수염을 두어 번 문지른 후 힘껏 술상을 엎었다. 기겁한 궁녀들이 잽싸게 상을 치우고 정리하였으나 사신의 행패는 그로 멈추지 않았다. 마치 흥에 겨운 듯 자리를 털고 일어난 사신이 검무를 추던 무희의 손을 낚아챘다. 예상치 못한 사신의 행동에 동석한 신료들과 무희들이 토끼눈을 하고 놀랐지만 이미 거나하게 취한 사신은 주위의 반응에 전혀 상관치 않았다. 오히려 딱딱하게 굳은 무희의 몸동작에 사신은 칼을 집어 던지고 북을 걷어차는 행패를 부렸다. 군무의 춤사위에 끼어들어 덩실덩실 춤을 추고 무녀의 손을 잡고 입술에 볼을 비비길 그의 행패에 남아난 이가 없었다. 새파랗게 질린 무희가 신료들을 보며 구원을 바랐지만 그 어떤 신료도 사신의 주사를 막거나 만류하지 않았다. 뜻밖에도 사신을 멈추게 한 것은 내당에서 나온 명국의 관리였다. 조심스레 다가간 관리가 사신의 귀에 몇 마디 속삭이자 사신의 눈썹이 꿈틀거렸다.

"상감이 날 찾는다?"

최소한 며칠간은 얼굴을 마주하지 않을 것이라 생각한 선조가 자신을 찾은 것은 의외였다. 능글맞은 사신의 얼굴에 묘한 화색이 감돌았다.

햇볕이 따스하고 봄바람이 살랑거리는 것이 날씨가 그만이었다. 철 지난 봄꽃들도 아직 화사하게 피어 있어 꽃향기 또한 그윽하였고 그 사이로 각양각색의 나비들이 날아다니며 분위기를 돋우었다. 선조는 연못가 난간에 기대어 있다가 어디선가 날아든 원앙을 응시했다. 파드득거리며 사랑 놀음하던 원앙 한 쌍이 하늘로 치솟았다가 다시 잉어들이 노니는 연못을 훠이 젖고 하늘로 솟아올랐다. 원앙이 저만치 한 점이 되어 사라지고서야 한껏 물 밑 어둠 속에 웅크리고 있던 잉어가 몸을 비틀어 수면 위로 튀어 올랐다가 풍덩 소릴 내며 떨어졌다. 상선의 목소리가 들린 것은 그 직후였다.

"전하……."

고개를 돌리자 선조의 시선 끝에 사신이 서 있었다. 누가 먼저랄 것도 없이 반상에 마주 앉자 대전상궁이 다기가 준비된 작은 소반을 가져와 반상 위에 풀어 놓았다. 적당히 데워 놓은 물을 차완에 붓자 김이 모락모락 피어올랐다. 선조가 그저 덤덤한 표정으로 물었다.

"그래…… 연회는 즐거우셨습니까?"

예조의 관원들이 몇 날 며칠 밤을 새며 준비한 것을 알았기에 나름 자신감이 깃들어 있었다. 하나 듣지 못한 것인지, 아니면 그저 조선의 왕이라 무시한 것인지, 사신은 그 어떤 답도 하지 않았다. 다만 자신 앞에 놓인 찻잔만을 물끄러미 응시하고 있었다. 까다롭기로 소문난 사신의 입맛에 맞추기 위해 오래전 중국 운남성 남부까지 가서 구해 온 찻잎이 들어가 있었다. 하나 모락모락 피어오른 새하얀 김을 소맷자락으로 홀연히 흩어 낸 사신이 냉랭한 목소리를 내뱉었다.

"이걸 마실 바엔 차라리 냉수를 마시겠소이다!"

"……!"

찻잔을 들어 가볍게 입을 적신 사신이 혀를 차며 찻잔을 내려놓았다. 불쾌한 표정이 역력해 선조를 비롯한 대소신료는 물론 임해, 광해, 신성군 세 왕자도 어처구니가 없을 지경이었다. 부글

부글 끓어오른 노기를 힘겹게 되삼킨 선조가 어금니를 악물고 화답했다.

"……그사이 찻물이 식었나 봅니다. 여봐라, 대인께……."

"됐소이다!"

냉랭하고 단호한 목소리라, 더 들을 가치도 없다는 듯 사신이 주절이 떠들었다.

"주상의 눈치가 얄팍한 걸 보니 조선에 간신들이 넘쳐나는 연유를 알 것 같소이다. 옹기보다 못한 밥그릇에 차를 마시게 한 것도 모자라 냉수를 내밀겠다니, 황제 폐하의 면전을 어찌 뵈려 이러시오? 이런 저질 밥그릇 따위……."

사신은 기어이 제 앞에 있던 차완을 던져 버렸고 바닥에 내동댕이쳐진 차완은 힘없는 조선의 국력을 대변하듯 산산이 부서졌다. 선조 대왕의 자존심도 그만큼 부서졌다. 곤룡포 가슴에 수놓인 오조룡五爪龍이 살아 있는 듯 꿈틀거렸지만 아랑곳없이 사신의 멸시가 이어졌다.

"조선의 임금께서는 어찌 차완과 사발도 구분치 못하는 게요? 이것이 예의지국이라 불리는 조선의 예법이란 말이오!?"

사신의 언행에 선조는 말문이 막히고 말았다. 이 대체 무슨 경우란 말인가, 아무리 대국의 사신이라도 해도 이러한 생트집은 왕으로서는 인내하기 어려운 것이리라. 하나 힘겹게 노기를 다스려 떨리는 손을 소매 끝으로 감추었다. 눈앞에 있는 자가 비록 조선 땅에서는 안하무인으로 불리었지만 명국 땅에서는 그 위세가 작금의 황제 다음으로 드높은 자였다.

명국의 관직은 태조 주원장이 권력 강화를 위해 승상 제도를 없애 버린 이후 딱히 서열을 나눌 수 없는 형상이었고, 형식적으로는 군을 총괄하는 도독이 정1품으로 가장 높았지만 그렇다 하여 그 아래 정2품 육부의 상서들보다 권력이 세다 할 순 없었다. 하지만 오직 한 곳, 명국 조정의 수많은 기관들 중에서도 한림원翰林院만큼은 예외였다. 한림원은 황제의 칙령을 전하고 다듬거나 일급 기밀을 다루는 조직으로 과거 시험의 수석자만이 들어갈 수 있었으며, 오랜 세월 명국의 실질적인 재상인 내각대학사를 배출해 낸 곳이었다. 한데 눈앞에 있는 이 안하무인한 사신이 바로 한림원 출신이며 한때나마 최고 서열인 내각대학사를 지낸 자였다. 떨리는 입술을 베어 문 선조의 침묵에 비릿한 미소를 머금은 사신이 짤막히 입을 열었다.

"준비한 차완을 내오거라."

사신의 수발을 드는 명국의 궁녀가 다가와 조심스레 차완 하나를 반상 위에 올려놓았다. 흔한 청색 바탕에 여의주를 입에 문 교룡이 정교하게 새겨진 청자차완이었다. 이내 더운 찻물이 들이차자 양기를 북돋은 청룡이 승천하듯 꿈틀거렸다. 마치 입에서 불을 뿜듯 뜨거운 김이 모락모락 피어올랐다.

"실로 안타깝소이다. 어찌 조선에서는 이런 차완을 만들지 못하는 게요?"

사신의 비아냥거림에 무겁게 닫혀 있던 선조의 입이 열리더니 전에 없던 격앙된 목소리가 흘러 나왔다.

"어디 말씀해 보시구려. 대체 그 차완이 무엇이 어떻게 훌륭하단 게요?"

사신의 눈길이 청자차완을 덮고 있는 교룡을 향했다. 멈춰 있으나 움직이는 듯했고 단색이 분명하나 마치 팔색을 머금은 듯한 청해의 빛을 발하고 있었다.

"상감, 혹 교룡을 보신 적이 있소이까?"

"교룡이라 하셨소? 전설 속 교룡을 말함이라면…… 내 들은 적은 있으나 본 적은 없소이다."

"그럴 테지요. 구담에나 등장하는 신물이니 볼 수 없었겠지요. 하나 저는 보았습니다."

멈칫 놀란 선조가 되물었다.

"대인, 지금 날 두고 농을 하는 게요?"

"농이라니요?"

"농이 아니며 무엇이란 말이오? 창창대해 깊은 바다 속에 산다는 교룡을 대인이 어찌 볼 수 있단 말이오?"

"허허, 보았습니다. 보고 말고요. 그것도 한 마리도 아닌 열두 마리의 교룡을 보았지요. 황제 폐하께 바치고자 용잡이 언월도를 잘 쓰는 장수로 하여금 그중 덩치가 꽤나 큰 놈의 목을 베었건만 안타깝게도 두 동강 난 몸뚱이가 바다에 빠져 버려 건져 내질 못하였지요. 하나 운이 좋게도 암컷 교룡이 해안가에 산란해 둔 교룡의 알을 찾아낼 수 있었습니다. 비록 하나뿐이었지만……. 하…… 그 어찌나 대단하던지…… 아십니까? 교룡이 산란한 곳이 말이외다. 사계절 내내 햇볕이 끊이질 않고 물도 마르지 않는데다가 산짐승이든 들짐승이든 감히 범접할 수도 없는 곳입니다. 그러하니 하물며 인간의 발길은 좀처럼 닿기 어려운 곳이겠지요. 그 귀한 걸 손에 넣었으니 저는 응당 황제폐하께 진상하였고, 그 공로를 인정받아 폐하께서는 제게 내각제학사, 재상의 자리를 제수하셨소이다."

저자가 대체 무슨 소릴 하는 겐가! 당혹스러운 듯 듣고 있던 대소신료들의 만면이 일제히 붉게 물들었고 기괴한 듯 저마다 한 마디씩 내뱉었다. 넘실대는 파도마냥 술렁이는 신료들을 두루 살핀 선조가 헛기침을 한 연후 조심스레 물었다.

"대인, 내가 무지하고 어리석어 좀처럼 대인의 뜻을 이해할 수가 없소이다."

"흥! 조선의 상감께선 어찌 그리 무지하단 말이오?"

순간 선조의 미간이 꿈틀거렸지만 이내 흩어졌고, 만면 가득 비릿한 조롱을 머금은 사신이 말을 이었다.

"잘 들으시오, 상감. 폐하께서 드시고 남은 교룡란의 껍질을 분진마냥 잘게 부수어 갈아 자기를 만들 때 쓰는 태토와 유약에 한데 섞은 게요. 하여 명국 제일의 용가마에서 구워 낸 것이, 바로 이 청자차완이외다!"

"······대인, 지금 그 말을 나더러 믿으란 것이오? 대체 교룡이 어디 있으며, 어찌 한낱 인간의 교룡의 목을 벨 수 있으며, 또한 무릉도원에 산란했다는 교룡란을 대체 무슨 수로 찾아낸단 말이오? 내 보아하니····· 대인께선 지금 이깟 청자차완 하나로 나와 이 나라 조선을 모욕하고 있음이 분명하외다!"

화들짝 놀란 대신이 어이없다는 표정으로 대꾸했다.

"상감! 모욕이라니요? 저는 다만 사실을 말했을 뿐이외다. 상감께서 듣지 못하고 보지 못했다 하여 어찌 없는 것이라 단언한단 말입니까?"

당차고 거침없는 발언에 선조가 침묵하자 사신이 한껏 더 비꼬며 말을 이었다.

"교룡의 껍질을 갈아 만들었으니 이 청자차완이 세상에서 가장 귀한 신물이다, 그리 말씀드리는 것이외다! 만약 상감께서 이몸이 틀렸다 생각한다면····· 진정 그리 생각한다면 보여 주시구려. 당장 이 청자차완보다 뛰어난 차완을 가져와 보시란 말이오!"

조롱에 가까운 사신의 말에 선조의 낯빛이 붉다 못해 검게 변하였다. 생트집을 넘어 일국의 대왕을 발톱의 때보다도 무시하고 깔아뭉개니 더는 용서할 수 터라, 기어이 참고 있던 선조의 일갈이 쏟아져 나왔다.

"대인! 내 당장 구해다 드리겠소이다! 만에 하나 그 차완보다 뛰어난 차완을 가져온다면, 반드시 내게 범한 실례에 용서를 구해야 할 것이오! 아시겠소?"

오늘의 오만을 뼈저리게 후회하게 될 것이리라, 확답이 필요했다. 다짐을 받듯 선조의 시선이 사신을 향하자 사신이 나직이 응대했다.

"그럽시다. 내 상감의 입장을 생각하여 이레의 시간을 드리지요."

고즈넉한 저녁 안개가 먹물 번지듯 흘러들어 빛을 밀어내자 이내 불청객 마냥 찾아든 어둠이 밀물처럼 대궐을 잠식했다. 오색의 꽃담과 각양의 대문이 높고 겹겹이라 미로 속에 한번 발을 잘못 들이면 재차 원점으로 다시 돌아가야 하는 곳이 바로 이곳 구중궁궐이리라. 익숙한 듯 제 길을 찾아든 세 명의 사내가 강녕전 향오문을 들어서자 기다린 듯 상선의 재촉이 있었다.

강녕전에 들어서자 비스듬히 기대앉은 선조의 잿빛 얼굴이 보였다. 예를 갖추어 좌정하자마자 선조의 노기가 쏟아져 나왔다. 선비 천여 명의 목숨을 앗아간 기축사화의 혈풍에도 이처럼 노하진 않았을 게다. 쾅! 힘껏 주먹을 말아 쥔 어수가 벼락처럼 서탁을 내리쳤다. 강녕전에 울린 대성벼락에 대전내관과 궁녀들이 절로 고개를 숙이고 몸을 움츠렸으니 그 앞에 조아리고 있는 세 왕자의 표정은 어떠하겠는가. 입안 가득 흙을 물고 나무에 거꾸로 매달린 심정이었다.

"그자의 콧대를 짓누르지 못한다면 내 죽어서도 눈을 감지 못할 것이다! 명심하여라. 이 나라 조선의 자기가, 결코 명국의 청자보다 못하지 않다는 걸…… 저 오만한 명나라 사신에게 똑똑히 보여 주어야 할 것이다! 네놈들의 목숨을 걸고 말이다!"

오롯한 대화가 오갈 자리도 논쟁을 펼칠 자리도 아니었고, 무어라 회피할 변명을 찾을 수도 반박할 거리도 없었다. 그저 '알겠사옵니다. 어명을 받드옵니다.'만 반복하다 강녕전을 나섰다. 장자 임해군의 발길이 더없이 무거웠고 그 뒤 광해군과 신성군 또한 다르지 않았다. 잠시 침묵 속에 발길을 재촉하다 갈래 길에 들어서고서야 깊은 한숨을 토해 낸 신성군이 입을 열었다.

"저는 대체 어떠한 청자차완을 구하여야 할지 모르겠습니다. 형님들께서는 어찌하실 생각이십니까?"

마치 두 형을 가늠해 보겠다는 눈빛이라 단순한 질문으로 들리진 않았지만 제 안위가 우선인 임해는 그저 황당한 눈빛으로 신성군을 쏘아보며 대꾸했다.

"태평성대에 뜬금없는 불호령도 원통할 지경인데…… 감히 장자인 내가 너희들과 말도 안 되는 경쟁이라도 벌여야 되겠느냐? 저잣거리에 나서 보거라, 눈에 밟히는 게 청자고 차완이다. 값비싼 차완 중에 대충 빛깔이 고운 놈으로 하나 사 오면 그만 아니겠느냐?"

그것이 더 기대할 것도 없는 장자 임해군의 최선이었다. 피식 미소를 머금은 신성군이 고개를 끄덕였다.

"예, 옳으신 말씀입니다. 하오면 저는 이만……."

얕보는 것인지 깔보는 것인지, 예를 갖춘 신성군이 삐딱한 눈빛을 흘리며 좌측으로 사라졌다. 그 발걸음 끝에 제 둥지가 있었고 따듯한 어미의 품이 있었다. 조용히 한숨을 쉰 광해가 걸음을 떼려는데 임해가 소리쳤다.

"너는 어딜 가려는 게냐? 내 미리 말하건대 행여나 내 앞을 막을 생각은 추호도 말거라."

"아시지 않습니까? 형님을 향한 제 마음이 어떠한지."

그러곤 걸음을 떼었다. 하나 하나뿐인 혈육이 이러하니 대체 어디로 가야 할지, 누구에 기대야 할지, 도무지 알 수 없었다. 답답하고 막막했다.

　화사한 낮이었지만 붉은 입술을 빠져나온 목소리엔 고저가 없고 백옥 같은 얼굴은 늘 얼음장처럼 차가웠다. 하루 밤낮에도 수십 번 생사의 기로를 넘나드는 이 구중궁궐에서 이십 년 넘게 제자리를 보전해 온 여인이리라. 신성군과 이조판서 최충헌을 앞에 둔 인빈이 말했다.

　"전하의 진노가 양화당까지 들리는 듯합니다."

　불혹에 다가선 나이이건만 그 얼굴 어디에도 세월의 흔적 따위 보이지 않았다. 되레 젊은 시절엔 볼 수 없었던 완숙함이 묻어나 보는 이들의 탄성을 자아냈다. 소녀의 순수함을 담은 총기어린 두 눈, 손으로 쥐었다간 부러질 것 같은 허리, 흰 설원의 눈을 그대로 가져다 놓은 듯한 피부, 어느 것 하나 모자라는 것이 없었다. 희고 바른 치아를 드러내며 미소를 머금으면 지밀상궁조차 그 미모에 넋을 잃을 정도였다. 인빈은 그런 여인이었다. 타고난 미색을 사용할 줄 아는, 가진 힘과 위치를 적절히 안분할 줄 아는, 끊임없이 반복되는 인과의 소용돌이에서 제 한 몸 뺄 줄 아는, 하여 무섭도록 현명한 그 여인의 붉은 입술이 살짝 열리었다.

　"전하의 벼락같은 불호령이 우리 신성군에게도 떨어졌으니…… 어찌하면 좋단 말입니까?"

잠시 생각한 최충헌이 침착한 눈빛으로 대꾸했다.

"위기가 곧 기회가 되는 법이지요. 이번 위기는 신성군 마마께서 용좌의 포문을 열 절호의 기회가 될 겝니다."

분명 처세는 뛰어난 자였으나 간혹 서두르는 성정에 일을 그르치는 것이 최충헌의 약점이었고 인빈의 유일한 불만이었다. 하여 조심스레 화답했다.

"기회라 하셨습니까? 하나…… 이번에 방국한 사신은 안하무인이라 정평 난 자가 아닙니까?"

"하여 절호의 기회라 말씀 드린 것이옵니다. 교룡이라니요? 교룡란의 껍질을 갈아 차완을 만들다니요? 애초에 말도 되지 않는 억지에 불과한 일입니다. 하니 이번만큼은 나서서 화를 입기보다…… 한 걸음 뒤에서 지켜보심이 상책 중 상책일 것입니다."

만약 최충헌이 신성군을 정면에 내세워 사안을 행하려 했다면 내심 최충헌을 멀리할 것이라 생각하던 터에 한 걸음 뒤로 물러서라는 최충헌의 진언은 인빈을 흡족케 하고도 남았다. 만면에 미소를 띤 인빈이 회답했다.

"제 생각에도 그것이 옳습니다. 하니……."

잠시 생각한 인빈이 신성군을 보며 말했다.

"신성군, 근자에 몸이 불편하다 들었는데 어떠한지요?"

"예? 몸이 불편하다니요?"

"이 어미에게 학질이 있다 하지 않았습니까?"

이내 인빈의 저의를 눈치 챈 신성군이 화답했다.

"예, 어마마마, 며칠 전부터 몸이 으스스 떨려 오한이 찾아왔다 생각하던 참입니다. 그렇잖아도 소자 내의원을 찾아갈 생각이었습니다."

"하면 내의원은 내가 부를 것이니 신성군께서는 먼저 돌아가 이부자리에 몸을 누이시지요. 장차 큰일을 하실 분인데 몸을 강건히 하셔야 합니다. 아시겠습니까?"

만면에 흡족한 미소를 머금은 신성군이 화답했다.

"예, 어마마마."

그 이튿 날이었다. 낭청을 보좌하는 원역員役의 경망스런 발길 소리가 안개처럼 가라앉은 사옹원을 두드려 깨웠다. 두 가닥 가느다란 염소수염을 기른 젊은 원역이 사옹원 전각들을 휘이 감싸 돌아서는 서쪽 끝에 자리 잡고 있는 낭청실 문을 활짝 열어 젖혔다. 그러고는 턱 끝까지 차오른 거친 숨을 토해내며 말했다.

"낭청 어른! 광해군마마께서 전하를 알현하시어 사신이 가져온 청자차완을 가져갔다 하옵니다!"

"뭐라?"

그러곤 잠시 생각한 강천이 물었다.

"이후 광해군마마의 행로를 아는 게 있느냐?"

"자세한 행로는 모르옵고…… 궐을 빠져나갔다 들었사옵니다."

원역의 말문이 닫히기도 전에 황급히 자리를 털고 일어 난 강천이 낭청실을 빠져나갔다. 급히 강천의 그림자를 쫓아간 원역이 물었다.

"낭청 어른, 어딜 급히 가십니까?"

"분원일세."

"분원이요? 난데없이 분원은 왜……."

"어허 이 사람! 청자차완을 손에 든 광해군마마께서 어딜 가셨 겠는가? 제 발등에 불이 떨어진 마당에 분원의 낭청이라 하여 친 히 내 손이라도 잡고 가실 줄 알았는가? 지체할 시간 없으니 어 서 따르게!"

이레 안에 청자차완을 내놔야 하니 세 왕자가 모두 자신을 찾 아와 도와 달라 하면 누구를 선택해야 하나 고민한 것이 우스웠 다. 그러다가 아무도 찾아오는 이가 없자 기이하다 생각하던 터 에 광해군이 전하를 알현하여 사신이 가져온 청자차완을 가져갔 다는 소식이 전해졌으니 그다음 행보야 불 보듯 뻔한 일이리라. 강천의 마음이 조급해졌다.

오랜만이었다. 바스락 씹히는 소리와 함께 부서지는 낙엽을 밟아 보는 것이. 광해의 흑혜에 밀린 낙엽이며 나뭇가지들이 저마다 비명을 질러 댔다. 궐내의 낙엽들이야 밟힐 만하면 전연사의 나인들이 무섭게들 쓸어가 버리기 바빴고, 광해가 거하는 군저君邸 역시 다르지 않았다.

'사옹원 분원이라…….'

그리 한 걸음 한 걸음 다가선 광해가 전서체 현판을 보고 멈춰서자 그 옆으로 흑색 철릭을 정갈히 걸친 태도가 다가섰다.

"어찌 환복하셨습니까?"

양반네들이 입는 철릭을 걸친 광해가 시선을 현판에 둔 채 대꾸했다.

"첫 등장인데, 이리 가야 속속들이 볼 수 있지 않겠느냐?"

태도가 상아패를 보이자 기겁한 수문장이 급히 문을 열어 젖혔다. 글을 배우지 않았으니 호패에 쓰인 직함이 무엇인지는 알리 없었을 테고 그저 사대부 집안의 자식들이리라 생각했을 터였다. 들어서자마자 분주한 분원의 전경이 눈에 들었다. 구석구석 사람이 있지 않은 곳이 없고 잠시 자리를 깔고 앉아 조용히 명상할 만한 여유 공간도 없었다. 그때 눈앞으로 제 몸보다 큰 물 항아리와 흙 지게를 진 잡역들이 바삐 지나갔다. 잠시간 그들을 따라가니 수비소水飛所라 쓰인 현판이 눈에 들었다. 일렬로 늘어선 기십의 여인들이 흙과 물을 섞어 연신 체로 거르고 있으니 매우

볼 만한 광경이었다. 시선을 멀리 옮기니 수비소 안쪽으로 진흙을 바닥에 펼쳐 밟는 연토소가 보였다. 역시 치마며 바짓가랑이를 걷어 올린 새하얀 여인들의 다리가 쉼 없이 움직였고 연신 홍조 가득한 여인네들의 옥구슬 웃음소리가 터져 나왔다. 나이가 지긋한 여인들도 있었으나 대부분이 십 대 후반에서 이십 대 후반을 넘기지 않은 파릇파릇한 여인들이라 옆에 선 태도가 채근하지 않았다면 하루 온종일 황홀경에 빠져 있었을지도 모를 일이었다. 차분히 걸음을 옮겨 그릇을 빚는 성형소와 문양을 넣는 화청소, 초벌구이된 기물을 건조하는 건화소, 자기에 유약을 입히는 시유소까지 살폈다. 짧은 시간이었지만 시끌벅적 분원의 활기찬 광경이 광해에겐 부럽게 보였다. 구중궁궐에선 결코 볼 수 없는 광경이리라.

"오, 이것이 용가마로구나!"

눈이 번쩍 뜨일 볼거리였다. 열두 개의 가마가 오열을 맞춰 늘어서 있는데 그 가운데 마치 웅크린 용 같은 형상을 한 가마가 있었다. 가로 세로가 각각 일 장과 십 장, 용머리 봉통에서 용꼬리 굴뚝까지의 높이가 또한 사 장에 이르니 그 위용이 가히 보는 이의 탄식을 자아내고도 남음이었다. 찬찬히 걸음을 옮겨 다가서자 화장 고덕기가 눈을 치켜세웠다. 말은 하지 않았으나 더는 접근하지 말라는 일종의 경고였다. 가마 안을 살펴보고 싶은 맘이 굴뚝같았으나 기실 활활 타오르는 불꽃의 기세에 가까이 다가서기도 버거워 보였다. 잠시간 멍한 눈길로 불길을 바라보던 그때 분원 초입에서 시작된 뿔 나발 소리가 길고 청아하게 울려 퍼졌다. 무슨 소리인가 의문을 담은 시선이 태도를 향하자 나직한 음성이 흘러나왔다.

"나발 소리 한 번은 변수의 소집명입니다."

잠시 후 또 한 번의 뿔 나발 소리가 이어졌다.

"두 번은 분원의 최고 감독관 낭청의 소집명입니다. 아마도 이 낭청이 분원에 당도한 모양입니다."

"이 낭청이라? 홍, 분원골 여우가 당도한 게로고."

별로 마주하고 싶지 않은 얼굴이라 광해의 얼굴이 살짝 구겨졌다. 순간 사기장들의 움직임이 바빠졌고 거대한 해일처럼 일사분란하게 움직이는 것이 흡사 오위군의 군례를 보는 듯했다. 사위에서 튀어나온 사기장들 사이로 의복을 달리한 몇 몇의 수위 사기장들이 눈에 띄었고, 일제히 청사로 향하는 듯하여 광해가 천천히 걸음을 옮겼다.

상석에 자리한 강천 좌우로 분원의 수위 사기장들이 저마다의 복색으로 앉아 있었다.

"이곳에 모인 사기장들 모두, 해야 할 일이 있다면 이 시간 부로 모두 잊어야 할 것이네. 하던 일이 있다면 멈출 것이고, 급한 용무라면 휘하 사기장과 봉족들에게 넘기도록 하게."

생각지도 못한 강천의 말에 사기장들이 술렁였다.

"지금부터는……."

"지금부터는, 내가 설명하지."

일동의 시선 끝에 광해가 서 있었고, 급히 일어선 강천이 예를 갖추었다.

"이 낭청이 광해군마마께 인사 올립니다."

뒤이어 수위 사기장들이 허겁지겁 일어나 예를 갖추었다. 광해는 사기장들을 향해 개의치 말라는 손짓을 보이곤 자연스레 강천이 비켜 앉은 상석에 착석했다. 슬쩍 수위 사기장들의 면모를 살핀 광해가 말했다.

"내 조용히 분원을 둘러볼 생각이었는데…… 이 낭청 때문에 그럴 수가 없구려."

강천이 고개를 숙이자 눈빛을 번득인 광해가 단호히 말했다.

"이 나라 조선의 명예가 달린 일일세!"

나라의 명예가 달린 일이라, 난데없이 무슨 말인가 싶었지만 이내 이해가 되었다. 명 사신의 만행이 궐 구석구석까지 번지지 않은 곳이 없었고 운종가며 저잣거리며 심지어 백 리 밖 분원까지 흘러 들어온 터였으니 광해군이 분원을 찾아온 이유 또한 충분히 납득이 되었다. 그들의 짐작대로 광해의 품을 떠난 청자차완이 서탁 위에 올려졌다.

"자네들은 지금부터 이 청자차완에 버금가는, 아니…… 아니지, 그 이상의 것을 만들어 와야 하네."

조선의 명예, 대왕의 기대, 그리고 사기장으로서의 자존심이 한데 걸려 수위 사기장들의 낯빛에 묘한 긴장감이 감돌았다. 잠시 사기장들을 살핀 광해가 말을 이었다. 강단이 있고 힘이 있었다.

"……형태와 빛깔, 성격까지 똑같은 청자차완을 만들되, 이 일이 주상전하의 어명이며! 또한 이 나라 조선의 명예가 걸린 일임을, 명심하고 또 명심해야 할 것일세!"

그제야 사안의 중함이 피부에 와 닿았다. 까딱 잘못했다간 분원이 통째로 혈난에 휩쓸리거나 아예 먼지처럼 사라질 수도 있는 위기였다. 광해가 일장 연설을 마치고 나자 강천이 두루 살피며 말했다.

"명국 사신이 내온 차완이 어떠한가? 각자 저마다의 평을 내어 보게."

일동의 시선이 차완을 향했다. 초여름까지 녹지 않는 녹담만설의 비경이 펼쳐진 듯 한 점의 티끌도 보이지 않았다. 하늘의 쪽빛보다 조금은 진한 청록색 바탕 위에 청해의 빛을 머금은 대청색 교룡이 제 꼬리를 찾는 듯 입을 벌려 다완의 겉면에 휘몰아쳤다.

돋을새김의 양각으로 운문이 새겨져 있어 마치 청룡이 구름을 휘젓는 듯한 느낌도 있었다. 잠시간의 감상이 이어진 후 홍의紅衣 수비장 김주동이 포문을 열었다.

"제가 먼저 한 말씀 올리겠습니다."

듬성듬성 수염이 까칠해 보였고 입을 열 적마다 푹 팬 볼따구니가 움푹 들어가며 빈곤한 인상을 더욱 없어 보이게 했다. 삐쩍 마른 왜소한 체구에 걸음걸이도 종종걸음이라 사기장이 되지 않았다면 어디서 빌어먹고 살아도 크게 써먹힐 외모이리라. 하나 자기를 대할 때만큼은 무언가 달랐다. 차완을 이리저리 살피는 그의 눈빛이 마치 생쥐를 앞에 둔 독사의 눈빛 같았다.

"아주 제대로 된 물건이 분명합니다. 삿갓을 엎어 놓은 기형에 긴장미가 흐르고 한 치의 뒤틀림도 없는 완벽한 타원의 형을 갖췄습니다. 낮은 굽과 정연한 곡선으로 보건대…… 필시 이 차완을 만든 이는 명국에서도 이름난 사기장이 분명합니다."

일동이 고개를 끄덕이자 청의靑衣 파기장인 심종수가 말을 이었다.

"에, 상품 중에서도 최상품이지요."

키는 크지 않으나 떡 벌어진 어깨가 위협적이었고 늘 굳어 있는 얼굴이라 선뜻 먼저 말을 붙이기도 쉽지 않은 사내인데, 쫙 찢어 올려붙인 눈매에 불쑥 솟아오른 광대뼈도 그의 거친 인상에 한 몫을 더했다. 하나 거친 외모와 달리 따뜻한 속정이 있었고 특히나 옳고 그름을 따질 때는 남다른 우직함이 있었다.

"문양의 구성도 아주 기가 막힙니다. 바깥은 쪽빛 청해가 흑백 상감으로 배치되어 있고, 안쪽엔 화려한 청운을 역상감으로 새겨 넣었으니, 하늘과 바다를 한데 담았습니다. 실로 그 가운데 청룡이 살아 있는 듯 교묘하니 백번을 구워 낸다 하여 쉬이 나올 수 있는 차완이 아닙니다."

일동이 탄복한 눈빛으로 고개를 끄덕이자 황의黃衣 화청장 양세홍이 제 차례마냥 헛기침을 던졌다. 원래 도화서의 이름난 화원이었지만 생활고에 춘화를 그려 팔던 것이 들통나 도화서에서 쫓겨난 후에 운이 닿아 분원의 화청장이 되었다. 그럼에도 도화서에서의 습성이 그대로 남아 늘 격자무늬 건巾을 소매에 묶고 귓가에 붓을 꽂고 다녔다.

"유약 또한 맑고 고르게 덮여 색조가 은은하면서도 상감 효과가 잘 드러나고 있습니다. 유약의 상감기법이 고려의 것과 비슷하나…… 무늬를 재차 덧씌운 걸로 보아 명국의 청자가 분명해 보입니다. 또한 백토를 쓰긴 하였으나…… 빛깔의 정체가……."

아련하니 떠오르지 않는 듯 말끝을 흐리자 녹의綠衣 조기장 박평의가 화답했다.

"청자의 빛깔을 살리기 위해 유황을 많이 쓴 듯 보입니다."

일동의 시선이 박평의를 향했다. 우악스런 손이 솥뚜껑에 비할 정도이니 자기를 성형하기엔 불리했고 보통 사람보다 몇 뼘은 훌쩍 큰 키와 큰 얼굴이라 대장장이가 더 어울릴 법한 외모의 소유자였다. 하나 좁디좁은 물레 앞에 앉으면서도 누구보다 오랜 시간을 버텨 냈다. 사기장이란 것이 본디 타고난 것보다 후천의 노력이 더 중요함을 손수 보여 주는 사람이리라.

"보기엔 같은 유약 같으나 겉과 속이 다릅니다. 부드러운 유청색 계열로 보아 겉은 저온에서 연소한 소나무의 재와 마른 땅에서 나는 장석을 사용하였고, 그 외…… 편백나무, 호두나무, 참죽나무…… 그리고…… 볏짚을 한데 섞었습니다. 한데…… 안쪽은 소나무 재를 주로 사용하긴 하였으나 역시 반광이 있는 걸로 보아 다른 유약을 사용하였는데……."

모두가 수긍하는 듯 고개를 끄덕였지만 해답을 찾지 못한 듯 말을 잇는 이가 없었다. 즈음 사기장들의 면면을 살핀 변수 이육도가 입을 열었다.

"느티나무와 복숭아 나뭇가지를 사용했습니다."

순간 탄성이 쏟아졌고 수긍하는 듯 일제히 고개를 끄덕였다. 득의만만한 표정의 육도가 연정[1] 대리 오국비를 보며 물었다.

---

1) 鍊正 : 도자기를 구울 때 흙을 개어 이기거나 잿물을 다루는 사람. 분원의 유약 제조 사기장을 부르는 말.

"동일한 조합을 구현할 수 있겠습니까?"

오국비는 무언가 고민하는 눈빛으로 침묵했고 일동의 시선이 일제히 오국비를 향했다. 분원의 여인들이 그러하듯 오국비 또한 아름다움과는 거리가 멀었다. 하나 예쁘지 않다는 것이 아니라 꾸미지 않는 것이었다. 젊은 시절 가슴에 품었던 열정이 뭇 사내 못지 않았으니, 사내의 품에 제 몸을 맡겨 편히 기대고 싶은 여인으로서의 욕심은 그저 가슴 한편에 숨겨 두고 살았다. 그리 지내 온 세월이 어언 삼십 년이라, 비록 수위 사기장은 될 수 없었으나 비어 있는 연정의 자리를 대신하고 있었다. 유약에 관한 최고의 실력자였고 여인으로는 또한 처음이었다. 한참 생각에 잠겼던 오국비가 조심스레 답했다.

"완전히 동일한 조합을 만들 수 없으나…… 얼추 흉내는 낼 수 있을 것입니다."

최대한 자신을 낮춘 말이었으나 분원의 연정 대리가 흉내를 낼 수 있다 하는 것은 곧 한 치의 오차도 없이 똑같은 유약을 만들어 낼 수 있단 말이었다.

"하면…… 차완을 빚어 건조하기까지 사흘은 걸릴 터이니…… 고덕기 화장께서는 그 시각에 맞춰 가마를 준비해 주시지요."

"알겠네."

수위 사기장들 중 최연장자인 화장 고덕기는 그저 짤막히 대꾸하고 말았다.

"지체할 것 없이 다들 시작하시지요."

일동이 고개를 숙이려는 찰나 강천의 음성이 터져 나왔다.

"잠깐!"

의아한 시선이 강천을 향했다. 무엇인가 싶어 광해가 물었다.

"어찌 그러는 겐가?"

잠시 생각한 강천이 고개를 저으며 어렵게 입을 열었다.

"어두운 청색을 띠고 있으나 되레 맑은 빛을 머금고 있으니…… 그저 그런 청자가 아닌 듯하옵니다."

마치 기다린 듯 오국비가 응대했다.

"예, 저 또한 낭청 어른의 말씀이 맞는 듯하옵니다. 이 청자차완은 무엇인가 다르옵니다. 하오나 아무리 고심하여도 저로서는 도무지 짐작할 수조차 없습니다."

그때 눈빛이 번득인 강천이 말했다.

"마마, 명국의 사신이 이 차완을 내놓을 때 전설 속 교룡을 언급했다 들었습니다마는……."

"교룡? 그러했지. 그 오만방자한 자가 제 눈으로 교룡을 보았다며 헛소릴 내뱉었네. 교룡란의 껍질을 갈아 태토와 유약에 섞어 썼다 했는데…… 무언가? 뭐가 짚이는 게 있는 겐가?"

잠시 고민한 강천이 나직이 말했다.

"교룡이라…… 용이라 함은 전설 속 신수라 그 종류와 형태가 다양합니다. 이무기가 변한 훼룡에서 새끼용인 교룡, 뿔이 없는 이룡과 황소의 뿔을 가진 규룡이 있지요. 흔히 용이라 함은 응룡을 말함인데 이만 하더라도 가진 빛깔에 따라 임금을 칭하는 황룡과 용맹한 장수를 칭하는 청룡, 구름을 부르고 비를 내리는 흑룡 등 그 뜻도 헤아릴 수 없이 많습니다. 하온데……."

"말인즉, 하필이면 교룡이라?"

"예, 아무리 안하무인한 사람이라도 주상전하를 앞에 두고 그런 헛말을 내뱉진 않았을 테지요. 소신의 생각엔 필시 그 속에 뜻하는 바가 있을 것이옵니다."

"뜻하는 바가 있다?"

그러곤 잠시 침묵이 찾아들었다가 무언가 깨달은 바가 있는 듯 강천의 눈빛이 번득였다.

"마마…… 그 교룡이란 것이…… 아무래도 도롱뇽을 뜻하는 듯하옵니다."

"뭐라? 도롱뇽?"

"예, 마마, 소싯적에 본 기억이 있습니다. 지금이야 백자가 주류를 이루고 있지만 삼십여 년 전만 하더라도 이곳 분원에서 생산되는 자기 절반이 청자였지요. 그때 소신의 부친께서 도롱뇽을 잡아 쓰는 걸 본 적이 있습니다. 잠시……."

자리에서 일어난 강천이 서쪽 벽으로 나란히 정렬된 진열장 앞으로 다가가서는 큼지막한 청자 하나를 손에 집었다. 잠시 살피곤 고개를 끄덕인 강천이 청자를 서탁 위에 올려놓고 말했다.

"부친께서 만드신 청자입니다. 도롱뇽의 알을 으깨어 태토와 유약에 섞게 되면 이처럼 청자의 빛이 밤하늘을 머금은 듯 어두우면서도 청명한 달빛처럼 윤기가 흐르는 빛깔을 띠게 됩니다. 마마께서 보시기엔 어떻사옵니까?"

같은 색 같은 빛이라, 실로 그러했고 일동이 감탄을 자아낸 순간이었다.

"하…… 같은 색 같은 빛이 분명하네. 역시 이 나라 조선엔 이 낭청을 따를 만한 사기장이 없는 게야!"

"과찬이옵니다, 마마."

"그래, 기일은 맞출 수 있겠는가?"

"다행히 봄철이라 산천에서 도롱뇽 알을 구할 수 있을 것이니…… 차완을 완성하는 데 닷새면 충분할 것이옵니다."

"하면 내 이 낭청을 믿고 이만 물러가세."

강천이 예를 갖추자 광해가 자리를 털고 일어섰다. 그날로부터 닷새, 일곱 명의 수위 사기장들이 각각 청자차완을 하나씩 내놓았으나 모든 면에서 변수 이육도의 차완을 따라올 만한 게 없었다. 육도의 차완은 흡사 쌍둥이마냥 사신이 내놓은 청자차완과 같았다. 빛깔도 윤기도, 손에 닿는 감촉도, 심지어 무게까지도 흡사했다.

광해가 재차 선조 앞에 머리를 조아린 건 어명을 받은 후 정확히 엿샛날 오후였다. 근황을 알지 못했으나 신성군은 학질에 걸렸다하여 며칠째 문 밖 거동도 하지 않고 있어 임해와 광해만이 각자가 구해 온 청자차완 한 점씩을 선조 앞에 내놓았다. 여직 가시지 않은 사신의 조롱에 뱃속 가득 노기를 품은 선조 앞으로 방년의 궁녀가 조심스레 국화차를 내려놓았다. 바싹 긴장한 두 왕자의 면면을 훑어보며 한 모금 마시긴 하였으나 너무 뜨거워 그대로 뱉어 내곤 탁자에 툭 내려놓았다. 급히 다가선 궁녀가 조심스레 국화차를 들어 탁자 위에 흘린 물을 닦는데 불현듯 울화가 치민 선조가 탁자를 내리쳤다. 순간 화들짝 놀란 궁녀가 국화차가 든 차완을 떨어트리고 말았다. 국화차가 선조의 의복이며 얼굴에 튀었고 이내 벼락같은 화가 내리쳤다.

"네 이년! 어찌 이리 조심성이 없단 말이냐!"

선조의 일갈에 기겁한 궁녀의 얼굴이 사색이 됐음은 물론이요, 그 앞에 조아린 두 왕자 또한 가시방석에 앉은 듯 좌불안석이었다. 급히 달려온 대전 상궁이 손수 자리를 정리한 연후에야 선조의 노기가 누그러졌다. 궁녀들이 물러가자 매서운 눈초리로 차완을 살피던 선조가 임해의 차완을 들었다. 차완을 살피는 듯 이리저리 눈동자를 굴리며 물었다.

"어디서 구한 차완이냐?"

고저가 없는 메마른 목소리에 덜컹 겁을 집어먹은 임해가 가슴을 추스르며 말했다.

"이름난 육조 상인에게서 구한 차완이옵니다."

"육조의 상인이라……?"

한쪽으로 삐딱하게 몸을 실었던 선조가 독사가 고개를 세우듯 꼿꼿이 허리를 고쳐 앉자 선조의 전신에서 퍼져 나온 싸한 독기가 임해를 감싸 안았다. 아찔하여 허물거리는 정신을 놓지 않으려 발버둥치는 임해의 콧잔등에 비지땀이 흘렀다.

"……저 ……그것이 ……최상품 자기만을 취급하는 상인을 수소문하여……."

임해의 말문이 닫히기도 전에 선조의 노성이 터져 나왔다.

"네 이놈! 이 차완이 어딜 봐서 조선의 차완이더냐! 명국의 것인지 조선의 것인지도 구분 못하는 네놈에게 이 일을 맡긴 것 자체가 나의 과오로구나!"

움찔한 임해가 황망히 고개를 떨어트렸다. 힘껏 말아 쥔 선조의 주먹이 한껏 솟아올랐다가 허공에서 간신히 화기를 잠재우곤 다시 용좌를 틀어쥐었다. 차분히 어심을 추스른 선조의 시선이 광해가 내놓은 차완을 향했다. 차완을 들어 살피는 선조의 눈에 약간의 흡족한 빛이 어렸다. 이리저리 살펴볼수록 마음에 드는 듯했다.

"제법 흉내를 낸 듯하니…… 말해 보라. 어디서 구한 것이냐?"

"분원의 사기장들을 선별하여 총 일곱 점의 자기를 만들었사온데…… 그중 사신이 내놓은 차완과 가장 흡사한 차완을 선별하였사옵니다."

"내 보기에도 사신의 차완과 네가 가져온 차완을 분간할 수 없다. 혼이 네가 내 체면을 세웠도다. 그래, 이 차완을 만든 사기장이 누구냐?"

"분원의 이육도 변수이옵니다."

짙푸른 청색 창의를 걸친 육도가 밤하늘 쪽빛을 품은 청자차완을 들고 태평관으로 들어섰다. 오색 꽃이 만개한 화단을 지나 기다리고 있던 명국 궁녀의 안내를 받아 팔각 정자로 들어서길 몇 걸음, 선조와 사신 그리고 육조의 신료들이 위엄 가득 자리해 있었다. 호흡을 다듬어 천천히 정자 앞 계단 앞으로 다가서 선조를 향해 깍듯이 예를 갖추자 차분한 낯빛의 광해가 차완을 넘겨받아 사신 앞에 놓인 반상 위에 사뿐히 올려놓았다. 흡사 쌍둥이마냥 꼭 닮은 차완의 등장에 몇몇 신료들이 탄성을 자아냈다. 이어 궁녀 두 명이 분간되지 않는 두 개의 차완에 더운 찻물을 붓자 김이 모락모락 피어올랐다. 잠시 기다리길 미동 없는 사신이 무표정으로 일관하니 선조가 의아하니 물었다.

"어찌 그러시오?"

침묵 어린 사신은 빤히 쳐다볼 뿐 차완에 손을 대지 않고 있었고 묘한 분위기에 지켜보던 신료들이 이내 술렁였다.

"주상께서 이 청자차완의 묘미를 보시려면…… 좀 더 기다리셔야 할 겝니다."

"기다려 달라?"

"예, 상감. 일다경이면 충분한 거외다."

어찌 차를 들지 않고 기다린단 말인가? 순간 육도의 눈썹이 가늘게 떨렸고 무언가 놓친 것이 있는 듯 안타까운 표정이 역력했다. 부디 제 추측이 틀렸기를, 육도의 간절함이 시간이 타고 흘러 일다경이 지난 때였다. 한동안 풍광을 감상하던 사신의 메마른 시선이 지그시 차완을 향했다. 그러곤 천천히 차완을 들어 한 모금 입을 다신 후 잔뜩 인상을 구기며 차완을 내려놓았다. 더없이 냉랭한 목소리가 흘러 나왔다.

"대체 어찌 이런 게요…… 주상, 이 따위 차완을 감히 대명국의 차완과 비교하는 게요?"

생각지도 못한 사신의 일갈에 분노가 일기는커녕 황당한 표정으로 응수하자 사신이 말을 이었다.

"모양과 빛깔이 같다하여 어찌 똑같은 차완이겠소? 그리 보고만 있지 말고 주상께서 직접 차를 들어 보시지요. 하면 내 말 뜻을 절로 아실 것입니다!"

인내하기 힘든 불쾌함을 가까스로 억누른 선조가 차완을 들어 천천히 음미했다. 도무지 영문을 모른 표정으로 차완을 내려놓은 선조의 어수가 다시 청국의 차완을 집어 들었다. 한데 그 순간 선조의 눈썹이 미세하게 꿈틀거렸다. 그러곤 천천히 차를 음미하니 덜덜 떨리는 손을 주체할 수 없어 이내 차완을 내려놓고 말았다. 잔잔히 흐르던 노기가 파문처럼 번져 얼굴을 뒤덮었고 붉게 달아오른 입술에서 벼락같은 일갈이 터져 나왔다.

"어찌 이런 것이냐! 어찌!"

우레가 쏟아지는 듯 편전이 들썩였다. 모멸감에 치를 떨었고 대왕으로서는 감히 입에 담기도 힘든 욕설도 쏟아졌다. 머리를 조아리며 부복한 신료들은 그저 선조의 진노가 잦아들기만을 기다렸고 편전의 하단 말석에 부복한 육도는 땅이 꺼져라 머리를 마룻바닥에 박고 있었다. 그 가운데 오직 임해군만이 잿빛이 된 광해군의 면면을 살피며 미소를 머금고 있었다. 공빈 김씨라는 같은 생모를 두었지만 반궁의 교수들에게도 지지 않을 학식을 지닌 광해와 달리 임해의 학식은 학식이라 불리기도 민망할 수준의 것이었다. 근자에 들어 소학과 사서삼경을 떼었다는 것이 그나마 다행이라 할 수 있는 수준이었다. 지덕체, 그 어떤 것에도 재주를 보이지 못한 임해가 할 수 있는 것은 고작 시기와 질시의 저의를 담아 아우 광해를 밀어 세우고 탓하는 것뿐이었다. 한데 어리석은 광해가 이리 위기에 몰렸으니 임해로서는 더없이 반가운 일이리라.

"무엇이냐! 모양과 무늬는 같을지언정 잔의 온기가 달랐다. 그리도 차갑게 식어 버린 이유가 대체 무엇이란 말이냐!"

형태와 빛깔은 완벽히 일치했지만 잔의 온기가 달랐다. 싸늘히 식어 버린 육도의 차완에 비해 사신의 차완은 일다경이 지나고서도 여전히 제 온기를 간직하고 있었다.

"진정 오만방자한 사신의 코를 납작하게 해 줄 사기장이 이 조선 땅엔 단 한 명도 없단 말이냐!"

신료들이 꿀 먹은 벙어리마냥 입을 닫았고 지은 죄가 있는 육도와 강천 또한 일언반구도 꺼내지 못하는 터에 선조의 노기 어린 시선이 강천을 향했다.

"이 낭청이 손수 만들라!"

기실 예상하고 있던 터라 차분히 한발 앞으로 나선 강천이 예를 갖추었다. 한데 그보다 앞서 최충헌이 강천을 제지하며 입을 열었다.

"전하, 이 낭청의 실력이 뛰어난 것은 만천하가 아는 사실 이
오나, 현 사안은 그리 단순한 문제가 아니라 사려되옵니다."

멈칫한 선조가 되물었다.

"무슨 뜻인가?"

"명국의 사신이 진정 그깟 차완 하나로 불만을 제기한 것이겠
습니까? 차완을 내민 것은 핑계일 뿐이고, 실은 그 속내가 따로
있을 것이옵니다."

"속내라?"

일리가 있는 말이라 선조가 고개를 끄덕였다.

"전하. 그 속내를 캐내지 않고서는 그 어떤 차완을 만들어도
소용이 없을 것이옵니다."

"최충헌의 생각이 틀리진 않으나, 이 치욕 또한 덮을 수 없음
이다."

"전하. 조선 제일의 사기장 이 낭청이 직접 나섰다가, 만에 하
나 돼먹지도 않은 이유로 명 사신의 훈계를 듣게 된다면 어쩌하
겠습니까? 더는 변명할 수도 되돌릴 수도 없으니, 실로 역사에
남을 모욕이 될 것이옵니다."

그럴싸한 언변에 노기를 누그러트린 선조가 물었다.

"이 낭청이 안 된다면? 대체 어떤 사기장이 이 사안을 해결할
수 있단 말인가!"

"이 낭청과 실력을 견줄 만한 사기장이…… 딱 한 명 있사옵
니다."

일동의 시선이 일제히 최충헌을 향했다.

"문사승입니다."

잠시간의 정적이 편전에 감돌았다. 문사승이 수토감관으로 있
을 때 앞장서서 그를 분원에서 내쫓은 게 바로 최충헌이었다. 한
데 이제 와 문사승을 불러들이라니, 듣고 있던 신료들의 표정에
도 의아함이 솟구쳤다.

"문사승은 과거 수토감관을 지낸 명장이니 그깟 차완쯤이야
충분히 만들 능력이 있을 것이며, 또한 지금은 초야에 묻혀 있으
니 만에 하나 사신이 생트집을 잡아 훈계하더라도 이 나라 조선의
명예를 더럽히지 않는 선에서 후사를 도모할 수 있을 것입니다."

오뉴월 흑마가 쏜살처럼 달려 나갔다. 삼복더위보다 더 뜨거운
채찍이 쏟아졌고 사람도 말도 땀에 젖었다. 말이 지나간 자리는
뽀얀 먼지가 피어올랐다. 소맷자락으로 땀을 훔치면서도 쌍해의
얼굴은 땀으로 범벅되어 붉게 익어 있었다. 땀에 젖은 의관이 몸
을 척척 휘감았다. 그럼에도 기분이 좋았다. 문사승을 불러들이
라는 어명에 광해가 손수 나서겠다 청하였으니, 비단 그 속내는
정이를 보고 싶은 맘이 구 할은 넘었을 게다.

새하얀 백자 술병이 먹물을 뿌려 놓은 듯한 밤하늘 아래 유난히 반짝이고 있었다. 술병이 연신 문사승의 입에 술을 쏟아 붓는 터에 정이가 흥분한 기색이 역력한 목소리로 문사승을 불렀다.

"스승님!"

고개를 돌리자 정이의 뒤로 비단 도포를 두른 중년의 사내가 서 있었다. 흐릿한 기억을 떠올리려는 찰나에 나직한 사내의 음성이 흘러 나왔다.

"류성룡입니다. 그사이 제 얼굴을 잊으신 건 아니시겠지요?"

문사승이 황급히 자리를 털고 일어나 예를 갖추었다. 도대체 예조판서 류성룡이 이 산골까지 무슨 볼일이 있나 싶어 의아한 때에 그 뒤로 젊은 사내가 들어섰다. 정이가 아뢰었다.

"스승님, 광해군마마이십니다."

"마마?"

딱히 손님을 맞이할 만한 공간이 없어 공방에 서탁이며 의자를 두루 펼쳐 놓고 앉았다.

"차완을 만들라니요? 이 몸은 늙고 찌그러져 차완은커녕……."

"문 낭청, 아직 가슴에 불을 품고 계시지 않습니까? 지금, 그 가슴에 살아 있는 불이 필요한 때입니다."

류성룡의 설득에도 문사승이 움직이지 않자 광해가 쐐기를 박

듯 말했다.

"어명일세. 설마하니 어명을 거역할 생각인가?"

어명을 거절할 순 없었다. 그때 삐거덕 문을 열고 다기를 준비한 정이가 들어섰다. 광해의 눈빛이 동요하였지만 정이는 그저 무심한 눈빛으로 다기를 내려놓았다. 그때 문사승이 말했다.

"저 대신…… 이 아이를 데려가시지요."

깜짝 놀란 류성룡이 되물었다.

"이 아이가 무슨 재주가 있어 문 낭청을 대신한단 말입니까?"

"허허…… 내 본 적은 없으나 대감께서는 보신 적이 있지 않습니까?"

"무슨 말씀이온지……."

류성룡은 그렇게 말하곤 정이를 뚫어져라 보았다. 그러곤 이내 깨달았다.

"설마…… 변수 유을담의 여식이더냐? 그런 게야?"

류성룡에게 고개를 끄덕인 정이가 문사승에게 물었다.

"하오나 스승님, 제가 어찌 그리 큰일을 감당할 수 있겠습니까?"

"지금의 네 실력이면 충분히 해내고도 남음이다. 또한……."

문사승이 벽에 붙은 진열장 가운데를 가리키며 물었다.

"저기, 저것이 무슨 자기냐?"

"……분청사기이옵니다."

"그래, 백토분장으로 기물 표면에 무늬를 새기고 철분이 소량 있는 나뭇재에 장석이 섞인 유약을 시유한 게지. 철분의 많고 적음에 따라 청색, 회청색, 갈색도 나오는 법이다. 보다시피 가지각색이 있지만 지금 분원에서는 더 이상 제조하지 않는다. 오직 백색만 살아남았다. 해서 생기 넘치는 문양도 없고 개성도 없는 게지. 내가 무슨 말을 하는 건지 알겠느냐?"

"송구하오나 이 제자 이해를 못하겠습니다."

"쯔쯔…… 어리석긴, 바꾸란 말이다! 가진 것들은 변화를 두려워하는 법이고, 그리 고인 물은 썩기 마련이다. 하니 네가 가서 바꾸어라. 분청사기가 백자보다 나쁘지 않음을, 각각의 쓰임이 다를 뿐이란 걸 보여 주란 말이다."

정이의 침묵에 류성룡이 화답했다.

"이 아이의 재주가 문 낭청에 닿았다면 내 주상전하께 그리 고하도록 하지요. 광해군마마께서는 어찌 생각하십니까?"

"……"

문사승이 저리 말하니 실력이야 두말할 필요 없겠지만 말 못할 두려움이 일었다. 어찌하다 또다시 이 아이를 격정의 파도에 휘말리게 할 수 있단 말인가. 그럴 수 없다. 그리할 수 없다. 맘은 그리 외쳤지만 한편으론 정이를 곁에 두고 볼 수 있단 욕심이 생겼다. 아니 그것이 전부였다.

"제가 전하께 아뢰겠습니다."

잿빛 석양이 채 꺼지지 않은 때에 칙칙하고 그을린 대기가 골
난 성미를 뿜어낼 듯 호흡을 들썩거렸다. 옹송그리며 숨어 있던
태양이 이내 삼각산 너머로 사라지며 어둠이 찾아들었으나 번화
한 육조거리 끝에서 장성처럼 서 있는 광화문을 찾는 건 어렵지
않았다. 거대한 광화문 안으로 들어서자 오래전 보았던 그 대궐
의 위용이 눈에 들어 왔다. 바삐 발길을 옮겨 숨죽인 강녕전 처마
아래로 들어서자 처연했던 심장이 바삐 뛰기 시작했다. 묘한 긴
장감이 휘몰아쳐 모골이 송연하였다. 광해와 함께 부복하자 이내
선조의 따가운 질책이 쏟아졌다.

"감히 어명을 거절하였단 말이지."

"전하. 거절한 것이 아니오라……."

"거절이 아니면 대체 무엇이란 말이냐?"

"문사승은 금년 칠순이 넘었고, 심각한 수전증을 앓고 있어 더
는 그릇을 만들 수 없사옵니다. 하여 이 아이를 대신 데려왔사옵
니다."

문사승이 아닌 다른 자를, 그것도 여인을 데려온 사실에 선조
를 비롯한 신료들의 질책이 있었으나, 그 여아가 몇 해 전 어심을
감복시킨 정이임에 순간 정적이 찾아들었다. 하여 정이를 보는

눈빛이 더 기묘하였다. 곱게 조아리고 있는 정이의 자태는 연보랏빛을 머금은 국화꽃잎을 연상시켰다. 그 빛을 물들여 지은 노란 저고리가 정이의 고운 얼굴에 화사한 기운을 펼럭였다. 자줏빛 치마 양 옆으로 얹은 손이 한데로 모아지며 섬섬옥수의 흰 눈두덩이 두 개가 겹쳐지는 듯한 것이, 타고나길 고운 자태였다. 정이가 피워 낸 국화의 향긋한 내음이 선조의 코끝으로 물씬 스며들었다. 그럼에도 선조의 입에서는 잔뜩 노기 섞인 음성이 흘러나왔다.

"네 스승이 너를 보냈으니, 그 책임 또한 네 스승이 지는 것이렸다?"

"전하. 실책에 대한 책임 또한 소인에게 물어 주심이 마땅하다 사려되옵니다."

그때 최충헌이 끼어들었다.

"네 이년! 뉘 앞이라고 감히 주둥일 놀리느냐!"

정이가 황망히 고개를 떨어트리자 잠시 정이를 응시하던 최충헌이 선조를 향해 읍소하였다.

"전하, 사신의 속내를 알 길이 없으니 기실 그 어떤 그릇도 요변이 심한 사신의 심중엔 부족할 것입니다. 하니 차라리 저 계집을 내세운다면 이후에 발생할 책망은 쉬이 피할 수 있을 것이옵니다."

선조가 지그시 정이를 노려보며 입을 열었다.

"과거, 어린 네가 내게 왕의 자격에 대해 물었다. 이제 내가 너에게 묻겠다. 계집인 네가 가마 앞에 앉을 자격이 된다 생각하느냐?"

심호흡을 한 정이가 한껏 자신을 낮추어 대꾸했다.

"소인은 아직 자격이 되지 않는다 생각하옵니다. 재량이 미흡한 것은 물론이며 스승님을 대신하기에도 턱없이 부족하옵니다."

"한데 어찌 이 자리에 온 것이냐."

"……소인, 조선의 일이라 하여 다만 주상전하의 백성으로서 이 자리에 왔을 뿐이옵니다."

"만약 사신의 맘을 얻지 못한다면…… 네 목숨을 내놔야 할 터인데도?"

"알고 있사옵니다, 전하……."

"그래도 하겠다?"

"예, 전하."

잠시 생각한 선조가 결심이 선 듯 말했다.

"가거라. 가서 청자차완을 만들어 보아라. 네가 명국 사신의 코를 납작하게 해 준다면…… 그것이 무엇이건 내 너의 소원을 들어 줄 것이다. 하나 한낱 차 그릇이 아니며 중하디중한 일임을 명심해야 할 것이다. 이는 조선의 대왕인 내 자존심이 걸린 중차대한 일이니, 너의 목숨과, 네 스승의 목숨, 너의 위아래좌우의 목숨을 모두 걸어도 결코 충분치 않다는 걸, 칼날이 네 여린 목을 꿰뚫기 전에 명심하고 또 명심해야 할 것이다!"

12장
조선의 여인, 그 이름 유정楡井이라

넘어지고, 찢기고, 밟혀도, 또 다시 일어서리라.

태평관에 당도한 선물 보따리가 수백을 헤아렸고 개중엔 한 궤짝 가득한 황금도 있었고 귀하디귀한 비취옥도 있었다. 하나 제아무리 값비싼 금은보화를 한가득 싸 들고 기다려도 명국 사신의 그림자조차 구경할 수 없었다. 명문 사대부에 고관대작, 왕가의 종친이라 해도 별반 다르지 않았다. 한데 오직 한 사람, 지금 사신과 마주한 이 여인 화령만큼은 예외였다.

화령은 연꽃이 수놓인 화려한 일색당의를 입고 있었다. 유난히도 가늘고 고운 섬섬옥수에 백설처럼 흰 피부가 여염집 규수라 해도 되었고, 앵두를 머금은 입술과 사내의 애간장을 녹일 듯한 애교가 있어 기방 첫손가락의 기녀라 해도 모자라지 않았다. 분원에서 흘러나온 백자는 물론 수저, 소금, 모자, 솜, 곡식에 이르기까지 상단으로는 한양 땅에서 가장 많은 점포를 소유하고 있었고 조선 팔도에 그 연이 닿지 않는 곳이 또한 없었으니 가히 조선 제일의 여인이라 해도 과장되지 않았다. 다소곳이 차려 앉은 화령이 발갛게 물든 입술을 열었다.

"그 용봉문 환두대도[2]는 백제의 왕이 소지했던 검으로 명국에서도 구하기 힘든 귀한 물건입니다."

간만에 마주한 명검이 아닌가, 짐짓 예상한 바였으나 눈앞에 두고 손끝으로 감촉을 느끼니 뱃속에 묵혀 둔 탐욕이 혀끝까지 올라 찼다.

"훌륭하다. 진정 훌륭한 검이야."

마냥 흡족한 사신을 보며 미소를 머금었다. 하나 섣불리 원하는 바를 꺼냈다가는 되레 화를 초래할 뿐이리라. 사냥감이 덫에 발을 들인 이상 칼자루는 화령이 쥐고 있는 셈이었다. 최소 눈앞에 내놓은 찻잔이 차갑게 식을 때까지는 입을 닫고 있어야 마땅했다. 한데 무언가 조급증이 난 듯 환두대도를 제 품에 기울인 사신이 뜨거운 차를 단숨에 비운 후 내려놓았다. 그러곤 화령의 속내를 훤히 들여다보듯 말했다.

"뜸들이지 말고 말하라."

---

2) 손잡이 고리에 용과 봉황 무늬가 장식된 고리 장식 칼.

"무엇을 말씀하시옵니까?"

"허허, 나를 바보천치라 여기는 게냐? 이 귀한 보검을 내게 보여 준 연유가 따로 있을 터인데?"

그러곤 사신의 시선이 환두대도를 향해 떨어졌다. 무쇠가 팔할에 금이 일 할, 또한 이름 모를 팔색의 옥이 일 할이었다. 유독 용맹한 기풍을 드리운 손잡이엔 청룡 두 마리가 서로 엉켜 치솟고 있었고 그 입에 각각이 비취옥 여의주를 물고 있었다. 용작도龍雀刀 중에서도 최고품으로 손꼽힐 만한 섬세한 장식이리라. 칼집에서 곧게 빠져 나온 쌍날검은 단숨에 천년 장송을 두 동강 내어도 부족함이 없을 만큼 윤이 났고 보존 상태 또한 완벽하였다. 환두대도는 이미 사신의 것이었다. 번득이는 사신의 눈빛에서 탐욕이 이글이글 피어오르는 것을 확인한 화령이 때를 놓치지 않고 입을 열었다.

"조선과 명국 간에 개시무역이 거론되고 있다 들었습니다."

삽시간에 냉정을 되찾은 사신의 눈빛이 화령을 쏘아봤다. 까딱거리던 손가락도 일순간 멈추었다. 사신의 기대한 풍채가 뿜어낸 매서운 위엄이 거세게 밀려든 정적과 함께 휘몰아쳐 화령의 전신을 휘감았지만 강골도 녹일 듯한 미소와 부드러운 몸짓으로 그 위세를 홀연히 허공으로 흩어 버렸다. 화령은 더욱 오롯한 눈빛으로, 강단이 있는 목소리로 힘주어 말했다.

"대인, 그 무역권을 제게 넘겨주십시오."

사내였다면 백만대군을 호령하고도 남을 배짱이었으니 곱게 빗어 올린 머릿결이 이처럼 안타까이 보일 수 없었다. 그런 생각에 묘한 미소를 머금은 사신이 시선을 떨어트려 환두대도를 만지작거렸다. 그녀에게 조명朝明간 개시무역권을 넘긴다는 건 고양이에게 생선을 맡기는 것과 별반 다르지 않음이리라. 게다가 무역권이란 국가와 국가의 외교이며 또한 조정의 권한이니 일개 상단에 그 막대한 권한을 위임한다는 것 자체도 무리수가 있었다. 제 아무리 한양 바닥에서 날고 기는 상단이라 해도, 역시 안 되는 일이었다. 생각이 이쯤에서 멈추자 제 품을 떠나게 될 환두대도가 심히 안쓰러운 빛을 발하고 있었다. 주인을 만난 것도 잠시 다시 그 품을 떠날 신세일지니 안타까운 마음에 환두대도를 내려놓으려는 찰나였다.

"그 환두대도는 제가 드리는 덤이옵니다."

멈칫한 사신이 되물었다.

"덤이라? 명마 수백 필과 바꾸어도 아깝지 않을 이 진귀한 보물이 덤이란 말이지?"

의심 가득한 사신의 눈빛에 화령이 단호히 화답했다.

"예 대인. 대인께서 개시무역권을 제게 넘겨주신다면…… 아마도 그 환두대도보다 백 배는 더 값진 것을 취하게 되실 것입니다."

의구심 가득한 눈을 지그시 내리 깐 사신이 물었다.

"말해 보라. 대체 그것이 무엇이냐?"

미소를 머금은 화령이 화답했다.

"소인은 대인께서 조선을 방래한 목적을 알고 있습니다."

"무어라? 네가 지금…… 이 몸이 방래한 목적을 알고 있다……
그리 말하였느냐?"

"예, 대인. 흠차사신이 진헌녀 기십을 데리고 환국한 지 채 일
년도 되지 않은 터에 방래하셨습니다. 하니 무언가 목적이 있다
생각했지요."

화들짝 놀란 사신이 되물었다.

"목적? 조명간 외교 외에 내게 무슨 목적이 있단 말이냐?"

"아뢰옵기 송구하오나…… 대인께서는 무슨 연유로 조선의 왕
을 모욕하셨습니까? 뜻하시고 원하시는 바가 있으신 게지요. 어
리석은 제가 추측하건대 그 교룡이란 것이 혹 조선의 왕자들을
뜻하는 것이 아닙니까?"

멈칫한 사신의 눈썹이 꿈틀거렸다.

"어찌 그리 생각는 게냐?"

"용맹하고 지혜로우나 용이 되지 못한 것이 바로 교룡입니다.
그중 한 마리의 목을 베었다 하셨으니 아마도 그 용은 광해군마

마일 것이옵니다."

사신의 눈빛에 충격이 어렸다가 이내 흩어졌다. 그러곤 천천히
고개를 끄덕이곤 화령을 응시했다. 고개를 살짝 까딱하는 화령이
미소를 머금고 있었다. 그래, 저 미소 때문이리라. 정신을 아득하
고 몽롱하게 만드는, 가늘고 붉게 떠 있는 입매가 제 눈과 귀를
혼란케 하고 있었다. 피식 웃음을 흘린 사신이 말했다.

"황제 폐하께서는 장자인 주상락 태자 대신, 이남도 아닌 삼남
이며 서자이기까지 한 주상순 태자 마마를 황태자에 책봉하려 하
시네. 그런 중 조선의 세자 책봉이 수면 위로 떠올랐지."

득의만만한 미소를 머금은 화령이 말을 이었다.

"예. 하지만 대인을 비롯한 일부 종친대신들은 장자인 주상락
태자를 후원하고 계시죠. 하여 조선에서도 차남 광해군이 아닌,
장자 임해군 마마가 세자에 책봉돼야 한다, 그리 생각하고 계신
게 아닙니까?"

기가 찰 노릇이었다. 진정 백만 대군을 이끌고 전장을 누비고
도 남을 여인이었다. 일순간 큰 웃음이 터져 나왔다.

"허허, 일개 상인이 조선의 왕보다 낫질 않느냐?"

꿀꺽 침을 삼킨 화령이 재차 청을 하였다.

"대인께서 무역권을 제게 넘겨주신다면, 대인의 그 바람은 제
가 이루어 드리겠습니다."

생각지도 못한 뜻밖의 제안에 사신의 고민이 깊어졌다. 고심에 빠진 듯 한동안 침묵하던 사신이 나직한 음성으로 말했다.

"허허, 어찌해야 할지 모르겠구나. 인간의 사치와 욕망은 무궁한 법이다. 부귀가 극에 달하여 기거팔좌하고 금의옥식하는 나날이 많아지면 더불어 불로장생을 염원하는 법이니 탐욕은 그 끝이 없는 게지."

"욕심이 아닌 대의라 생각하십시오. 대인께서는 필시 그 뜻을 이루실 것입니다."

"내 비록 조선 땅을 밟고 조선의 왕을 기만하였으나 아직은 찬위에 대한 뜻을 펼칠 생각이 없다. 그대가 내게 충직하듯 나 또한 황제 폐하께 충성할 뿐이지."

"하오나 호랑이 굴에 들어가지 않고 어찌 호랑이를 잡을 것이며, 풍랑을 넘지 않고 어찌 대륙을 호령할 수 있겠습니까? 소인을 이용하소서. 하여 임해군 마마를 세자에 책봉하게 만드시고, 명국으로 가시어 대인의 큰 뜻을 이루시옵소서!"

"……."

'이레간 청자차완 제조에 관한 모든 권한과 책임을 유정에게 일임할 터! 분원의 사기장들은 이 점을 유념하여 향후 일정에 차질이 없도록 지원을 아끼지 말라!'

하나 선조의 명은 허울 좋은 빈껍데기였다. 분원은 약속이라도 한 듯 정이를 적대시하고 내팽개쳤고, 정이는 쏟아지는 비아냥과 냉정한 시선을 온몸으로 견뎌내야 했다. '낭청 어른, 설마 이 아이가 사신의 차완을 만드는 것입니까?' '이것이 말이나 되는 일입니까?' '네 이년! 내 미리 말하건대, 가마 근처엔 얼씬도 말거라! 계집이 어디 감히 불을 넣어!' '옳거니! 건화소에도 얼씬 말거라!' 곳곳에서 컬컬한 불만이 쏟아졌고 정이가 무어라 답하기도 전에 날쌔게 사라지거나 문을 걸어 닫으니 가슴에 찬물을 끼얹은 듯 허망했다. 뜻 모를 비굴함마저 느껴졌다. 따가운 시선쯤이야, 이유 없는 편견쯤이야 견뎌낼 수 있다 생각하고 또 다짐했지만 이는 정이가 생각한 수준을 훨씬 뛰어넘는 냉대였다. 누구하나 정이를 마주하지 않았고 말을 뱉을 양이면 먼저 손사래를 치고 고개를 저었다. 상황이 이러하니 차완을 빚기는커녕 꼬박한 덩이 만져 보기도 힘들 지경이라. 편견 덩어리의 분원을 바꿔 보라 한 문사승의 야윈 얼굴이 원망스럽게도 눈앞에 아른거렸다. 그런 때에 연정 대리 오국비가 정이를 불러 들였다. 따갑고 냉한 눈빛에 고저가 없는 목소리가 흘러 나왔다.

"행여나 물어보겠는데, 사기장이 되고 싶은 게냐?"

"꼭 그런 것은 아니오나……."

"아니어야 힐 게디. 천기가 개벽하지 않는 한 불가능한 일일

테니."

머리에 각인이 될 만큼 수없이 들어온 말이었으나 상대가 여인이었기에, 연정 대리였기에, 조심스레 물어보았다.

"어찌 그리 생각하십니까?"

"어찌 그리 생각하냐고? 네가 진정 허황된 꿈을 꾸고 있는 게로구나? 나를 보거라. 누구보다 뛰어난 자질을 지녔고 또한 능력이 있으나 여태 사기장이 되지 못하고 있질 않으냐."

"하오나 비어 있는 연정의 직책을 대신하고 계시지 않사옵니까?"

"하나 연정 대리는 대리일 뿐. 결코 연정도 아니며 사기장이 아니다."

"……."

"연토장 서쪽으로 네 또래 공초군들이 묵는 숙소가 있다. 내미리 언질을 주었으니 그리 정처 없이 떠돌지 말고 일을 마무리 지을 때까진 그곳에서 묵거라."

힘없이 고개를 떨어뜨리고 돌아서는 정이 뒤로 오국비의 목소리가 들렸다.

"성공을 하든 실패를 하든 간에, 이번 일이 끝나면 분원을 떠나거라. 여기 남아서 네게 덕 될 일이 없다."

한숨을 푹 내쉰 정이가 축 늘어진 손을 뻗어 문을 열었다. 공초군들이 묵는 숙소는 여럿 있었지만 또래 여인들이 묵는 숙소는 수비장과 연토장 사이에 끼어 있었다. 힘없이 터벅터벅 들어서는데 줄곧 기다리고 있었던 듯 새침한 표정의 은비가 팔짱을 끼고 막아섰다. 정이가 멀뚱히 쳐다보자 이내 길게 찢어진 눈매 아래로 앙칼진 목소리가 흘러 나왔다.

"신참?"

"유정이라 합니다. 잘 부탁드릴게요."

"그래. 잘 부탁해 봐, 두고 볼 테니…… . 뭐하고 섰어? 당장 일 시작하지 않고."

"네? 예…… ."

살짝 고개를 숙이니 은비가 입고 있는 홍색 치맛자락이 눈에 들었다. 언뜻 보아도 폭이 좁고 길이가 짧은 치마인데 두어 번 걸어 올려 하얀 속바지가 넘실넘실 보였다. 일부러 저리 입은 것인지 모르고 입은 것인지 분간이 되지 않았으나 재잘대는 종달새마냥 작은 입을 쉬지 않는 것이 사람을 피곤하게 만드는 성격임은 분명해 보였다. 그러다 시선을 떼는데 은비가 대뜸 정이의 머리에 꽂은 머리꾸미개를 풀 뽑듯 가져가 제 머리에 꽂았다.

"예쁘네…… 어때? 너보단 나한테 더 잘 어울리는 거 같은데…… ."

황당한 표정의 정이가 침묵하자 머리꾸미개를 만지작거린 은비가 새침하니 말했다.

"왜? 잘 부탁한다며? 이깟 머리꾸미개가 아까운 거야?"

"아, 아니요. 괜찮습니다."

"너 따위가 괜찮고 말고가 어딨어, 내가 가져가겠다면 가져가는 거지."

그러곤 휙 돌아섰던 은비가 다시 고개를 돌리곤 심술 맞은 미소를 머금었다.

"근데 너…… 청자차완을 만들러 왔다고? 그럼 흙부터 구해야겠네? 연토장이 어딘지는 알지? 얼른 가 봐. 기다리고 있는 사람이 있을 테니."

어찌하건 치맛자락을 붙들고 싸울 순 없는 노릇이라 밖을 나섰다. 거대한 장방형의 연토장에 여인들이 기십이었다. 정이가 들어서자 그중 나이가 많고 꽤나 다부져 보이는 정금이 정이에게 다가섰다. 잠시 정이의 행색을 두루 훑곤 말했다.

"차완 만들겠다고 분원을 들쑤시고 다니는 게…… 너지? 듣기론 눈치도 없고…… 실력도 없고…… 쓸모 있는 거라곤 벗겨 먹을 거뿐이라던데……. 그 참…… 대체 뭘 벗겨 먹으라는 거야? 어디 내봐 봐."

그러곤 황당해 하는 정이 앞에 손을 내밀었다.

"뭘 멀뚱히 쳐다봐? 줄 거 있음 내봐 보라고."

정이는 순간 화가 치밀었고 더는 인내할 수 없었다.

"이봐요!"

"이…… 봐? 너, 다시 한 번 말해 봐."

"내가 이곳에 온 이유가 당신 같은 사람들한테……!"

말이 끝나기도 전에 매서운 정금의 손이 철썩 정이의 뺨을 후려쳤다. 화들짝 놀란 정이가 얼굴을 어루만지며 정금을 쏘아보자 또다시 정금의 무딘 손이 정이의 뺨을 후려쳤다. 순간 복잡했던 머리가 텅 빈 듯했고 눈앞이 하얗게 보였다. 기가 찰 노릇에 달아오른 뺨을 황황히 어루만지는데 모질고 앙칼진 정금의 목소리가 쏟아졌다.

"잘 들어. 네가 낭청 어른께서 데리고 왔든 임금님 어명으로 왔든 난 상관 안 해. 왜냐고? 네가 흙 가지고 장난칠 때 난 여기 들어와 손톱 빠지게 박박 기었거든. 그러니 감히 옆에 서려 하지 마라, 넌 내 밑이야. 그것도 보이지도 않는 땅끝. 알아들었어?"

"……."

저보다 나을 바 없어 보이는 계집이 그릇을 빚는 것도 분할 지경인데 어명을 등에 업고 설치는 꼴이라 가만히 두고 볼 심산 따윈 애초에 없는 듯했다. 정금이 보란 듯이 정이를 밀치고 지나가자 휘청거린 정이가 털썩 주저앉고 말았다. 사기장들의 냉대, 뭇 사내들의 무심함은 이해할 수 있었으나 같은 여인들이 이리 나올

줄은 일말도 생각지 못한 터라 충격이 이만저만이 아니었다. 제 앞을 가로 막고 선 벽은 남자도 사기장도 아닌, 그저 여자였다.

성형을 하고 가마 앞에 서기는커녕 백토를 구하는 것조차 어려운 처지였다. 하여 직접 산에 올라 흙을 캐고 내천의 정수를 구하러 다니니 오만 가지 잡상에 눈물이 핑 돌았다. 제 가슴이 문드러지고 초조해질수록 사람들은 더욱더 거세게 정이를 밀어냈다. 갖은 욕설에 침을 뱉고 헛발질을 하는 이도 있었다. 그리 불필요한 일에 묻혀 사흘이라는 시간을 덧없이 흘려보내고서야 겨우 꼬박 몇 점을 만들 수 있었다. 그마저도 분원이 바삐 돌아가는 시간엔 수비를 할 수도 성형을 할 수도 없어 밤늦은 시각까지 기다렸다가 도둑고양이처럼 몰래 만들어야 했다. 어찌나 이를 악물고 다녔는지 한동안 어금니 감각이 사라졌다가 닷새가 넘어서자 몸살 같은 치통이 찾아왔다. 잇몸에 박혀 있어야 할 이들이 죄다 빠져버린 듯했고 틈틈이 새우잠이라도 잘라치면 치통에 반 시진도 눈을 붙이지 못하였다. 한데 그즈음 귀에 익숙한 목소리가 들렸다.

"저, 정아! 정이 맞지?"

고개를 들자 미진과 광수가 서 있었다. 여섯 달 전 제 갈 길 찾아가겠다며 산채를 떠난 미진과 광수가 어찌 된 일인지 분원에 들어와 있었다. 반가움에 눈물이 솟구쳤다.

"미진아…… 광수야…… 너희가 왜 여기 있어? 더는 손에 흙 묻히지 않겠다더니……."

"그러게…… 산채를 떠나 막상 세상에 나와 보니 갈 곳도 없고 할 수 있는 것도 없더라고. 그렇다고 되돌아갈 수도 없었고. 그렇게 이쪽저쪽 헤매다가 어쩌다 보니 예까지 흘러 들어와 버렸네. 근데 넌? 대체 어떻게 된 거야? 네가 왜 분원에 들어온 건데? 설마…… 어명으로 청자차완을 만들러 왔다는 그 여인이 정이가 넌 아니지?"

정이가 고개를 끄덕이자 광수가 득의양양한 표정으로 말했다.

"그 봐! 내 말이 맞잖아! 스승님께서 수제자를 파견하셨다면, 나 아니면 정이밖에 더 있겠어?"

헤어나기 힘든 나락에 빠져 있던 정이로선 천군만마를 얻은 기분이었다. 남은 시간은 없고 준비된 것도 없어 자초지종을 설명한 정이가 도움을 청하자 다행히 광수와 미진이 발 벗고 나서 주었다. 곱게 수비되고 정제된 흙과 물을 구해 주었고, 숙소 뒤에 비어 있는 창고를 치워 내고 쓰지 않는 물레 한 짝도 가져다 놓았다. 화청소에 숨어들어 쓰다 남은 붓이며 안료며 가져오길 작은 차완 십여 점은 만들고도 남을 자재들이 반나절 만에 한데 모였다. 한데 가장 중요한 유약이 빠져 있었다. 정이는 그간 청자차완에 쓰인 유약이 무엇인지 알아내기 위해 수도 없이 빈청을 들락거렸지만 그 세세한 재료들을 모두 알아낸다는 것이 결코 쉽지 않았다. 이레가 지나고 겨우 여드레를 남겨 둔 날 광수가 결심을 한 듯 말했다.

"훔치자!"

화들짝 놀란 정이가 그럴 수 없다며 극구 만류했지만 뛰쳐나가는 광수를 막아 낼 순 없었다.

자시[3]가 훌쩍 넘은 시각에 축축이 젖은 땅에서 안개가 피어올라 한치 앞도 보이지 않았다. 정이와 미진을 밖에 둔 광수가 몰래 걸쇠를 풀어 착수소에 숨어들었다. 횃불도 없고 달빛도 없어 발밑도 보이지 않았지만 조심스레 손을 더듬어 유약통을 하나하나 훑어 나갔다. 백여 종이 넘는 꽃재에 또한 백여 종이 넘는 나뭇재라 일다경이 넘도록 더듬고 살펴도 청자차완에 쓴 유약재가 무엇인지 알 수 없는 터에 생각지도 못한 사람의 그림자가 눈에 들어왔다. 연정 대리 오국비였다. 화들짝 놀란 광수만큼 오국비도 놀란 듯 잠시 가슴을 움켜쥐었다가 이내 광수의 얼굴을 확인하곤 일갈을 터트렸다.

"네 이놈! 감히 유약을 훔치려 들어? 당장 변수 나리께 고할

---

3) 子時 : 십이시의 첫째 시. 밤 열한 시부터 오전 한 시까지.

테니 그리 알거라!"

잽싸게 무릎을 꿇은 광수가 애걸복걸 매달렸다.

"자, 잘못했습니다. 저, 저는 진짜 훔치려 한 것이 아니라……
그저 유약재의 쓰임새를 공부하고자……."

"이것이 끝까지……!"

그때 밖에서 기다리고 있던 정이와 미진이 달려 들어갔다. 성
심껏 자초지종을 설명하였으나 눈썹 하나 까딱 않는 오국비가 냉
랭히 쏘아보며 말했다.

"차완을 만들기 위해 흙을 훔치고 유약까지 훔치려 했다……
이 말이냐? 진정 당돌한 아이로구나. 네 입으로 모든 죄를 밝힌
이상…… 나도 어쩔 수가 없다."

그러곤 홱 몸을 돌려 세우자 급히 앞을 막아선 미진이 무릎을
꿇고 간청하였다.

"아…… 안 됩니다! 안 됩니다, 연정 어른. 정이는 아무런 잘
못이 없습니다. 광수와 제가…… 둘이서 짜고 저지른 일입니다.
용서해 주십시오. 정이는 가족같이 자란 벗입니다. 살리고 싶
어 그랬습니다……. 누구 하나 도와주는 사람 없이…… 흙도 유
약도…… 아무것도 내주지 않으시니…… 이대로 놔뒀다 정이
가 죽겠다 싶어 그리한 것입니다. 제발…… 제발 용서해 주십시
오……."

서릿발처럼 매서운 오국비의 시선이 정이를 향하자 어느덧 차분해진 정이가 말문을 열었다.

"아닙니다. 제가 살고 싶어 제 벗들을 이용한 것입니다. 미진이와 광수는…… 모르고 한 일입니다."

"그래? 하면…… 난 네 말만 믿고 변수 나리께 고할 것이다. 그리되면 넌 분원에서 쫓겨날 것이고, 어명을 어긴 죄로 목숨을 잃을 수도 있다. 알고는 있겠지?"

"……알고 있습니다. 다만…… 미진이와 광수에 대해서만…… 함구해 주십시오."

정이를 빤히 쏘아보다가 돌아선 오국비가 몇 걸음 떼었다가 멈춰 섰다. 그러곤 무언가 고심하듯 뻣뻣이 서 있다가 고개를 돌려 정이를 응시했다. 순간 오국비의 심장이 두근두근 떨리었다. 살아오면서 유일하게 지기라 칭할 수 있던 이가 한 명 있었다. 초선. 을담의 봉족이 된 후에는 시기심이 흘러넘쳐 초선을 질투했지만, 분명 유일무이했던 동무였다. 한데 지금 제 앞에 서 있는 유정이라는 아이에게서 초선의 느낌이 났다. 오롯한 눈망울 아래로 떨어진 코와 발간 입술, 마치 초선이 환생이라도 한 듯했다. 수많은 상상과 억측이 국비의 머릿속에서 뒤엉켰다. 답 자체가 존재하지 않는 문제에 당면한 듯했다. 그러곤 싸늘히 고개를 돌려 나직한 음성을 내뱉었다.

"나는 연정 대리일 뿐, 네게 유약을 내줄 권한이 없다. 하나…… 나 몰래 가져갔다면 그 또한 모르는 일이지."

일말의 기대에 눈물범벅이 된 미진의 시선과 정이의 시선이 잠시 부딪쳤다가 이내 돌아선 오국비를 향했다.

"한 번뿐이니 잘 듣거라. 청자차완의 표피에 쓰인 유약은, 소나무와 마른땅에서 나는 장석이 각각 사 할. 볏짚과 편백나무, 호두나무, 참죽나무가 각각 닷 푼이다. 내피에 쓰인 유약은 편백나무와 호두나무 대신 느티나무와 복숭아나무를 쓰면 된다. 한데 중요한 것은 흙이며 유약이며 도롱뇽 알을 갈아 넣어야 한단 것이다. 많아서도 적어서도 안 되니 정확히 반 푼만 써야 한다. 또한 가마에서 터지지 않으려면 도롱뇽 알을 최소 세 번 이상은 정제해야 할 게다."

감복에 겨운 정이가 고개를 떨어뜨리며 감사를 표했다.

"연정어른! 감사합니다. 감사합니다……."

천천히 고개를 돌린 오국비가 잠시 정이를 응시하다가 말을 이었다.

"하나 그것이 전부가 아니다."

"……."

"이 변수가 만든 차완은 명 사신의 차완과 쌍둥이 마냥 똑같았다. 색과 빛깔, 윤기와 감촉, 심지어 무게까지도. 하나 차의 온기를 머금고 있는 시간이 달랐다. 네가 이 사안을 해결하고자 한다면 반드시 이 수수께끼를 풀어야 할 게다."

"……."

"또한 명심하여라. 이리 말하는 것이 안타까운 마음에 너를 돕고자 함은 아니다. 다만 너의 아비, 유을담 나리께 진 빚을 조금이나마 갚고 싶었던 것, 그뿐이다. 하니 이것으로 마지막이며, 더는 너를 위해 줄 것도 없고 네게 내어 줄 것도 없다."

"……."

그러곤 오국비는 초가을 삭풍처럼 싸늘한 냉기만 남긴 채 사라졌다.

새벽녘 눈을 뜨자마자 분원을 나서 인근의 개천을 훑고 다녔다. 이미 소만小滿이 지난 때라 개구리든 도롱뇽이든 죄다 부화해 버려 알을 구하는 것이 쉽지 않았다. 어쩔 수 없이 뫼가 높고 햇볕이 잘 들지 않는 깊은 산천을 찾아야 했다. 멀리 보니 분원 뒤로 병풍처럼 펼쳐 놓은 산자락이 보였다. 산이라면 수도 없이 오르고 내렸으리라. 땀을 훔치고 들어서 사람의 발길이 닿지 않는 작은 계곡의 샘까지 들어가서야 겨우 손에 쥘 만큼의 도롱뇽 알을 구할 수 있었다. 그날 밤, 몇 번이고 갈고 갈아 한 줌 액체가 된 도롱뇽 알을 미리 준비해 둔 백토에 섞고 유약재에도 섞어 넣었다. 다시 밤낮 없는 성형이 이틀간 이어지자 겨우 초벌기물이 완성되었다. 모두 십여 점이었다. 성질 고약한 노인네를 만나기에 앞서 마음가짐을 단단히 한 후 작은 소반에 기물을 올려 고덕기 화장을 찾았다.

"고덕기 화장님…… 저…… 이것을……."

조심스레 소반을 내미는데 곁눈질로 차완을 본 고덕기가 콧바람 소릴 내며 힘껏 소반을 쳐 버렸고 힘겹게 완성한 십 점의 차완이 바닥에 떨어져 여섯 개가 부서져 버렸다. 화들짝 놀란 정이가 기겁한 얼굴을 하자 빤히 정이를 쏘아본 고덕기가 말했다.

"어째서, 대체 어째서 네년이 이곳에 있난 말이다!"

충격을 받은 정이가 급히 몸을 숙여 성한 차완을 집으려는데 고덕기의 발이 앞서 차완을 밟아 부서뜨렸다. 빠직. 그 앞에서 멈춘 정이의 손이 떨리었고 눈물 어린 눈빛이 고덕기를 향했다.

"어찌…… 어찌 이러십니까……."

"한 갯물이 열 갯물 흐린다고, 네년이 분원을 아주 흙탕물로 만드는구나!"

"화장 어른…… 제가 아니라…… 분원이 아니라…… 이 나라 조선의 일입니다……."

"조선? 틀렸다! 내가 있어 분원이 있고, 분원이 있어 조선이 있는 게다! 더는 알짱거리지 말고 썩 꺼져라!"

정이가 털썩 주저앉았고 고덕기 화장이 막 걸음을 떼려는 그 순간에 어디선가 노기 어린 일갈이 터져 나왔다.

"네 이놈!"

그 앞에, 광해의 눈빛이 분노로 이글거리며 타오르고 있었다.

여느 때보다 더한 긴장감이 빈청에 흘렀다. 있는 힘껏 서탁을 내리친 광해가 소리쳤다.

"이 낭청! 대체 무슨 짓인가? 어명을 받은 자를 돕지는 못할망정 훼방을 놓다니? 자네들이 진정 죽고 싶어 환장을 한 겐가!"

딱히 변명할 거리는 없었으나 그렇다 하여 순순히 자세를 낮출 수도 없어 대꾸했다.

"……마마. 이곳은 분원입니다. 분원엔 규율이 있고, 그 규율은 분원에 몸담고 있는 모두가 지켜야 할 약속입니다. 고덕기 화장의 화법이 비록 직설적이라 저 아이에게 상처가 될 순 있으나, 개국 이래 여인이 가마 앞에 선 적은 단 한 번도 없었사옵니다."

"주상전하 역시 개국 이래 처음 방계 출신으로 왕위에 오르셨네! 자네가 지금 전하를 욕보이는 것인가?"

강천이 황황히 고개를 숙였다.

"마마……! 그런 뜻이 아니오라……."

"듣기 싫다!"

사기장들의 면면을 뜯어 본 광해가 이를 악물고 말했다.

"잘 들으시게. 지금 이 시각부로…… 이 아이에게 비협조적인 자는 내 손수 의금부로 송치할 것이다! 알겠는가!"

일국의 왕자였으니 단순히 엄포로 들리진 않았을 테다. 사기장들의 낯빛이 죄다 흙빛으로 바뀌었고 몇몇은 입술을 잘근잘근 깨물었지만 오갈 데 없는 힐난의 시선은 죄다 정이를 향했다. 어디서 굴러 들어온 짱돌인지는 몰라도 박힌 돌 빼내는 솜씨가 가히 석화 캐는 해녀 뺨을 칠 지경이라. 광해는 마지막 일침을 잊지 않았다. 시선은 고덕기 화장을 향해 있었다.

"만에 하나 이 아이가 차완을 완성하지 못할 시, 자네들 목숨 또한 이 아이와 함께하게 될 걸세! 내 장담하지!"

'우리네 목숨 줄이 저 계집년에게 달렸다?'

미치고 환장할 노릇이었다. 발끝에 엎어져 조아리며 도와 달라 해도 모자를 판에 이젠 목숨을 구걸해 달라 거꾸로 청해야 할 지경이었다. 소리 없는 비난이 화살처럼 정이의 심장에 박혔다. 수없이. 어린 손으로 무겁고 답답한 가슴을 움켜쥔 정이가 분원을 나서는 광해를 돌려 세운 후 말했다.

"마마. 이번만큼은 마마답지 않으신 처사였습니다."

"너는…… 현명하지 못한 처사라 생각할 테지. 하나, 이리 극단적인 처방을 내린 것은……."

"압니다. 이 나라 조선을 위해서겠지요. 하오나……."

"이 나라 조선을 위해서도, 아바마마를 위해서도 아니다."

고개를 돌린 광해가 걸음을 떼며 말했다.

"너는 다만, 약속한 기일 안에 차완을 만들기만 하면 된다."

13장
불의 노래

❧

백화의 불꽃이 제 품에서 춤을 추니 곧 불의 노래라.

잔뜩 볼멘 표정의 고덕기 화장이 세 점의 차완을 가마 안으로 집어넣었다. 심정 같아선 가마 안에 패대기를 쳐도 모자랐지만 이제 와선 어쩔 수 없는 노릇이리라. 가마 속 불의 온도가 각기 다르고 튀어 오르는 불씨의 크기도 다르니 행여나 몰라 하단과 중단 상단에 각기 하나씩 올려놓았다. 실상 고덕기가 화장이된 이래 가마신의 불장난 몇 번을 제외하곤 단 한 번도 고덕기의예상을 빗나간 적이 없었다. 유약이 넘쳤다 싶으면 어김없이 용종이 엉겨 있었고, 건조가 덜 되었다 싶으면 또 어김없이 균열이생기거나 부서졌다. 고덕기가 보니 정이가 건넨 차완 세 점은 모두 건조가 덜 된 상태였으나 부러 말을 하지 않았다. 두 시진 후봉통을 열고 차완을 꺼내자 고덕기의 예상대로 중하단의 차완 두 개는 금이 가고 부서졌고, 불씨가 약했던 상단의 차완만 온전히 살아 있었다. 하나 그마저도 빛깔이 온전치 않았다. 혀를 끌끌 차는 고덕기 앞에 정이가 원망 어린 음성을 터트렸다.

"분원의 가마를 책임지는 것이 화장이고! 그것이 나 고덕기다! 분명 그리 말씀하셨습니다. 한데 어찌…… 아무리 제가 마음에 들지 않는다 하여도…… 화장으로서 어찌 이런 장난질을 칠 수 있단 말입니까!"

올해 예순다섯이라, 서리가 내린 듯 새하얀 머리카락 아래로 헤아릴 수 없는 주름도 깊게 팼지만 그 매서운 눈빛만큼은 약관의 나이 못지않았고 그 성질 또한 누구보다 고약한 이가 바로 고덕기였다. 이내 벼락 같은 호통이 쏟아졌다.

"네 이년! 내가 대체 무슨 장난질을 쳤단 말이냐?"

"아닙니까? 세 점 모두 상단에 두었다면 차완이 그리 불에 타 버리진 않았을 겁니다."

"뭐라? 네가 가져온 차완이 죄다 건조가 덜 된 상태였음은 진정 몰랐단 말이냐! 더욱이 네 말마따나 여기 멀쩡히 나온 차완을 보거라. 이것이 어디 명 사신이 내민 청자차완과 비교할 수 있는 수준이더냐? 이 변수의 차완에 비하면 천양지차의 격이다. 어리석은 것, 그저 남 탓만 해 대는 너의 행실을 보거라. 행여 세 점 모두 상단에 두었다가 세 점 모두 파자됐다 해도 너는 또 다른 이유를 들어 날 탓하고도 남을 게야!"

할 말이 없었다. 고덕기의 혀끝이 비수가 되고 화살이 되고 다시 날선 창날이 되어 정이의 심장을 내리 찔렀다. 뜨거운 칼날에 심장이 욱신거려 숨을 쉴 수도 입을 열 수도 없는 터에 쐐기 같은 고덕기의 일침이 이어졌다.

"왜? 찔리는 것이 있어 대꾸를 못하겠느냐? 입이 뚫렸으면 어디 한번 말해 보거라! 여기 분원에 발을 들인 후 대체 남 탓 말고 네가 한 것이 무엇이냐? 여기서도 안 된다, 저기서도 안 된다, 그리 안 된다 하니 투정만 부리고 뒷걸음질 친 것 말고 말이다."

말 못할 서러움에 눈물이 핑 돌았고 하늘에서 빗방울이 툭툭 떨어졌다. 오물오물 정이가 힘겹게 입을 열어 말했다.

"안 된다, 안 된다…… 모두가 안 된다고만 하시는데……, 하오면 제가 어찌 해야 한다는 말씀이십니까……."

"그래도 너는 해야지. 을담이라면 너처럼 하지 않았을 게다."

"……!"

몇 줄 되지 않는 메마른 빗줄기가 천문을 비집고 나와 정이의 얼굴 위에 툭툭 떨어졌고 이내 눈물과 뒤섞여 흘러내렸다. 화끈거리며 용솟던 심장도 싸늘히 식어 버렸다. 무엇 하나 틀린 말이 없었다. 모두가 아니 된다 할 때 그저 누군가 도와주기만 기다리지 않았는가. 손을 뻗어 주기만을 기다렸다.

"유을담…… 그 친구라면 궐의 높으신 나리 도움도 받지 않았을 테고, 너처럼 남 탓하며 내빼지도 않았을 테지! 이 모두 네년이 자초한 화근이니 자업자득이다. 그리 남 탓만 하고 뒷짐만 질 요량이라면 분원에서 썩 꺼지는 게 좋다. 너 같은 것은 사기장이 될 수도 없고 그럴 자격도 없으니!"

침묵 어린 정이의 말간 눈동자가 샘물처럼 하염없는 눈물을 쏟아냈다. 매섭게 쏘아보던 고덕기가 싸늘히 시선을 거두어 막 발길을 돌릴 찰나 어린 정이의 음성이 들렸다.

"잠시, 잠시만요."

멈칫한 고덕기가 고개를 돌리자 정이가 품 안에서 새로이 빚은 차완 세 점을 조심스레 꺼내놓았다.

"내일 비가 그치면 다시 불을 넣는다 들었습니다. 화장 어른 마음에 차지 않으셔도…… 한 번만 더 구워 주십시오."

행여 빗물에 젖으랴 천으로 몇 겹이고 싸매어 가져온 차완이 전과 같이 석 점이었고, 냉랭히 돌아섰던 고덕기의 눈빛이 파르르 떨린 순간이었다. 뭐 이런 모진 녀석이 있나 싶어 뜻 모를 알싸함이 가슴에 들이쳤다. 다짜고짜 달려들어 몰아붙일 땐 언제고 또 이렇듯 쉽게 본인의 잘못을 수긍하고 있었다. 보통의 계집이라면 상상조차 못할 근성이리라. 그 노력이 가상히 보이기도 하여 물었다.

"나를 믿는 것이냐?"

한참을 바라보던 정이가 고개를 끄덕였다. 거짓 없는 눈빛에 추호의 흔들림도 없었다.

"네가 이리 나온다면야…… 오냐, 내 받아 주마. 하나 잘 나오고 안 나오고는 하늘의 뜻이니 다신 내 탓을 하지 말아야 할 게다!"

고덕기의 따끔한 일침에도 정이는 그저 미소를 머금고 고개를 숙였다. 이내 돌아서는 고덕기의 입꼬리가 살짝 들썩거렸다.

'사기장의 핏줄이 다르긴 다르단 말이지. 유 변수가 어찌 키웠기에 저리도 당차게 자랐을까.'

문득 방년이 넘도록 시집도 못 가고 있는 막내딸이 떠올랐다. 떼쟁이로 유명한 막내 딸년조차 저 정이라는 계집에 비하면 제법 유들유들한 편이 아닌가.

봄비가 부슬부슬 내렸고 분원 문루에서 천아성 같은 나팔소리가 구슬프게 울려 퍼졌다. 정이를 기다린 듯 안절부절 처마 밑에서 한참을 맴돈 미진의 치맛자락이 빗물에 흠뻑 젖어 있었다. 그럼에도 초롱한 눈빛은 연신 숙소 밖을 어지러이 훑고 있었다. 정이에 대한 걱정에 새파래진 안색이 누렇게 뜰 지경에야 빗물에 홀딱 젖은 정이가 터벅터벅 다가오는 게 보였다.

"정이야!"

물에 젖은 생쥐 꼴을 한 정이를 옆에 끼고 급히 숙소로 들어서서는 따듯한 이불을 꺼내 덮어 주었다. 그럼에도 정이는 연신 부들부들 떨고 있었다.

"대체 무슨 일이 있었던 거니……."

미진이 건네는 따듯한 물 사발을 받아 쥐자 온기가 손끝까지 전해졌다. 천천히 한 모금 들이키자 한겨울 온천수에 몸을 담근 듯 몸이 녹아들었다.

"어쩌다가 이렇게 된 거야. 비는 좀 피하지 그랬어……."

"피할 수 없었어…… 피하고 싶지도 않고."

정이의 눈빛이 바람 앞에 선 갈대마냥 흔들리고 있었다. 바닷가 해변 파도에 갈대가 철썩 매를 맞고 있는 듯했다. 마치 꿈을 꾸는 듯했다. 몸은 부풀었고 바람 속 등불처럼 흔들렸다. 하나 그도 잠시, 사발을 내려놓은 정이가 무언가 결심이 선 듯한 표정으로 일어섰다. 덩달아 일어선 미진이 당장이라도 밖으로 뛰쳐나가려는 정이를 돌려 세웠다. 이대로 보냈다간 과로에 쓰러지거나 지독한 고뿔에 걸릴 듯하여 정이를 붙잡았다.

"또 어딜 가려고. 몇 날 며칠 잠 한숨 못 잤으면서……."

"걱정 마……. 난 괜찮아."

희미한 미소를 머금은 정이의 여린 맘이 손끝으로 전해진 듯했다. 힘없이 손을 떨어트리자 정이는 이내 문 밖으로 사라졌다

정이의 인영이 빗속으로 완전히 사라질 때까지 멍한 얼굴로 쳐다
보다 문을 닫았다. 오만 가지 잡상에 맘이 혼란스러워 잠시 몸을
누이자 고단함에 저도 몰래 잠이 들고 말았다. 다시 눈을 떴을 땐
묘시[4])에 이른 아침이었다. 말간 햇살을 타고 온 봄바람에 사금파
리를 엮어 만든 주렴이 청아한 소릴 내고 있었다. 주섬주섬 일어
나 눈을 비비고 문을 열어 보니 밤새 퍼붓던 비는 어딜 가고 문
앞에 고약한 물웅덩이만 한가득 고여 있었다. 그때 무언가 허전
한 마음에 기억을 더듬거린 미진이 화들짝 놀란 버선발로 뛰쳐나
갔다.

"정이야! 정이야!"

물레 위에 막 완성한 차완 다섯 점이 놓여 있고 그 옆으로 고
이 잠든 정이의 얼굴이 보였다. 애처로운 시선을 옮기자 앙상히
마른 정이의 손이 보였다. 마른 흙이 덕지덕지 묻어 있었는데 꼭
찬 겨울의 이파리 떨어진 나뭇가지 같았다. 한숨을 내쉬며 다가
서는데 인기척을 느낀 듯 정이가 고개를 들었다.

"정이야……."

목젖을 수저로 내리 누른 듯 잔뜩 메인 음성이었다. 시큰하니
이슬이 맺힌 눈동자도 말썽이었다. 정이가 희미한 미소를 머금자

---

4) 卯時 : 십이시의 넷째 시. 오전 다섯 시부터 일곱 시까지.

울컥 가슴을 저미는 안타까움이 물밀 듯 밀려 왔다.

'넌 모를 거야…… 네가 그리 웃을 때면 더 슬퍼 보이는 거……. 더 힘들어 보이는 거…… 아닌 거 뻔히 아는데 아닌 척할 때마다 내 가슴이 더 짓눌려서 아파 오는 거…….'

시큰해진 눈을 마른 손으로 비벼 누른 미진이 말했다.

"정이야…… 옆에 있어 주고 싶은데 나 밥하러 가야 돼. 공초 군들은 돌아가면서 사기장들에게 밥이며 찬이며 해 줘야 하거든. 아침, 점심, 저녁 세 끼에 새참도 두 번. 번조가 있는 날엔 밤참도 해야 하고."

괜스레 민망스러운 기분을 날려 보려 장황하게 말을 이어 붙였다. 정이가 별로 궁금해 하지 않을 거라는 걸 알면서도 쓸데없는 말에 잠시나마 어깨에 짊어진 무게를 잊었으면 하는 마음이리라. 정이는 그저 처연히 고개를 끄덕였다.

미진과 헤어진 직후 차완 다섯 점을 보자기에 싸 건화소로 향하였다. 제때 건조가 된다 해도 초벌구이를 해야 하고 이어 유약을 시유하기까지 얼마나 많은 공과 시간을 쏟아부어야 하나, 생각만 해도 까마득한 앞일에 꾸물댈 여유도 없었다. 축 늘어진 어깨에 기운을 불어넣고 발걸음에 가속을 붙이려는데 누군가의 그림자가 정이를 막아섰다. 크고 긴 그림자에 멀뚱히 놀란 정이가 고개를 들자 생각지도 못한 사내가 정이를 바라보고 있었다. 강천이었다.

　널따란 청사 빈청에 강천과 단둘이 마주 앉자 가슴에 돌덩이
를 얹어 놓은 듯 숨을 쉬기도 힘들었다. 저도 모르게 들숨과 날숨
을 반복해 호흡을 다듬자 한때 분원에 들어오고자 사금파리 바다
를 파헤쳤던 기억이 떠올랐다. 분명 그때, 분원의 규율을 앞세워
제 꿈과 노력을 한순간에 짓밟아 버린 사람, 서슬 퍼런 눈빛이 두
려워 두 눈을 질끈 감게 만든 사람이 바로 눈앞에 앉은 강천이었
다. 대왕 선조 앞에 조아릴 때도 이처럼 불편하진 않았거늘 강천
과의 대면은 정말이지 달갑지 않았다. 그런 정이의 심란한 마음
앞에 세 개의 찻잔이 놓였다. 강천 앞으로 하나, 정이 앞으로 둘,
그리고 둘 중 하난 사신이 가져온 청자차완이었다. 닿으면 데일
듯한 뜨거운 김이 모락모락 피어올랐고 미동도 없고 고저도 없는
나직한 강천의 음성이 그 가운데 흘러 나왔다.

　"들거라."

　천천히, 여유 가득한 마음으로 차를 음미했다. 차도를 함께 나
누기엔 도무지 적합하지 않은 상대가 마주하고 있어 몽롱한 제
맘과 흐릿한 판단력을 고려한다 해도, 도무지 이해할 수가 없었
다. 그런 정이의 맘을 아는 듯 강천이 물었다.

　"두 차완의 차이를 알겠느냐?"

잠시 생각한 정이가 대꾸했다.

"어찌 이러할 수 있는지…… 모양도 같고 빛깔도 같고 무게도 같은 것이 분명 같은 흙, 같은 유약, 같은 불로 구워 낸 듯한데, 이 왼편의 차완이 오른편의 차완보다 더 오랜 시간 온기를 보존하는 듯합니다……. 저로서는 무엇이 다른지 도무지 모르겠습니다."

순순히 모르겠다 말하는 정이의 반응에 강천의 눈썹이 꿈틀거렸다. 기대했던 제 생각보다 몇 배는 빠른 반응이리라. 한참을 더 생각하는 듯 차완을 만지고 살핀 정이가 다시 말했다.

"모르겠습니다. 이 두 개의 차완이 왜 다른 것인지, 무엇이 다른 것인지, 도무지 알 길이 없습니다."

모르니 그저 모른다 했다. 문사승이 물레질을 가르치기 전에 한 말이 있었다. '아느냐? 모르는 것을 모른다 하는 것은 부끄러운 것이 아니다. 하나, 모르는 것을 부끄러워하는 것은 미련한 것이니라. 미련함은 결국 그 자리에 머물러 있는 자에게 한참 늦은 후에야 패배라는 선물을 가져다 주는 법이니, 너는 그리 말거라. 모르면 그저 모른다 하는 게 옳다. 알겠느냐?' 그 후로 정이는 모르는 것에 대한 두려움은 단 한 번도 가지지 않았다. 지금도 마찬가지였다. 앞에 앉은 이가 비렁뱅이든 임금이든 간에, 그저 모른다 답하였을 것이다. 고개를 끄덕인 강천이 말했다

"무엇이 다른지 살피기 전에, 무엇을 놓쳤는지를 먼저 생각해 보거라."

순간 떨어뜨릴 뻔한 찻잔을 꽈악 움켜쥔 정이의 눈동자가 파르르 떨리었다.

'알고 계신다. 무엇이 다른지, 왜 다른지를 정확히 알고 계신 게야.'

그리 생각한 정이가 아뢰었다.

"혹여 답을 알고 계신다면…… 말씀해 주실 수 없겠습니까?"

"무엇이 다른지 살피기 전에 무엇을 놓쳤는지 생각하라, 분명 이리 말하지 않았느냐? 그 이상은 말해 줄 수 없다. 이는 너의 문제니, 답 또한 네 스스로 찾아내야 할 게다."

싸늘한 대꾸를 듣고자 어렵게 물음을 청한 것이라면 주워 담지도 않았을 것이리라. 강천이 자리를 털고 일어나자 잽싸게 일어난 정이가 말했다.

"제 아비의 지기라 들었습니다."

멈칫한 강천의 시선이 당돌한 정이의 눈빛을 향했다.

"잘 아시지 않으십니까. 답을 안다 하여도 성공할 수 있을지 장담할 수가 없는 일이온데, 답을 모르고서는 시도조차 할 수가 없습니다. 하오니…… 부디 조금이라도 도와주십시오."

자그마한 희망을 놓지 않으려는 듯 제 두 손을 꽉 움켜쥐고 있었다. 채 씻어 내지 못한 소지가 손등이며 손톱이며 덕지덕지 말라붙어 있었고 갈라지고 딱지가 되어 후두둑 떨어질 듯했다. 순간 강천의 눈빛이 거세게 요동쳤다. 십칠 년 전이리라. 이 자리에서 저리 두 손을 꽈악 쥐고 벌벌 떨고 있던 여인이 있었다. 나이도 비슷하고 당찬 성격도 비슷하였다. 말간 눈동자에 가득 찬 눈물을 머금고 서 있던 여인, 초선이었다.

'어찌 이 아이에게서 초선의 얼굴이 보이는 것인가.'

잠시간 정이를 응시하던 강천이 황급히 망상을 털어 낸 후 말했다.

"같은 배에서 나온 형제가 더 닮은 법이다."

소싯적, 밤새 염한 천을 납품하는 날이면 정이가 빠지지 않고 들르던 곳이 있었다. 사흘 걸러 하루 문을 여는 백당5)점이었는데 그 집에 세 살 터울의 아들이 둘 있었다. 정이가 들를 때면 늘 엿가락 대신 수숫대를 입에 물고 있었는데, 형제임에도 얼굴이 닮진 않았고 다만 큰 놈은 아비를, 작은 놈은 어미를 닮아 있었다. 한데 두 형제 중 큰 놈이 업둥이라는 사실을 알게 된 건 한참이나 지난 후였다. 초상을 치른 큰집서 데려온 아이라는 게 위통으로

---

5) 빛깔이 흰 엿.

몸져누운 며느리 대신 엿가락을 쪼개 주던 할미의 말이었으나, 시전통 사람들의 말에 의하면 큰 놈은 주인아저씨가 밖에서 데려온 배 다른 자식이었다.

같은 배에서 나온 형제가 더 닮은 법이다. 문득 깨달은 바가 있었다. 자기든, 항아리든, 요강이든 나오는 곳은 모두 같았다. 가마! 가마구나! 왜 진즉에 그 생각을 하지 못했을까. 탄식이 채 마르기도 전에 정이의 잽싼 걸음이 순식간에 본청을 박차고 나갔다.

이튿날 아침이었다. 봉족들이 땔감을 정리하는 동안 화장 고덕기는 용가마 꼬리에서 솟아오르는 연기의 색을 보고 있었다. 그러고 보니 여직 한 번도 용가마 앞에는 서 본 적이 없었다. 천천히 다가서는 정이의 눈빛이 물결처럼 흔들렸다. 묘한 두근거림도 있었다. 마치 용가마가 저를 부르는 것 같아 심장도 울렁거렸다. 막아서는 이가 없어 천천히 다가가 용가마 앞에 섰다. 이리 마주하고 서면 용가마의 위엄에 압도당할 것이라 생각했었지만 용가마의 위엄은 조금도 정이를 압도하지 못했다. 은은한 황색 불꽃이 붉게 변하였다가 이내 새하얀 빛으로 활활 타올랐다. 불꽃이 넘실거리며 연신 숨을 토해 냈지만 눈을 감지도 피하지도 않았다. 되레 불꽃이 저를 덮쳐 제 육신을 불살라 버리길 바랐다. 불꽃이 되고 싶었다. 하여 활활 타오르고 싶었다. 그리하면 평온해질 수 있지 않겠는가. 불꽃을 마주한 정이가 나비마냥 훨훨 날아올랐다. 기분이 상쾌하고 맑았지만 팔랑팔랑 나르는 나비가 되어 불꽃 속으로 뛰어들자 은빛 날개가 타들어 가고 이내 고약한 냄새가 코를 자극했다. 그것이 현실이었고, 현실은 참혹했다. 사기장이 될 수도 꿈꿀 수도 없는 현실, 그저 한 철 꽃놀이를 하다 죽어야 할 나비의 운명이 사기장을 꿈꾸는 여인의 운명이었다. 말간 두 눈에 이슬 같은 눈물이 맺혔다가 툭 떨어졌다. 한 올 거짓 없는 어둠이 이내 닫히는 봉통에 이별을 고할 때였다. 정이를 발견한 고덕기가 목이 터져라 외쳤다.

"네 이년!"

별빛들의 잔치가 무색하리만치 고덕기의 얼굴이 문드러지다 못해 고약하게 일그러졌다. 탁 탁, 제 춤을 춰 대는 불씨들의 아웅 소리만이 발끝을 뻗대고 서 있는 정이를 툭툭 쳐 대고 있었다. 정신을 차린 정이가 차분히 자초지종을 설명하자 고덕기가 황당한 표정으로 말했다.

"뭐라……? 가마를 새로 만들어?"

능선을 타지 않은 고덕기의 목소리에 힘이 없었다. 그지 황당할 뿐이리라.

"예. 차완의 성질이 다른 이유를 알았습니다. 명국의 청자차완은 명국식 가마에서만 구워 낼 수 있기 때문에 똑같은 차완을 구워 내려면 가마를 새로 지어서……."

"대체! 어디서 헛소릴 지껄이는 게야!"

순간 날아온 냉돌에 이마를 쫄은 듯 아찔한 정신이 제자릴 못 찾고 헤매었다.

"가마를 만드는 게 어디 하루 이틀 될 일인 줄 아느냐!"

뒤이은 짱돌에 맞아 쓰러지기 직전 정이가 황급히 품을 더듬어 준비해 온 그림을 내놓았다.

"우선 제 그림을 좀 봐 주세요. 기존 가마를 조금만 고쳐 명국식으로 개조하면……."

우악스런 고덕기의 손길에 정이가 내민 종이는 곧장 봉통으로 들어가 불꽃 속으로 사라져 버렸다. 거센 불길에 옅은 희망이 사라져 버리자 정이의 눈에 희뿌연 눈물이 고였다. 덜덜 떨리는 볼따구니를 어금니로 꽈악 깨무니 비린 핏내가 입안 가득 진동을 했다. 그나마 쿵쾅대던 가슴이 진정이 되는 듯 잦아든 것이 다행 중 다행일지라. 거르고 거른 한 마디를 천천히 꺼내 들었다.

"너무하십니다…… 밤새 고민한 것을 어찌 이렇게……."

"너무해? 이년아, 누가 너무한지 똑똑히 일러 두마. 저 가마 한 동 짓는데 꼬박 반년이 걸리고, 그중 절반이 금가고 부서져도 인력이 부족해 보수조차 못하고 있는 게 여기 현실이다. 실정이 그리 할진데 대체 뭘 고치고 뭘 개조한단 말인 게야? 명국의 가마가 없어 청자차완을 만들 수 없다고? 하면 네가 명국으로 꺼지면 모든 게 해결되겠구나! 가거라! 내 눈앞에서 썩 꺼지거라!"

억지로 돌아서는 정이의 뒤로 캬악 퉷! 침 뱉는 소리가 들렸다. 머리 끝까지 끓어오른 화를 덕지덕지 엉겨 붙은 가래침에 섞어 내뱉어도 모자란 듯 입에 담기 힘든 욕지거리가 뒤따랐다. 고덕기의 쿵쾅거리며 돌아서는 발걸음에 정이의 심장도 망치질이라도 당한 듯 아팠다. 기어이 구슬픈 울음이 숨통 좀 터 달라는 듯 들썩거렸고, 물꼬를 트면 격격대며 기어오를 심술 난 속내를 도무지 달랠 길이 없었다. 그래도 아비를 보내고 문사승 휘하에서 모진 세월을 견뎌 내는 동안 저만의 해결책이 있었다. 여린 주먹으로 가슴을 내리쳤다. 담금질을 하듯 몇 번이고 내리치다 보면 눈물도 멈추고 숨도 쉴 수 있었다. 하나 그럴수록 정이의 가슴팍에 남은 피멍은 더 진하게 물들었다. 아팠다. 견디기 힘들 만큼 아파 털썩 돌무더기 위에 주저앉았다. 둘러보니 떠들썩하던 분원이 폭풍우가 지나간 듯 을씨년스럽고 적막하게 보였다. 모든 것이 죽은 듯했고 컴컴해져 가는 하늘로 뽀얀 연기를 올리고 있는 가마만이 겨우 이곳이 분원임을 증명해 주고 있었다. 답을 알고도 강구할 방도가 없어 답답하였다. 고덕기의 말대로 차완을 구워 낼 수 있는 유일한 방법은 직접 명국으로 가는 것, 오직 그뿐이리라. 여인들이며 어린아이들까지 깔깔대며 비웃으니 도무지 이 한 몸 기댈 곳도 찾을 수 없었다. '명국의 가마? 그걸 누가 몰라서 못하나? 그럼 나도 청자차완 만들지!' 모두의 눈빛이 그리 말하고 있었다. 언제 포기하는지 두고 보자는 심산으로 팔짱을 낀 채 쏘아보는 시선을 거두지 않았다. 정이가 할 수 있는 건 그저 두 손 두 발 다 들고 어명에 불복종한 죄로 제 발로 의금부 옥사에 들어가는 것, 그뿐이리라.

"뭐? 차완은 안 만들고 찬모를 하겠다고? 갑자기 왜?"

사방에서 수군대는 정이의 소문에 걱정되어 한달음에 달려온 미진이 당황하며 되물었다.

"너 밥 잘하는 거 누가 몰라서 그래? 차완 만들어야 하는 애가 갑자기 찬모는 왜……."

기어이 포기한 듯했다. 북악산 산정도 단숨에 오를 듯 꿋꿋하던 정이가 끝내 포기하고 말았다. 이 편협으로 가득 찬 분원의 세계가 정이를 그리 만들었다. 할 수 없다. 해낼 수 없다. 그리도 한결 같이 밀어 붙이더니 결국 정이를 벼랑 끝으로 몰아내 기어이 절벽 아래로 밀어 던지고 말았다. 솔가지 섶으로 슬쩍 덮어 두었던 빈 지붕 위로 마른벼락이 내리꽂은 듯 미진의 가슴 곳곳이 욱신거렸다. 애써 웃음으로 애두르는 정이의 얼굴에 이미 드러난 빈 지붕이 헛헛이 휑한 바람을 흘려보냈다. 태도가 분원에 들어선 것이 바로 그 즈음이었다.

그저 멍한 눈으로 밥 짓는 아궁이 앞에 앉은 정이가 보였다. 여린 어깨가 움츠러들다 못해 당장 아궁이 불길 속으로 빠져들 듯 위태로워 보였다. 당장이라도 뛰어가 정이의 손을 잡고 멀리 도망치고 싶은 마음은 힘겹게 추슬렀지만 그 속내는 용가마 불길에 뛰어든 듯 새카맣게 타고 있었다. 헤아려 보니 선조가 차완을 만들어 오라 명한 날 수가 정확히 보름이었고 오늘까지 14일이 지났으니 남은 날 수는 단 하루뿐이라는 계산이 나왔다. 한데, 당장 오늘 밤 번조를 하여도 이틀의 시간이 필요할 터인데 사기장들 찬모를 하겠다고 밥 짓고 반찬을 만드는 정이를 보니 자식 잃고 정신까지 잃어버린 어미의 모습처럼 불안하기 그지없었다. 더는 참다못해 발길을 떼었다가 이내 다시 멈추었다. 무언가 이상했다. 실로 정신이 나간 것인가? 실로 포기한 것인가? 아니, 태도가 알고 있는 정이는 결단코 포기 따윌 할 아이가 아니었다. 사기장이 되겠다고 그 숱한 고난을 이겨 내지 않았던가, 을담의 명예를 되찾고 원수를 찾겠다고 그리 눈물짓지 않았던가. 게다가 지금은 스승 문사숭의 목숨까지 얹어진 일이었다. 그리 생각하고 보니 정이의 눈빛이 살아 있었다. 말간 얼굴 가운데 흑진주마냥 또렷이 빛나고 있었다.

'포기하지 않았구나! 하면 대체 무언가. 대체 왜 그릇은 빚지 않고 밥을 짓고 그리 앉아 있는 게냐.'

순간 무언가 깨달은 태도가 잽싸게 발길을 돌렸다. 정이를 위해 자신이 해야 할 일이 있다면, 바로 지금, 이 순간이었다.

처마 지붕에 올라선 매서운 눈빛이 저잣거리를 천천히 훑어내렸다. 병풍에 걸린 수목화도 이보단 널찍할 터라 두 손바닥을 펼친 것보다 한 줌 더 보탠 저잣거리가 인산인해를 이루어도 모자랄 판에 한산하고 또 고요했다. 뒤이어 등장하는 거대한 가마 때문이리라. 앞뒤로 따라 붙은 금군의 수가 쉰이 넘었지만 때만 잘 맞추면 될 것이었다. 철전이 걸린 시위를 팽팽히 당겨 인중에 붙였다. 실수는 정이의 죽음을 초래할 뿐이니 단 한 발에 명중시켜야 한다. 한데 찬찬히 숨을 고른 태도가 시위를 놓으려는 그 찰나에 갑자기 가마가 멈춰 섰다. 동시에 태도의 가슴도 철컹 내려앉았다. 행여 화살을 날리기도 전 들통이라도 난 걸까, 아직 치루지 못한 거사가 심장을 압박했다. 다행히 가마 앞을 가로막은 비렁뱅이로 인한 소동이었던 듯 군관들의 매질 속에 혼란은 삽시간에 정리되었다. 태도가 크게 숨을 들이켰다. 가마가 멈춰 선 지금 이 순간이 절호의 기회였다. 들이킨 숨이 끊기기 직전 거세고 날카로운 철전이 활시위를 떠났다. 그리고 이내 사신이 타고 있는 가마의 창을 꿰뚫고 들어갔다. 명중이리라. 저잣거리는 삽시간에 혼란에 휩싸였고 태도는 천천히 활을 내려놓았다.

14장
하늘이 탄복하고 땅이 감읍하다

❦

계략과 희생, 토해낼 수 없는 감분이 질풍노도 가운데 떨어지네.

가마를 꿰뚫고 들어온 철전이 사신의 광대뼈를 아슬히 스친
후 그 뒤 교자기둥에 콱 박히었다. 한 치의 오차라도 있었다면 사
신은 백주대낮에 피를 쏟고 황천길로 직행했을 것이다. 기겁하여
사색이 된 사신이 악 소리조차 내지르지 못한 그때 금군의 목청
이 터져 나왔다.

"자객이다! 저기 자객이 있다!"

달려온 금군들이 태도가 올라선 처마 아래를 몇 겹으로 에워
쌌다. 도주할 곳도 도주할 맘도 없어 고양이마냥 훌쩍 뛰어내리
곤 순순히 활을 내려놓았다. 태도의 행태가 저항할 맘이 없어 보
여 잠시 의아했던 표정의 금군들이 이내 태도를 짓밟았다. 꽤 긴
시간 이어진 매타작에 피떡이 되고서도 태도는 조금의 저항도 하

155

지 않았고, 터져 나온 핏물을 삼킨 얼굴에 되레 옅은 미소를 머금고 있었다.

　고덕기 앞에 불쑥 내민 것은 찬모로 가져온 주먹밥이었다. 밤사이 구워 낸 차완 석 점을 미리 챙겨 두긴 하였으나 어찌 건네주나 난감하던 때에 정이가 새참을 건네니 당황스러우면서도 뭔가 미심쩍은 기분이 들었다. '이제야 주제를 파악하고 마음을 접은 것인가.' 혹여나 싶어 툭하니 건드려 보았다.
　"잘 생각했다. 같은 불이라도 부엌 아궁이가 네겐 더 잘 맞지."
　곁눈질로 살피니 별 대꾸도 없는 것이 아예 맘을 접은 모양새였다. '울며불며 달려들어 걸쇠마냥 매달리던 근성은 어딜 내팽개치고 기껏 차완 몇 점 파기됐다고 벌써 포기하려 드는 게냐? 그래, 잘되었다! 그리 맘먹었다면 어여 썩 꺼지거라!' 그리 쏘아붙이고 싶었으나 그저 심중에 되삼킨 후 차완 석 점을 내놓았다.
　"옛다! 내 보니 초벌치곤 그럴싸하게 나왔다만 유약을 입힌 뒤 재벌 때도 그리 잘 나올지는 의문이다."
　조심스레 차완을 받아 든 정이가 감사를 표하자 고덕기의 말이 이어졌다.
　"문양은 어찌 넣을 작정이냐? 네가 아무리 날고 겨도 그 오묘한 청자차완의 문양을 완벽히 소화할 순 없을 터인데?"

"어찌하건 노력해 봐야지요. 아무튼 감사드립니다."

꽉 막힌 콧구멍을 쿵쿵거리는 고덕기의 고약한 성질을 뒤로하고 발길을 돌렸다. 정이도 내심 걱정이 되었다. 유약이야 이미 준비하였으니 문제될 것이 없었으나 그 섬세한 문양을 따라하기는 결코 쉽지 않을 터였다. 게다가 이제 약속한 기일이 하루밖에 남지 않았다. 당장 문양을 넣고 재벌을 해도 하루가 모자랐다. 답답하던 가슴이 쿵쾅쿵쾅 발길질을 하던 터에 뉘 목소리가 들렸다.

"잠시 서거라."

멈칫한 정이의 눈동자가 끔뻑끔뻑거렸다. 몇 보 앞에 까칠까칠한 수염을 매만지는 사내가 서 있는데 머리에 동여맨 두건에 붓을 꼽고 있었다.

"화청장 나리……!"

한 치도 안 되는 크기의 붓에서 팔뚝보다 굵고 긴 붓까지 그 종류가 기십이며, 일렬로 늘어 선 벼루와 연적들이 또한 각양각색이었다. 더 놀라운 건 수백 종에 이르는 안료였다. 한눈에 다 들어오지도 않은 안료들이 작은 종지에 담겨 화청소를 가득 메우고 있었다. 작업대에 앉은 양세홍이 손가락으로 조각용 칼날을 툭툭 치며 입을 열었다.

"한때는 나도 잘나가는 도화서 화원이었느니라."

살짝 놀란 정이가 되물었다.

"화원이오? 하온데 어찌 분원에……."

"분원 사람들이야 내가 춘화를 그리다 발각되어 도화서에서 쫓겨났다 알고 있지만…… 실상은 그렇지 않다."

양세홍이 정이의 차완 하나를 들고 이리저리 살피며 말했다.

"내 화풍은 자유롭고 변화를 추구하나 도화서의 엄정한 규제는 이를 용납하지 않았다. 화원이 구도를 잡고 색을 넣는 것이 아니라, 정해진 구도와 화풍에 내가 맞춰야 했느니라. 하니 원칙만 고수하는 늙은 원로들이나 그저 영달에 눈 먼 젊은 화원들과는 끊임없이 갈등할 수밖에 없었지. 하여 결심을 했느니라. 내가 그리고자 하는 바를 그리겠다, 내 맘껏 자유롭게 그리겠다, 그래서 스스로 도화서를 떠난 게야."

옛 생각이 난 듯 잠시 처연한 표정으로 있던 양세홍이 물었다.

"너는 어떠냐?"

"무엇을 말씀이십니까?"

"내 보니…… 분원에서의 네 신세가 과거 도화서에서의 내 신세와 별반 다르지 않은 듯하여 물어 보는 게다."

잠시 생각한 정이가 환한 미소를 머금고 화답했다.

"저는 도망치지 않을 것입니다. 여기 분원에서, 꼭 제 꿈을 이룰 것입니다."

제 맘에 꼭 드는 대답인 듯 소탈한 웃음을 머금은 양세홍이 화답했다.

"그래, 그리하여라. 너는 할 수 있을 게다."

그러곤 조각칼을 반드시 세워 차완에 붙였다. 누구보다도 섬세한 양세홍의 손끝은 마치 요술을 부리는 듯했다. 조각칼이 지나가면 양각과 음각의 조화가 오묘하여 분간이 어려웠고, 한 털 붓끝이 지나가면 황색이 청색이 되고, 청색이 홍색이 되었다. 뭇 사기장에게서는 결코 볼 수 없는 경지에 정이는 줄곧 경외심 어린 눈빛으로 지켜보았다. 그러기를 세 시진이 지나자 석 점의 차완이 정이의 품에 돌아왔다. 보고도 믿을 수가 없는 건, 품에 든 석점 차완에 새겨진 문양이 한 치의 차이도 없이 똑같단 사실이었다. 실로 완벽한 문양이었고 칠흑 속에서 한 줄기 빛을 본 기분이었다.

석양을 밀어낸 어둠이 먹물처럼 번지더니 이내 청초한 보름달을 도해 내놓았다. 하지만 바싹 마른 삭풍이 몰고 온 을씨년스런 먹구름이 단숨에 달빛을 삼켜 버렸고 유시[6]도 되지 않아 달그림자 하나 없는 어두운 밤이 되었다. 그 잿빛 하늘 아래 갓 형조 부

---

6) 酉時 : 십이시의 열째 시. 오후 다섯 시부터 일곱 시까지

사의 보고를 받은 광해의 낯빛이 또한 잿빛이며 흙빛이었다.

"명국 사신을 해하려 한 김태도란 사내가 현장에서 추포되어 의금부에 투옥되었다 하옵니다!"

분원을 다녀오겠다 하여 시간을 내어 주었거늘 백주대낮에 명국의 사신을 해하려 했다니 도무지 믿기지 않는 보고였다. 내금위 겸사복과 형조 참판을 보내 두 번을 더 확인하고서야 작금의 현실을 인정할 수 있었다. 초조함 속에 꽤 긴 시간이 흘렀고 냉기가 들어 찬 어둠이 광해의 전신을 휘감아 등골까지 시리고 떨리었다.

'태도야, 이유가 무엇이냐? 이제 어찌한단 말인가!'

파란곡절의 소용돌이 속에 거침없는 걸음을 내딛었다. 잘못된 보고이리라, 잘못 들은 것이리라, 그런 일 따위가 벌어졌을 리가 없다, 심장이 부정할수록 걸음걸이는 더욱 빨라졌다. 정체 모를 불안감 때문만은 아니었다. 마지막 순간에 보았던 태도의 눈빛 때문이었다. 분명 흔들리고 있었다. 일순 머릿속을 휘젓던 상념을 털어 내자 옥사를 겹겹이 에워싼 금군들이 연이어 고개를 숙이며 예를 갖추고 있었다. 정체 모를 피비린내가 코끝에 엄습했고 이내 고신을 받고 있는 태도가 보였다.

"다시 묻겠다. 무엇 때문에 사신을 해하려 한 것이냐? 네놈 배후에 또 다른 자가 있는 것이 아니더냐!"

시뻘겋게 성난 쇳덩어리가 태도의 눈앞에서 흔들거리다가 이내 오른쪽 허벅지에 떨어졌고, 검붉게 타들어간 살갗의 탄내가 광해의 코끝을 파고들었다. 그럼에도 이를 악문 태도는 작은 신음도 흘리지 않고 있었다. 태도의 몸에 들러붙은 쇳덩이를 돌리며 억지로 떼어내자 딸려 온 살덩이가 그대로 쇳덩이에 녹아 너덜거렸다. 더는 지켜볼 수 없어 광해가 소리쳤다.

"멈추어라!"

잔뜩 일그러뜨린 얼굴로 우악스레 담금질을 하던 의금부 도사가 갸웃하니 얼굴을 들었다가 황망히 예를 갖추었다. 한 발 다가선 광해의 측은한 눈빛이 태도를 향했다. 목숨 줄만 끊지 않았지 실상 시체를 세워 놓은 것과 별반 다름없는 형색에 이를 악다문 광해의 입에서 나직한 음성이 흘러 나왔다.

"고신을 멈추어라. 이자는…… 나의 호위 무사이다."

할 수 있는 최대한으로 절제된 감정에 눈치 없는 의금부 도사는 물러설 기미가 없는 듯 응수했다.

"마마의 호위 무사라 할지라도 무관에 등용된 자도 아니시 않사옵니까. 의금부에 투옥된 이상 사대부든 무관이든 한낱 백정이든, 모두가 똑같은 죄인일 뿐이옵니다."

순간 광해의 핏발 선 눈빛 아래로 노기 찬 음성이 터져 나왔다.

"네놈이 감히 나와 맞서겠다는 것이냐!"

움찔한 의금부 도사가 급히 시선을 내리깔고 한껏 자세를 낮추어 말했다.

"송구하옵니다, 마마."

그 순간 광해의 등 뒤로 낯익은 목소리가 흘러 나왔다.

"마마, 아무래도 착오가 있었던 모양입니다."

이조의 대왕살쾡이가 군침 도는 먹잇감을 놓칠 리 없었다. 광해 옆으로 성큼 다가 선 최충헌이 비릿한 미소를 머금고 말했다.

"이자가 시체처럼 입을 닫고 있으니 마마의 호위 무사일 줄은 추호도 알 수 없는 일 아니겠사옵니까."

광해의 매서운 시선에도 아랑곳없이 최충헌이 말을 이었다.

"하온데…… 명국의 사신을 해하려 든 자가 마마의 호위 무사라니…… 이거 조선 조정에 한바탕 혈풍이 불수도 있음입니다. 아니 그렇습니까? 마마."

"……!"

그제야 생각 없이 뱉은 제 말이 얼마나 큰 파란을 몰고 올 것인지 예단되었다. 하나 이미 엎질러진 물이라 되돌릴 수도 없었다. 당황한 광해가 무어라 반박의 말을 찾지 못하는 때에 무겁게 닫혀 있던 태도의 입이 열렸다.

"저는…… 광해군마마의 호위 무사가 아닙니다……."

희미하게 새어 나온 한마디에 광해의 눈동자가 부풀어 올랐다.

하나 제 안위보다 태도의 안위가 더 걱정되었다.

"내 호위 무사가 아니라니? 무슨 헛소리를 지껄이는 게냐!"

태도가 넋 나간 얼굴로 실금실금 실소를 흘리며 말했다.

"……호위 무사라니요…… 무관에 등용된 적도 없고…… 그저 버러지나 왈패처럼 칼질이나 하며 사는 무뢰배일진데…… 어찌 감히 높으신 마마님의 호위 무사란 말입니까……, 아니 그렇습니까? 말씀해 보시지요……. 제가 언제 주군으로 모시겠다 맹세라도 했답니까?"

그러곤 울컥 배어 나온 핏물을 광해의 발 앞에 탁 뱉어 냈다. 더는 다가오지도, 자신을 보호하려 들지도 말라는 단호한 경고였다.

"김태도…… 네가 어찌……!"

쩍쩍 갈라지고 쇠하여 듣기조차 거북한 태도의 목소리가 이어졌다.

"저 혼자…… 허락도 없이 마마를 지키겠다 나선 적은 있사오나……, 결단코 마마의 호위 무사였던 적은 단 한순간도 없었습니다. 과거에도 그러했고…… 지금도 그러했고…… 앞으로도 그럴 테지요……."

태도의 애절한 눈빛이 파란처럼 흔들리는 광해의 눈동자를 파고 들며 외쳤다. '모른 척하십시오! 그만 돌아가십시오!' 분명 그리 외치고 있었다. 걷어 낼 수 없는 죄책감이 광해의 가슴을 갈가리 찢고 파고들었으나 호시탐탐 제 목을 노리는 최충헌에게 이렇듯 쉬이 발목을 잡힐 수는 없는 노릇이라 작심한 표정으로 말했다.

"무관에 등용된 것도 아니며, 주종의 맹약을 한 것도 아니니…… 네 말이 백번이고 옳다. 내 너를 살리고픈 마음에 허언을 하였구나."

그제야 희미한 미소를 머금은 태도가 더는 버틸 재량이 없는 듯 힘없이 고개를 툭 떨어트렸다. 손톱이 파고들랴 꽉 쥔 광해의 주먹이 부들부들 떨리었고 아쉬움 가득한 최충헌의 눈빛이 생쥐를 놓친 살쾡이의 그것과 같았다. 이내 광해의 처연한 목소리가 흘러 나왔다.

"내 이자와 긴히 할 말이 있는데…… 잠시 자리를 내어 주시겠소?"

아쉬운 마음에 혀를 차고 헛기침을 내뱉은 최충헌이 발길을 돌리자 이내 의금부 도사와 포졸들이 자리를 지켜 주었다. 광해는 분한 마음에 쇠창살을 쾅 비틀어 잡았다. 틀어쥔 손아귀가 차라리 찢겨져 핏물이 떨어진다면 속이 시원할 듯했다.

"어찌 그런 것이냐……. 사신을 죽여 네가 얻는 것이 대체 무어냐? 사신이 죽으면, 그리되면 정이가 짊어진 무게를 덜어 낼 수 있다 생각했던 게냐? 그도 아님…… 그저 미친 것이냐? 그런 게야?"

슬며시 고개를 든 태도가 대꾸 없이 옅은 미소를 머금었다.

"내 믿음을 저버린 행동이었고 주군인 나를 사지로 몰아낸 행동이다. 어디 그뿐이냐? 제 목숨 바쳐 차완을 만들고 있을, 사기장이 되겠다 앞만 보고 달리는 정이의 꿈도 한순간 물거품이 될 수 있는 행동이란 말이다!"

"마마…… 가진 것도 없고 배운 것도 없는 소인 따위에게 대체 무슨 기댈 하신 것입니까? 예……, 송구합니다……. 송구하게 생각하고 있습니다."

민음 따위 애초에 두지 않아야 함을 망각한 죗값이었다. 하나 그 죗값을 치르기엔 광해의 처참한 심정이 쉽게 발길을 돌리지 못하게 막아 세웠다. 시선 멀리 첩첩겹겹의 대궐이 눈에 들어왔다. 구중궁궐九重宮闕이라. 숫자 아홉 구九자는 만수滿數로써 가장 많다는 뜻이며, 중重은 겹을 뜻하니 구중궁궐은 아홉 겹의 담장으로 둘러싸인 깊은 궁궐을 뜻함이었다. 그 안에 나고 자랐으니 늘 벽에 갇혀 지낸 신세였고, 어미도 없고 하나뿐인 혈육조차 시기와 경계의 시선을 놓지 않으니 늘 허전하고 외로웠다. 그런 광해가 처음으로 형제처럼 마음을 나누었던 이가 태도였다. 극심한 배신감에 어찌할 바 모를 지경에 광해가 힘없이 발길을 돌렸다. 한데 이를 악문 다짐으로 발길을 떼려던 그 찰나에 잃어버린 한 조각을 찾은 듯 혼란에 들썩이던 생각들이 삽시간에 제자리를 찾았고, 부풀어 들끓던 화가 허탈한 웃음으로 변했다.

"시간을 벌기 위함이었더냐?"

"……."

"그거였구나……, 그런 거였어……. 네가 진정 사신을 죽이고자 시위를 당겼다면 지금쯤 사신 명줄이 황천길에 닿았을 테지. 한데 그게 아니라면…… 시간을 벌겠다는 속셈이었던 게다. 차완을 굽는 정이에게 조금이나마 시간을 벌어 주려는 마음, 그것이었구나. 한데 이를 어찌하느냐, 애절한 네 마음이 기어이 일을 치루었으니……. 너무나 큰 과오가 아니냐. 돌이킬 수도 돌아갈 수도 없는."

눈앞의 사내는 애초에 제 맘을 숨길 수 없는 상대였다. 씁쓸한 미소를 머금은 태도의 입가에서 애절한 목소리가 흘러나왔다.

"하루, 단 하루면 되옵니다. 마마께서 그리 만들어 주십시오. 제 목숨으로, 단 하루만이라도 늦추어 주십시오. 그리하면…… 그 다음은 정이가 해낼 것입니다."

"……."

"아시지 않습니까…… 정이가 그 아이는…… 제 목숨보다 소중합니다."

"……."

햇살 좋은 아침이었다. 눈을 뜨자마자 내의원이 분소탕을 지어

166

내방하였으나 들은 척도 없이 그저 눈을 감고 있었다.

"대인, 원기 회복에 좋은 분소탕을 지어 올렸으니…… 오늘 하루는 편히 쉬시옵소서."

예를 갖춘 내의원이 문을 닫고 사라지자마자 사신이 벌떡 일어나 앉았다. 삭히지 못한 분에 벌겋게 달아오른 안면이 터져오를 듯 욱신거렸으니 분소탕 따위로 채워질 원기가 아니었다. 자신을 해하려 활을 쏜 자의 면상을 두 눈으로 확인해야 마른 땅처럼 쩍쩍 갈라진 제 맘이 편할 듯싶었다. 감히 암살을 도모한 뒤에도 무슨 까닭인지 도주하지 않았다 들었다. 게다가 제 목숨 아까운 줄 모르고 순순히 옥사까지 들어온 셈이리라. 대체 왜? 그놈의 얼굴은 필시 사람의 탈을 쓴 괴물일 터, 간을 배 밖에 꺼내 든 포악한 승냥이일 것이다. 당장 그자의 얼굴을 확인하고 싶었다.

옥사는 추악한 인간들이 득실거리지도 반쯤은 정신 나간 이들이 괴성을 지르며 포효하고 있지도 않았다. 오히려 멀쩡하다 싶을 만치 인간다운 이들이 제각기 비탄과 회한에 젖은 채 고개를 숙이고 있었다. 그리 어처구니없는 상념에 발길을 재촉하는데 옥리가 걸음을 멈추었다.

"이…… 이자이옵니다."

막무가내로 밀고 들어온 사신의 성미에 질겁하였는지 말을 마친 옥리는 곧장 줄행랑을 치듯 물러갔다. 고개를 축 늘어트린 사내가 앉아 있었다. 목에 매단 항쇄項鎖가 어깨를 강하게 짓누르고 남았을 테지만 조금도 움츠려들지 않은 기세로 앉아 있었다.

"네놈이구나…… 감히 나를 죽이려 한 자가……."

무표정한 얼굴을 드니 일렁이는 횃불 옆으로 발갛게 익은 사신의 얼굴이 보였고 그 옆으로 거대한 귀면대도鬼面大刀를 허리에 찬 호위 무사가 서 있었다. 나이는 서른 살 남짓하였으나 워낙 거구인 데다 눈썹이 짧고 짙어 우락부락한 인상이었다. 사신의 눈짓에 귀면대도의 사내가 태도 옆으로 다가섰다.

"이유가 무엇이냐?"

가소로운 듯 대꾸 없이 냉소를 흘리자 이내 사내의 거대한 손아귀가 태도의 목을 쥐어 비틀었다. 목뼈와 쇄골이 죄다 부러질 듯 고통스러웠다. 태도가 신음을 흘리자 사내가 족쇄 끝에 매달린 추를 들어 태도의 머리를 사정없이 후려쳤다. 옥사 구석으로 내동댕이쳐진 태도가 피를 울컥 쏟아 냈다. 죽지 않은 것만으로도 다행일 터인데도 희미한 미소를 품고 있었다.

"다시 묻겠다. 나를 해하려 한 이유가 무엇이냐? 배후가 있는 것이냐?"

대꾸가 없다면 침을 뱉고 나갈 참이었다. 당장 조선의 임금을 만나 목을 베어 오라 청할 것이며, 참한 사내의 목을 명국까지 질질 끌고 갈 참이었다. 하나 그때 사내의 목소리가 들렸다.

"이유 같은 건 없소."

이유 따위도 없이 활을 겨누었다? 제 앞에 선 사람이 어떠한 사람인지를 모르는 듯하여 찬찬히 알려 주었다.

"나는 인내심이 많은 사람이 아니다. 하니…… 오늘 하루만큼이라도 그 목숨을 부지하고 싶다면 내 묻는 말에 곱게 답해야 할 게야."

태도가 실성한 사람처럼 키득키득 거리자 노기가 머리끝까지 치솟은 사신이 구구절절 내뱉었다.

"네놈이 발을 붙이고 빌어먹고 사는 조선이라는 나라가 어떠한 줄 아느냐? 황제 폐하의 노리개로 전락한 한낱 변방의 약소국일 뿐이다. 언제든 털어 낼 수도, 밀어낼 수도 있는 먼지보다 못한 나라. 하물며 이 나라의 임금까지도 내 앞에 고개를 숙이거늘, 감히 너 따위가…… 마차 바퀴에 끼어 죽어도 시원찮을 하찮은 벌레 따위가 나를 죽이려 했다면, 필시 마땅한 대의명분이 있을 테지. 아니 그러냐?"

"하면 내 묻겠소이다. 사신이 해야 할 외교는 뒷전이고 임금을 상대로 놀이를 벌인 이유는 무엇이오?"

"무…… 무어라!"

잔뜩 치켜든 눈썹이 서릿발처럼 곤두섰고 그 아래 한껏 찢어진 사신의 눈빛이 칼날을 품은 듯 번득였다.

"……만약 심심해서 그런 것이라면…… 나 역시 심심해서 그런 것일 뿐, 대의명분 따윈 없었소이다."

자고로 백성이란 자는 가여이 볼 수록 한없이 기어올라 제 처지를 망각하고 망아지처럼 날뛰는 법이라. 어느 나라이든 백성들을 백성답게 돌보는 가장 바른 길은, 끊임없이 자신들의 처지를 비관하고 낙담하게 만듦으로써 나라가 베푸는 작은 아량을 은총으로 여기게 만드는 것이었다. 한데 이놈은 어찌 이러한가. 조선의 임금이 무르니 백성까지도 썩어 문드러져 있는 듯했다.

"내 무슨 일이 있어도 네놈의 명줄만은 필히 끊어 놓고 돌아갈 것이다!"

휙 돌아서는 사신의 칼바람에도 태도는 미동조차 하지 않았다. 사신이 직접 찾아온 것은 예상 밖이었으나 나쁘진 않았다. 사신이 휘둘리고 있다는 건, 그만큼 정이가 벌 수 있는 시간이 늘어남을 뜻했다.

'정이야…… 해내야 한다. 해서 살아야 한다. 조선 최고의 사기장이 되는 그 날까지.'

잔뜩 노기가 서려 울그락불그락 변한 얼굴로 태평관에 들어서는 터에 광해군이 지키고 서 있었다.

"대인."

눈썹을 치켜세운 사신의 따가운 눈총이 광해를 향하자 예를 갖춘 광해가 말했다.

"금일, 조선의 차완을 평하기로 하였사온데……."

멈칫한 사신이 진노했다.

"차완이오? 어리석은 자가 감히 대명의 칙사를 해하려 한 마당에 그깟 차완이 중요하오?"

짐짓 송구한 표정을 지은 광해가 대꾸했다.

"하오면 약속한 기일을 며칠 늦추어 재차 기일을 잡도록 하겠습니다."

"흠……! 그리하건 말건 내 알 바 아니고 우선……."

그리 말하던 찰나에 번뜩 생각났다. 무언가 이상하지 않은가? 잠시 생각한 사신이 냉랭히 말을 이었다.

"주상과의 약속이니 무작정 미룰 수는 없고…… 내일, 유정시[7] 가 좋겠소이다."

그러곤 도포 자락을 힘껏 처내며 태평관 안으로 사라졌다. 태도의 목숨이 겨우 하루를 벌어 주었다. 답답한 마음에 광해가 고

7) 6시.

개를 쳐들자 구름 한 점 없는 말간 하늘이 보였다.

'아느냐? 이제 정이 네게 달렸다. 태도의 목숨까지도.'

분원에 찾아든 밤이 스산한 적막을 몰고 왔다. 육도는 가벼운 걸음으로 어둠을 갈랐다. 공초군들과 한데 섞여 이틀 내리 찬모만 짓고 있다는 정이를 보러 가는 길이었다. 산더미처럼 쌓인 설거지 거리에 공초군들이 분주히 설거지를 하는 틈에 정이가 섞여 있었다. 딸그락거리는 그릇 소리에 재잘대는 여인네들의 수다가 뒤섞여 소란스러웠다. 도무지 이해가 되질 않았다. 칼날 같은 사금파리 밭에서도 끝까지 포기하지 않고 버텨 낸 계집이었다. 사기장이 되겠다고 문사승을 찾아가 모진 수련을 감내하였고, 분원에 들어선 직후부터 이어진 냉대와 괄시를 꿋꿋이도 버텨 내지 않았던가. 한데 어찌 이리 한순간에 포기를 하고 말았는가. 안타까운 마음이 앞서 고개를 내저었다. 정체 모를 사내가 사신을 해하려 한 탓에 기일이 연장되긴 하였으나 기껏해야 하루였다. 이대로 밤이 흘러가면, 날이 밝는 대로 어명을 어긴 죗값을 물어 투옥될 것이며 며칠 지나지 않아 제 아비를 따라 황천길에 오를 터였다. 분원의 변수로서 마음을 할애하지도 무언가를 내어 주지도 않은 것이 불현듯 죄책감이 되어 밀려왔다. 그리 뜻 모를 한숨을 내쉰 육도가 그리 발길을 돌렸다.

인시[8] 정각. 통금 해제를 알리는 파루의 서른세 번째 마지막 종이 퍼진 후였다. 갓밝이 햇살이 스며들자 어둠 속에 웅크리고 있던 대궐이 흥인지문을 시작으로 위용을 드러냈다. 아침 일찍 입궐하여 오늘 있을 대사를 준비하려는 마음에 다급히 사옹원으로 들어서던 강천이 멈춰 섰다. 멀리 낭청실 앞에 광해가 서 있었다. 잠을 청하지 못한 듯 초췌한 얼굴이라 조심히 다가서 예를 갖추었다.

"마마, 어찌 이곳에 계시옵니까."

"가슴이 답답하여 잠을 청하지 못하였네."

그러곤 일말의 기대를 담아 넌지시 물었다.

"어찌되었다 하던가?"

차완을 말함이리라. 강천이 나직이 아뢰었다.

"차완을 만드는 데는 실패한 듯하옵니다."

"……!"

"만들지 못한 것이 아니오라…… 만들지 않았다 들었습니다."

"뭐라? 만들지 않았다?"

"예, 마마. 차완 만들기를 포기하고 며칠째 사기장들에게 찬모를 날랐다 하옵니다."

---

8) 십이시의 셋째 시. 오전 세 시부터 다섯 시까지.

"찬모? 대체 그 무슨 해괴망측한 소린가?"

바로 그때 강천을 부르는 원역의 다급한 소리가 들려왔다. 돌아보니 허옇게 얼굴이 들뜬 원역이 숨을 채 고르지도 못한 채 말을 건넸다.

"낭청 어른! 청자차완이 막 완성되었다는 분원의 전갈입니다!"

"⋯⋯!"

순간 당혹감이 어렸으나 이내 흩어 낸 강천이 아뢰었다.

"아무래도 무언가 보고가 잘못된 듯하니⋯⋯ 소신이 직접 분원으로 가서 확인하여야겠습니다."

"그리하게."

강천이 세찬 발걸음을 곧장 돌려세웠다. 전날 밤 아궁이 앞에 앉아 참모들을 대신해 밥만 짓고 있다는 육도의 보고와 청자차완을 완성했다는 원역의 전갈 중 무엇이 진실이란 말인가. 당장 제 두 눈으로 확인해야만 했다.

분원에 들어서자 웅성대던 사람들이 강천의 등장에 놀라 입을 다물며 예를 갖췄다. 옛날 초선이 시번에서 자색 자기를 구워내던 그날도 이러했었다. 모두가 귀신에 홀린 얼굴들을 하고선 막 들어서는 강천의 한 걸음 한 걸음에 집중하였었다. 하면 원역의 전갈이 사실이란 말이리라. 분원 청사 계단을 오르던 힘찬 걸음이 우뚝 멈춰 섰다.

'설마…… 그런 것이냐!'

그제야 생각났다. 누구도 말하지 않았고 누구도 생각지 못한 방법이 번뜩 떠올랐다.

'설마…….'

불신 가득한 낯빛으로 빈청으로 들어서자 한 명의 변수와 일곱 명의 수위 사기장, 그리고 한 명의 여인이 기다리고 있었다. 다급히 예를 갖추는 사기장들을 물리치고 다가서자 역시 불신 가득한 육도의 시선 끝으로 자그마한 청자차완 하나가 덩그러니 놓여 있었다. 아무래도 제 짐작이 맞는 듯했다.

"이것이…… 진정 네가 만든 것이란 말이지……."

강천이 말끝을 흐리며 고이 쥔 정이의 두 손을 보았다. 곱디곱던 여인의 손이 터지고 갈라진 사기장의 손이 되어 있었다. 사기장의 손은 거짓을 말하지 않는다. 답을 듣지 않아도 알 수 있었으나 여린 입술을 빠져나온 정이의 음성이 들렸다. 너무나도 확고한, 자신에 찬 음성이리라.

"그렇사옵니다, 낭청 어른."

순간 사기장들의 웅성임이 파문처럼 번져 나갔다가 싸늘한 강천의 음성에 앞에 잦아들었다.

"내 분명 보았거늘…… 이틀 밤낮 밥만 짓지 않았더냐? 그가 불이 들어간 가마도 없었고 널 돕겠다는 화장도 없었을 터인데, 대체 어디서 이 차완을 구워 냈단 말이냐?"

그릇을 구워 낼 시간도 장소도 없었다. 도깨비가 감추어 둔 요물을 꺼내 놓은 것이 아니라면 대체 이 차완이 어디서 솟아난 것이란 말인가. 그때 정이의 봉긋한 입술이 열리며 일동을 충격에 빠트렸다.

"아궁이에서 구웠습니다."

"……!"

그 한마디에 경천동지할 충격이 휘몰아쳤다. 쫙 벌어진 입을 닫지 못한 사기장들의 얼어붙은 만면이 고목처럼 쩍쩍 갈라졌다. 널따란 직령 소맷자락을 펼쳐 알싸한 적막감을 휘이 걷어 낸 강천의 손길이 차완을 향했다. 수토감관 이강천, 얼음장 같은 심장을 품어 한평생을 부동심으로 버텨 온 사내라 그저 태연자약한 표정으로 말했다.

"이것을…… 아궁이에서 구웠다?"

그러곤 매섭게 치켜 뜬 강천의 눈빛이 차완을 응시했다. 한 쌍의 교룡이 살아 있는 듯 꿈틀거리고 있었고 사신의 청자차완과 흡사 쌍둥이인 양 닮아 있었다.

"문양은 어찌 넣었느냐?"

"양세홍 화청장께서 도움을 주셨습니다."

불신 어린 일동의 시선이 일제히 양세홍을 향하자 불편한 듯 헛기침을 두어 번 내뱉은 양세홍이 멋쩍게 웃었다. 차분히 고개를 끄덕인 강천의 시선이 재차 차완을 향했다.

"유약은 어찌 만들었느냐?"

"또한 모자란 소녀를 위해 오국비 연정 대리께서 가르침을 주셨습니다."

일순 강천의 매서운 시선이 부딪치자 오국비가 흡사 죄인처럼 고개를 숙였다. 이내 차완을 응시한 강천이 말을 이었다.

"명국의 가마는 내가 가르쳐 주었을 테고."

"예, 낭청 어른."

깜짝 놀란 사기장들이 술렁였다. 피식 미소를 머금은 강천이 말했다.

"게다가 고덕기 화장이 초벌구이를 하였으니…… 어찌 됐건 자네들이 이모저모 도와준 셈이로군."

안 된다, 아니 된다, 모두들 이리 밀고 저리 밀어 댔으나 결국 조금씩은 정이를 도움 셈이리라. 묘한 분위기에 사기장들의 헛기침이 터져 나왔으나 나지막이 흘러나온 강천의 음성에 이내 잠잠해졌다.

"완벽한 원형이로다. 바탕이 되는 창창대해의 바다 빛은 실로 어진 맛이라 아울러 욕심이 없고…… 내피의 유한 천록 빛은 순종적이니 마치 가식 없는 인간의 마음이리라. 그 가운데 꼬고 비틀며 튀어 오른 두 마리 교룡이 또한 살아 있는 듯 꿈틀거리니…… 상품이며 명작이 분명하다."

"……!"

순간 육도가 몸서리쳤다. 뜻 모를 떨림이 등골을 타고 전신을 휘감았고 이리저리 흐트러진 정신은 까마득한 적막에 빠져 헤어나오지 못하고 있었다. 그저 용태를 뽐내는 청자차완만이 아련한 육도의 눈빛을 사로잡고 있었다. 아비의 의도가 무엇인지는 중요치 않고 당장 파기소로 달려가 산산조각 내고픈 심정이었다. 해서 소리치고 싶었다. '네가 만든 것은 차완도 그릇도 자기도 아니다! 흉내조차 못 낸, 파기할 기운조차 아까운 오물일 뿐이다!'라고. 내리쬔은 불쾌감이 안면 곳곳을 파고들어 마비를 일으켰다. 감출 여력 따윈 이미 바닥난 지 오래였다. 침체된 것은 비단 육도뿐만이 아니었다. 수위 사기장 모두가 강천의 평가에 얼음냉골이 된 채 입도 뻥긋하지 못한 채로 굳어 있었다. 십수 년간 사기장 직함을 내 달고서도 해내지 못한 일을 저 어린 것이 해내었다. 온갖 편협과 괄시와 냉대를 극복하고서. 참혹함이 목 끝까지 차고 올라왔음에도 토를 달지도 추임새를 달수도 없는 노릇이었다. 해낸 것이다. 계집이 기어이 해내고 만 것이다. 사기장들의 시기 어린 눈빛을 걷어 낸 강천이 차완에 시선을 고정한 채 물었다.

178

"내 일전에 수수께끼를 내어 너를 돕긴 하였으나…… 그것만으로는 결코 명국의 가마를 흉내 낼 수 없었을 게다. 명국 가마가 어찌 생겼으며, 열기의 순환이 어찌되는지, 어떤 불꽃이 일어 어떤 열기를 내뱉는지, 어찌 알았느냐?"

"조선의 가마는 작은 가마 십여 개의 길게 이어 붙은 등요(오름가마)라 종류별 자기를 다량으로 구워내는데 유리하고, 명국의 가마는 거북이 등껍질 같은 원통의 입요(입식가마)라 한 종류의 자기를 소량으로 구워내는데 유리한 점이 있다. 해서 명국식 가마의 불꽃은 아래에서 위로 치솟았다가 정점에서 부딪쳐 다시 밑으로 꺼지는 법이다. 스승님으로부터 이리 배운 적이 있사온데…… 생각해 보니 우리네 부엌 아궁이가 꼭 그러했습니다. 다만 그 속이 터지고 깨지어 고르지 않은 부분이 많아 진흙을 발라 갈무리하였지요."

갸웃한 강천이 곁눈질로 보며 물었다.

"아궁이에 진흙을 발라 명국식 가마로 개조하였다……."

고개를 끄덕인 강천의 말이 이어졌다. 시선은 재차 차완에 붙었다.

"그럴 수 있지. 하면, 불길은 어찌 잡았느냐?"

"불이 아닌 숯으로 구워 냈습니다. 한껏 달아오른 숯불이 상불 上火에 가까움은 익히 알고 있는 사실이 아니옵니까. 아궁이이 크기가 소녀의 한 품이라 바싹 달군 숯불만으로도 자기를 굽는 데 필요한 열기는 충분하였고 차완 아래 석쇠를 깔아 열기를 조절하였습니다."

무엇 하나 빠지지 않는 답변이었다. 질의가 끝난 듯 강천의 엄지가 스윽 차완을 쓰다듬었다. 어디 하나 모난 곳 없고 티 한 점 없는 청정수를 보는 듯 맑고 고왔다. 천천히 차완을 내려놓은 강천의 시선이 정이를 향했다. 하나를 알려 주면 열을 꿰차는 제자는 으레 스승에게 뿌듯한 감동을 선사할 것이나, 자신은 아니었다. 조선 최고의 사기장은 자신이어야 했으며 그 자리를 이을 유일한 이는 제 핏줄이어야 했다. 한데 유을담의 자식이, 하물며 사내도 아닌 계집이 제 아들을 제치는 맹랑함 따위야 제 목숨이 붙어 있는 한 용납될 수 없는 일이었다. 기대 반 근심 반에 노심초사 떨리는 정이의 눈빛 또한 강천을 향해 있었다. 행여나 잘못되었다 말하진 않을까, 행여나 깨트리진 않을까, 잔뜩 오므렸다가 뜬 두 눈이 어찌할 것인지 묻고 있었다. 이내 강천의 굵고 나직한 음성이 흘러 나왔다.

"입궐할 것이니, 채비를 갖추거라."

직접 진상하여 차완을 올리라는 뜻이리라. 그제야 꽁꽁 움츠려 얼어붙었던 제 심장이 봄 내음에 만개하듯 뛰었다. 환히 미소를 머금어 양볼이 발간 복사꽃마냥 피어오른 채 정이는 황급히 고개를 숙여 화답했다.

"예, 낭청 어른."

이미 기억조차 가물가물하던 과거의 때라, 울며불며 만든 허접한 질그릇이 행여 대왕 전하를 만나기도 전에 깨질까 염려되어 몇 겹이고 둘둘 감싸고 또 궤에 넣어 제 품에 꼭 껴안고 있지 않았던가. 지금 이 순간이 꼭 그러했다. 그리 조심스러운 맘으로 태평관으로 들어서자 문루 초입에 광해가 기다리고 있었다. 착잡한 마음을 다잡지 못한 광해의 낯빛이 먹구름이 낀 듯 어두웠으나 정이는 그 이유를 짐작조차 할 수 없었다.

"마마!"

말 못할 반가움에 정이가 환한 미소로 예를 갖추었으나 광해의 음성은 더없이 무거웠다.

"결국…… 해내었느냐?"

"예, 마마. 이 모두 마마님 덕분이옵니다."

달빛처럼 해맑은 정이를 앞에 두고 도무지 태도의 소식을 전할 용기가 나질 않았다. 알게 되더라도 모든 일이 마무리된 그 이후에 전해야 했다. 힘없이 고개를 돌린 광해의 입에서 나직한 음성이 흘러 나왔다.

"따르거라."

모든 것이 똑같았다. 선조와 대면하고 있는 사신, 그 앞에 놓인 쌍둥이처럼 닮은 두 개의 차완, 그들을 에워싸고 있는 궁녀와 대소신료들. 다만 다른 것이 있다면 그 궁녀들 사이에 정이가 끼어 있다는 것뿐이리라. 잔뜩 긴장한 정이의 시선 끝으로 사신 앞에 놓인 두 개의 청자차완에 뜨거운 찻물이 부어졌다. 새벽녘 안개처럼 몽글몽글 피어오른 김이 궁녀의 고운 손등을 뿌옇게 감싸자 옥구슬같이 고운 궁녀의 목소리가 흘러 나왔다.

"죽로차이옵니다. 대나무 이슬을 받고 자란 찻잎으로 장성 죽로산에서 대인을 위해 특별히 공수해 온 찻잎이옵니다."

한 귀로 듣고 한 귀를 흘린 사신의 싸늘한 시선이 차완을 향했다. 애초 변방의 조선에 솜씨 좋은 사기장이 있을 것이란 기대는 접어 둔 터였다. 하나 이번에도 제 앞에 놓인 차완 두 개는 흡사 쌍둥이인 듯 닮아 있었다. 전에 본 이육도 변수의 것과 비교하여도 무엇이 진품이고 무엇이 가품인지 분간할 수 없는 수준이었다. 하나 손을 대진 않았다. 전처럼 일다경의 시간이 흐른 후에야 차를 들 생각이리라. 일찌감치 기대를 저버린 시선은 차완에서 떨어져 멀리 연못을 노니는 한 마리 청둥오리를 향했다.

명 사신의 냉랭한 분위기에 선조 또한 침묵으로 일관했다. 진정 마지막이리라. 조선이라는 나라가, 그 나라의 임금이, 구겨지고 밟힌 자존심을 회복할 수 있는 마지막 기회. 그것이 한 여인의 손에 달렸다는 구차함 따윈 애써 접어 넣은 지 오래였다. 이미 조선 최고의 사기장이 만든 차완을 집어 던진 안하무인의 사신이 아니던가. 스승의 목숨과 제 목숨을 걸고 만들어 온 차완이 제아무리 흡사해도 저 명 사신의 맘을 흡족케 할 수 있는지는 결코 모를 일이었다.

초조한 적막감 속에서 일다경의 시간이 지나자 헛기침을 뱉은 사신이 천천히 차완을 집어 들었다. 손끝에서 전해지는 따스한 기운에 흠칫한 기색을 몰래 삼키었다. 흔들리는 눈동자를 반듯이 세운 뒤 천천히 입가로 가져가기까지 수만 가지의 잡상들이 스쳐 지나갔다.

'결단코 똑같은 차완을 만들어 냈을 리 없다! 겨우 보름이 아닌가, 그 시간 동안 겨우 무엇을 할 수 있었겠는가. 기껏해야 명국의 차완을 연구하였을 테고, 비슷한 흙과 유약을 구하려 발을 동동거리며 애를 썼겠지만 거기까지일 뿐, 결코 우려하는 일 따윈 일어나지 않을 것이리라.'

그리 위안하며 차완을 입가에 가져갔다. 하나 찻물이 혓바닥을 타고 들어가는 순간 온기를 가득 머금은 죽로차가 제 입속에서 그윽한 향을 터트렸다.

"……!"

천천히 차완을 내려놓은 사신이 궁녀에게 시선을 옮기자 당황한 듯한 궁녀가 황급히 또 하나의 차완을 사신 앞으로 옮겨 놓았다. 명국의 차완이리라. 떨리는 손길이 명국의 차완으로 향했다. 그러곤 차완을 들어 입에 찻물이 들어가는 순간 깨달았다.

"……!"

굴곡진 얼굴이 폭풍우에 실린 듯 꿈틀거렸다. 같았다. 맛도 같고 온기도 같았다. 멈칫한 사신의 표정이 살짝 일그러졌고 광해는 그 찰나를 놓치지 않았다. 파문이 일고 있었다. 분명 사신의 눈빛이 떨리고 있었다.

'해냈구나! 정이가 네가 해낸 게야!'

그리 생각하는데 둔탁한 헛기침을 쏟아 낸 사신의 얼굴이 이내 안정을 되찾았다. 무언가 고심하는 표정이 역력했다.

두려웠다. 우려했던 일이 눈앞에 펼쳐지고 있었다. 조선의 대왕을 괄시하고 낮잡아 본 대가를 어찌 감당할 것인가. 하물며 어렵게 공수해 온 명국의 차완이 한낱 조선의 차완보다 뛰어나지 못함을 여실히 증명해 주는 꼴이라, 칙사로서의 면치레는커녕 더없는 치욕을 감수해야 할 수도 있었다. 등골에도 이마에도 송골송골 땀방울이 맺히었다. 두 눈을 질끈 감고 단숨에 꿀꺽 넘겨 삼킨 후 내려놓았다. 차완에서 손을 떼자 머릿속 두려움이 현실이 되어 밀려들었다. 순간 사신이 뭔가 작심한 듯 나직이 입을 열었다. 냉랭히, 싸늘하게.

"흠……! 전과 다를 바가 없소이다!"

"……!"

순간 파르르 떨린 눈빛을 힘겹게 감춘 선조가 물었다.

"다를 바가 없다? 이번에도 모자란단 뜻인 게요?"

"예, 주상. 모자라도…… 한참 모자랍니다."

"……!"

선조의 만면이 일그러졌고 대소신료들이 일제히 술렁였다. 더는 어찌할 수도 되돌릴 수도 없는 최악의 상황이리라. 한데 그 순간에 광해가 한 발 나서 아뢰었다.

"대인, 제가 한 말씀 올려도 되겠사옵니까?"

불쑥 튀어나온 광해의 목소리에 신료들이 웅성거렸다.

"마마!"

상선이 급히 광해를 만류하려는데 선조가 말했다.

"할 말이라도 있는 것이냐?"

"예, 전하."

매서운 선조의 눈초리가 광해를 향했나. 맑고 총명한 눈빛에 무언가 자신감이 배어 있는 듯 보여 말했다.

"고하라."

고이 고개를 조아린 광해가 아뢰었다.

"대인, 조선의 차완이 명국의 차완에 미치지 못하다 말씀하시었습니다. 하오면…… 앞에 놓인 두 개의 차완 중 무엇이 조선의 차완이며, 무엇이 명국이 차완이옵니까?"

"……!"

순간 당혹 어린 사신의 눈빛을 감지한 광해가 다시 한 번 힘주어 말했다.

"앞서 맛본 차완이 왼편, 뒤에 맛본 차완이 오른편이온데…… 무엇이 부족하고, 무엇이 훌륭한 차완이옵니까?"

움찔한 사신의 눈빛이 두 개의 차완을 향했다. 생각지도 못한 반격에 식은땀이 솟아올랐고 송골이 묘연하여 싸한 기운이 전신을 휘감았다. 하나 아무리 뚫어져라 살펴도 좀처럼 분간이 되질 않았다. 몽롱한 정신에 눈앞이 하얗게 물들었다. 그제야 광해의 의도를 눈치 챈 선조가 비릿한 미소를 머금고 말했다.

"어찌 대꾸가 없으시오? 설마…… 차완을 분간치 못하시는 건 아니겠지요?"

"그, 그럴 리가요……. 어디…… 다시 한 번…… 흠……."

격정에 휩싸인 눈빛이 차완을 향했다. 두 개의 차완, 이리 보고 저리 보아도 분간이 되지 않았고, 이 맛도 저 맛도 똑같았다. 정신이 혼란하여 그저 맹물을 마시는 듯 아무런 느낌조차 없었다. 이틀 전, 백주대낮에 날아온 화살로 황천길에 오를 뻔했던 아찔함이 다시금 몰려왔다. 그러나 그날의 당혹감이야 지금 이 순간에 비하면 얌전을 빼는 수준이었다.

'어찌 한다…… 이를 어찌 한단 말인가……!'

하나 어차피 반반의 확률이 아니던가. 무언가 작정을 한 듯 차완을 내려놓은 사신이 오른편의 차완을 가리키며 말했다.

"이것이 명국의 차완이외다."

그러곤 슬며시 광해의 동요를 살피니 일동의 시선이 화살무리처럼 광해를 향했다. 잠시 차완을 응시한 광해의 깊은 눈빛이 일각에 선 정이를 향했다. 정이가 살짝 고개를 끄덕이자 이내 확신에 찬 광해의 음성이 울려 퍼졌다.

"대인, 차완을 뒤집어 보시옵소서."

"……."

영문은 몰랐으나 차완을 뒤집어 나오게 될 결과물이 무엇일지 진정 두려웠다. 떨리는 손끝을 갈무리한 사신의 손길이 천천히 차완을 뒤집었다. 차완 바닥에 깨알 같은 글자가 선명히 박혀 있었다. 유정! 충격을 넘어선 경악이 전신을 휘감았고 낯빛이 흙빛이 되었다. 지켜본 모든 이의 눈빛이 또한 충격에 물들었다. 선조의 파안대소가 터져 나온 것이 바로 그 직후였다. 일 장 거리의 연못에 파문이 일 정도의 큰 웃음소리였다. 떨리는 안면을 주체하지 못한 사신이 힘겹게 입을 열었다.

"주상, 제가 요 며칠 몸을 쉬지 못하여 입맛이 변한 모양입니다. 그러나…… 제가 드린 말씀은 취소하여야겠습니다. 이 청자 차완…… 실로 뛰어난 차완입니다."

승자의 미소를 머금은 선조가 화답했다.

"그럴 테지요. 허허허…… 그럴 것입니다…… 암요…… 그렇고 말고요……."

그러곤 선조가 다시 파안대소를 터트렸고 잠시 후 웃음이 그친 후에야 사신이 조심스레 아뢰었다.

"주상, 소신이 보인 망극한 결례를 너그러운 마음으로 용서해주십시오."

그러곤 깍듯이 허리를 꺾어 머리를 조아렸다. 조선의 국위를 펌하고 대왕을 모욕한 안하무인한 사신이 기어이 꼬랑지를 내리고 머리를 숙이니 그 통쾌함이 이루 형언할 수 없음이리라. 머리며 어깨며 가슴을 짓누르던 바윗돌을 털어 낸 듯 한껏 들뜬 선조가 화답했다.

"그리 용서를 구하시니…… 내 바르고 공명된 자로서 십분 이해하고 용서하겠소이다."

조용히, 그러나 한껏 예를 갖춘 사신이 재차 고개를 숙인 후 물었다.

"내 궁금하오이다. 이 차완을 만든 이, 유정이 누구요?"

광해가 나직이 아뢰었다.

"유가 정이라, 저기 저 아이옵니다."

광해의 시선을 따라 사신의 눈빛이 정이를 찾았다. 정이가 가벼이 예를 갖추는데 사신의 눈빛이 파르르 떨렸다.

'여인이었던가!'

고운 선이 흐트러지지 않고 차분하게 내려온 양 눈썹은 길게 뻗어 너른 초목을 이루었고 봉곳이 솟은 콧날은 유순한 산등성이며, 그 입술은 앵두처럼 붉디붉었다. 곱게 빗어 올린 머릿결은 혜산천[9]에서 길어 온 샘물처럼 단정하니 무엇 하나 빠지지도 거슬리지도 않은 순백의 미를 고스란히 간직한 미인의 상이었다. 사신의 눈빛이 순간 동했다. 이를 지켜본 광해는 불길함을 감추지 못했다. 사내라면 본능적으로 느낄 수 있는 불길함이었다. 지금 저 사신의 눈빛은, 정이를 궁녀로, 사기장으로 보고 있는 것이 아니다. 순간 갑갑하게 머리를 짓누르는 익선관 때문인 듯 머리가 지끈거렸다. 광해의 복잡한 속내를 알 리 없는 정이는 그저 기쁜 속내에 아비 을담과 스승 문사승을 생각했다.

'아부지, 내가 해냈어. 스승님, 제가 해냈습니다…… 두 분 덕에 하나 보잘것없던 반푼이가 감히 이렇게 해내었습니다.'

문사승이 먼 산자락에 술기운을 흘려보내며 뱉은 한마디가 정

---

9) 백두산에서 나온 물줄기

이의 심중에 메아리쳤다.

'한 잔의 차 속에, 한 잎의 찻잎 속에 고스란히 삶과 죽음이 담겨 있느니라. 차완은 차의 마음이요 노래이다. 하니 차를 마주하는 차인들에게 그 노래를 들려주는 것이 차완을 만드는 사기장들의 몫이자 숙명인 게지.'

울컥한 감동에 눈물이 맺히었다. 실로 그러하지 않은가. 사기장은 정이의 숙명이었고 또 앞으로 나아가야 할 길이었다.

15장
목숨을 내건 묘책

🌿

그 자를 죽인다면 소탐대실小貪大失하오며,
그 자를 살린다면 이대도강李代桃僵하실 것이옵니다.

잔뜩 강우를 머금은 먹구름이 사대문 도성을 뒤덮었고 잿빛
창천에 휘몰아친 바람은 궁궐 곳곳에 드리운 횃불을 연신 흔들어
놓았다. 간간히 날리던 빗방울이 굵어지다 이내 소낙비가 되어
쏟아지니 그 아래 구중궁궐이 사해와 같았다. 어깨는 바위를 짊
어진 듯 무거웠고 두 다리는 천근 족쇄를 채운 듯 꼼짝달싹할 수
없는 것이, 태도가 저를 위해 투옥됐단 사실을 알게 된 정이의 마
음 또한 그러했다. 정이는 늪에 빠진 듯 허우적거리며 광해의 가
슴을 쳤다.

"어찌 이제야 말씀하시옵니까, 제 오라비는 이제 어찌 되는 것
입니까! 제가 무엇을 해야 오라비를 구명할 수 있겠습니까!"

사면을 다하였고 어명을 성공리에 수행한 기쁨은 저만치 사라

저 버렸고, 컴컴한 빈 우물에 얼굴을 박고 아득히도 검은 밑바닥을 손으로 휘이 젓는 기분이었다. 간신히 버티고 있던 두 발이 살짝 들리어 까딱하다간 우물 속으로 처박힐 듯 아옹대는 통에 혼미해진 정신을 붙잡을 방도도 없었다. 그리 무겁고 원통한 마음으로 강녕전에 들어서길 이내 대왕 앞에 제 속을 털어 놓고 말았다. 말간 얼굴에 쏟아진 눈물이 이루 헤아릴 수 없었다.

"전하…… 제 오라비를 살려 주시옵소서…… 그것이 저의 소원이옵니다……."

명 사신의 코를 납작하게 해 준다면 어떠한 소원이든 들어준다 하였다. 대소신료들이 보는 앞에서 분명 그리 말하지 않았던가. 하나 저 아이의 입에서 나올 소원을 기껏해야 사기장이 되고 싶다는 것 정도로 생각한 것이 크나큰 과오였다. 창창하던 선조의 낯빛이 어두워졌고 홍조의 기운도 그만큼 짙어졌다. 그리 침묵하고 있는 선조를 보며 정이가 목메어 호소하였다.

"전하! 소원을 말해 보라 한 분도, 무엇이든 들어 주겠다 한 분도 전하가 아니시옵니까……. 하오니 부디…… 부디 제 소원을 꺾지 말아 주시옵소서……!"

간절함을 보이고 싶었다. 오직 그뿐이리라. 헌신짝처럼 제 목숨을 내던진 태도를 위해 할 수 있는 것이.

"내가 들어줄 수 있는 것 중…… 가장 어려운 소원이다."

"전하……!"

명국 사신을 암살하려한 대역 죄인이라 왕이라 하여도 쉬이 결단을 지을 수 없는 사안이었다. "생각해 보마." 하고 정이를 물리려는 찰나 간절한 정이의 눈빛이 눈에 밟혔다. 물러설 기미 따위 담지 않은 초롱초롱한 눈빛에 가련히 들러붙은 눈물이 고여있었고 악다문 잇새 옆 볼이 퍼렇게 물들어 있었다.

'무엇을 망설이는 것이냐, 국교의 일이다. 한낱 계집의 소원 따위에 저버릴 수 있는 조선이 아니다!'

완연히 기울었던 사신과의 줄다리기에서 겨우 균형을 맞춰 놓은 터에 섣불리 사신의 심기를 건드렸다간 또 어떤 수모를 감내해야 할지 몰랐다. 이내 결심을 굳힌 선조가 굵고 나직한 음성을 내뱉었다. 단호하고 또한 과단하였다.

"너의 그 소원만큼은, 내 들어줄 수 없다."

"……!"

짙은 어둠이 분칠에 여념 없던 저녁노을을 빌어내고 있었다. 눈앞이 어둑해지니 마음까지 어둠에 깔릴 판이었다. 정이에게 무슨 일이 있는 건 아닐런지, 행여 아바마마께서 역정을 내실 만한 발언을 꺼내지는 않았는지, 꼬리를 무는 잡념들이 고목의 잔가지처럼 얼키설키 엉겨 붙었고 가뜩이나 안개 낀 광해의 심중을 무겁게 내리눌렀다. 그때 정이가 밖으로 나왔다. 하염없이 울고 있었다. 얼마나 울었는지 봉긋한 가슴팍이며 댕기며 치맛자락까지 흥건히 젖어 있었다.

'저 아이의 소원을…… 그 애절한 소원을 거절하시었구나.'

터벅터벅 계단을 내려오는 정이를 가벼이 안아 어깨를 도닥여 주었다.

"오라버니…… 태도 오라버니는 어찌합니까……? 이제 어찌한단 말입니까…….."

이를 악문 광해가 나직이 말했다.

"그놈은 내가 구명할 것이다. 내 목숨을 걸고 그리할 터이니……, 너는 걱정 말고 기다리거라."

그 말에 울음을 뚝 그친 정이가 조심스레 광해를 밀어내며 물었다.

"전하께옵서 아니된다 하시는데 마마께서 어찌 구명할 수 있단 말입니까? 행여……."

"나를 믿지 못함이냐?"

"……."

"아느냐? 청자차완이 완성될 때까지, 나는 그저 너를 믿고 기다렸다. 하니…… 너도 나를 믿거라. 내가, 반드시 그놈을 구해 낼 것이다."

194

"……."

그러곤 강녕전을 둘러싼 검사복 일명을 불러 명했다.

"이 아이를 궐 밖까지 안내해 주거라."

일말의 기대를 품고 사라지는 정이의 인영이 보이지 않을 때까지 지켜보다가 잽싸게 몸을 비튼 광해의 발길이 강녕전을 향했다. 깍듯이 예를 갖추어 부복하는 광해를 보며 무엇하러 온 것인지, 무엇을 말하고자 함인지, 듣지 않아도 알 수 있어 선조가 먼저 입을 열었다.

"파루와 함께 왕의 하루가 시작된다."

진정 무겁고 나직한 음성이리라. 그 목소리가 어찌나 묵직하던지 덩치 좋은 무뢰배 수십이 고함을 쳐 댄대도 선조의 한 마디에 비할 바가 안 되었다.

"조강에 이어 상참과 조참…… 편전에 들면 승지들이 걸러 내고 걸러 낸 그 수많은 상소문과 탄원서에 일일이 비답을 내려야 한다."

선조의 굵은 음성이 계단을 다고 오르는 듯 차츰 격앙되더니 한순간 무량각 지붕까지 올라설 기세가 되어 몰아치며 쏟아졌다.

"어디 그뿐이냐! 왕이 하는 일은 이 말고도 수십 수백에 이른다! 왜 하는 거 같으냐? 이것들을 왜 내가 하느냔 말이다! 태평관을 꿰찬 그 부대한 자의 말 한마디면 조선의 백성 수십 수백이 안

녕할 것이고, 명국으로 넘어갈 곡식과 피눈물 흘리는 공녀의 수
또한 그만큼 줄어든단 말이다!"

한 마디도 틀림이 없었다. 반박할 여지조차 없었다. 용좌가 아
닌가, 조선의 주인이 아닌가. 하여도 광해는 말해야 했다.

"하오나 전하! 한 명의 백성이 안녕하지 못할진대 어찌 만백성
이 안녕할 수 있단 말입니까!"

간절함이 서린 얼굴을 바닥에 바싹 붙였다. 거듭 청하는 광해
를 기가 막힌 듯 바라보던 선조가 어이없다는 표정으로 물었다.

"한 명이 희생하면, 백 명 천 명이 그 희생 아래 안녕할 수 있
다. 그런데도 너는 네 호위 무사라는 그놈 하나를 위해 이 모든
것을 버리겠단 말이냐? 포기하여라. 그자만큼은…… 그 어떤 이
유를 붙여도 결코 방면해 줄 수 없다!"

기세 좋았던 패기는 선조의 몇 마디에 발 밑 낙엽처럼 산산이
부서졌다. 결코 설득할 수 없음에 잠시 고심한 광해가 조심스레
아뢰었다.

"하오면 전하, 소자에게 기회를 주시옵소서."

"기회? 무엇을 말함이냐?"

"조선의 명예를 되찾아 준 여인의 소원을 들어주고, 옥사에 구
금된 사내를 구할 수 있도록, 소자에게 단 한 번만 기회를 주시옵
소서!"

누구보다 광해의 그릇을 잘 알고 있는 터라 잠시 광해의 낯빛
을 살핀 선조가 대꾸했다.

"내가 해 줄 것이 무엇이냐?"

침을 꿀꺽 삼킨 광해가 말했다.

"김태도란 자의 방면을 윤허해 주시옵소서!"

"뭐라? 내 분명 안 된다 하지 않았느냐! 한데 어찌……!"

"한 시진! 단 한 시진이면 되옵니다."

"한 시진? 왜, 그자와 함께 야반도주라도 할 생각인 게냐?"

"아니옵니다, 전하. 소자 다만…… 명 사신의 마음을 돌려놓고
자 할 뿐이옵니다."

총명한 눈빛에 자신감이 배어 있었다. 잠시 생각한 선조가 대
꾸했다.

"오냐, 그리하라. 하나…… 네게 허락된 시간은 정확히 한 시진
뿐이다. 알아들었느냐?"

"예, 전하, 단 한 시진의 시간이라도 소자는 감읍할 따름이옵니다."

바람 소리라 생각한 화살이 뺨을 스쳐 지나 그 뒤에 우뚝 선
느티나무에 박혔다. 일부러 빗맞힌 것인지 그저 천운인지 짐작할
수 없었다. 칠흑 같은 어둠 속에서 황급히 숨을 곳을 찾았으나 마
땅한 곳이 보이지 않았다. 몇몇 커다란 나무 구렁텅이에 숨으려

시도를 해 봤지만 소용없는 짓이라. 그리 시간의 개념이 흐려지며 자포자기하려던 터에 낯설지도 그렇다고 익숙하지도 않은 음성이 화령의 귓속으로 빨려 들어왔다. '그대 이름이 심화령이라 하였소?' 태도의 목소리였다. 화들짝 기쁜 마음에 정신이 들고 말았다. 꿈이었다. 깨고 싶지 않은 꿈이었다. 김태도, 평생 처음으로 마음을 둔 사내가 구금되었다는 소식은 청천벽력 같았다. 이리저리 수없이 고민하였으나 도무지 태도를 구명할 방도가 떠오르지 않았다. 오직 하나, 사신의 마음을 움직이는 것이 유일한 방도라 곧장 채비를 하여 태평관을 찾았다. 다짜고짜 태도를 구명해 달라 청하는 화령의 요구에 사신은 적잖이 당황하였다. 그리 일각의 시간을 대면하고서야 화령이 밖으로 나왔다. 어찌 될지는 알 수 없었으나 최선을 다하였고, 후회는 없었다.

화령이 다녀간 직후 광해가 태평관을 찾았다. 딱딱하게 굳은 사신의 표정에 양보는 찾을 수 없었지만 광해 또한 정심을 다해 태도의 구명을 청하였다. 하니 의아한 표정의 사신이 물었다.

"광해군께서는 대체 그자와 무슨 연이 있는 게요?"

"소싯적에 작은 연이 있었사오나 특별한 연은 아닙니다."

"한데…… 특별한 연도 없는 그자를 방면해 달라?"

"예."

짐짓 광해의 낯빛을 살핀 사신이 냉랭히 대꾸했다.

"무슨 청이든 내 고려할 수 있으나, 그것만큼은 들어줄 수 없소이다. 그만 물러가시오!"

"……."

사신과 독대하여 담판을 지을 참이었다. 그것도 안 된다면 협박이라도 할 참이었다. 하나 한 번 더 욕심을 누른 후 청하였다.

"방면해 주십시오. 대인께서만 오직 그자의 목숨을 구명하실 수 있사옵니다."

"말하지 않았소! 내 그놈이 참형당하는 꼴을 직접 보고 싶은 터에 그 무슨 허황된 말씀이오? 절대 아니 될 말씀이외다!"

바로 제 청을 들어 주리라 기대한 것은 아니었으나, 일국의 왕자가 직접 찾아와 간곡히 청을 올림에도 사신은 만만치 않았다.

"날 죽이려 한 자요. 명의 칙사인 나를 시해하려 한 것은 곧 황제 폐하를 시해하려 한 것과 다르지 않음을 모른단 말이오? 어찌 그런 자를 방면해 달라 청하는 것이오?"

"만에 하나…… 그자에게 대인을 해하려 한 의도가 없었다면…… 하면 어찌 되겠습니까?"

광해의 대꾸에 피식 비웃음을 흘린 사신의 입가가 묘하게 일그러졌다.

"도끼로 나무 찍는 나무꾼이 장작 캘 생각이 없다는 것과 다를 바 없는 얘길 하시는 게요?"

"대인, 진정 시해의 뜻이 없었고, 이를 증명해 보인다면, 용서
해 주실 맘은 있으신지요?"

"보이지도 않는 가마 안을 어찌 알고 활을 쏘았겠소이까? 만약
증명을 할 수 있다면야…… 내 하해와 같은 마음으로 용서할 마
음은 있소이다."

하해와 같은 마음이라, 두고 보면 알 일이었다. 광해가 뜻 모를
미소를 머금자 기분이 뒤틀린 듯 사신이 양 눈썹을 움찔거렸다.
이내 차분히 내려앉은 광해의 목소리가 울려 퍼졌다.

"들었느냐."

순간 당황한 사신이 행여 자신에게 하는 말인가 싶어 기도 안
찬 헛웃음을 내뱉곤 자리를 고쳐 앉았다. 그때였다.

"예, 마마."

문 밖에서 낯선 사내의 목소리가 들렸다. 멈칫한 사신이 영문
을 몰라 광해를 살피니, 광해가 다시 입을 열었다.

"주자가 비었구나."

말이 채 떨어지기도 전에 태평관 안채 방문을 뚫고 들어온 화
살이 사신 앞에 놓인 주전자 정중앙을 관통하곤 그 뒤 벽에 콱 박
히었다. 기가 막힌 일이리라. 눈으로 보고서도 믿기지가 않으니
귀신이 벌인 장난처럼 보였다. 순간 광기 어린 사신의 두 눈빛이

광해를 향했다.

"이것이 대체 무슨 짓입니까!"

"증명하고 있는 것입니다."

"증명이라니? 광해군께서 진정 미친 것이오!"

만면 가득 달아오른 화를 참지 못한 사신이 다급히 부채를 찾아 들었다. 몇 번 부채질을 하고 나니 그나마 벌게진 낯빛이 잔잔히 잦아들었다.

"아직 의심을 거두지 않고 계시는 듯한데…… 듣거라. 대인께서 부채를 펼치고 계시는구나."

사신의 힘껏 부라린 시선이 광해를 쏘아보기도 전, 번개처럼 날아든 화살이 사신의 부챗살을 뚫고 지나갔다.

"……!"

당황한 사신의 만면을 살핀 광해가 나직이 물었다.

"그자가 대인을 시해할 맘이 추호도 없었음을 증명하고 있는 것입니다. 이래도 부족하시옵니까?"

신기 어린 장난에 놀아났다 생각하니 저절로 헛웃음이 터져 나왔다. 그러기를 잠시 냉수를 따라 한 입에 털어 넣었다. 고심이 깊은 듯 입안에서 냉수를 돌돌 굴리는데 옥구슬 같은 화령의 목소리가 떠올랐다. '저울질을 하시옵소서.' 저울질이라, 국교의 실리와 제 자존심을 두고 한 말이리라. '옥사에 구급된 시내를 구명하십시오. 하오면 대인께 큰 이득이 생길 것이옵니다.' 이리저리 저울질을 하던 사신이 냉수를 꿀꺽 삼키곤 불현듯 파안대소를 터 트렸다. 영문을 모른 광해가 조심스레 사신의 낯빛을 살피니 이 내 웃음을 거둔 사신이 눈빛을 번득이며 말했다.

"광해군마마의 기지와 기백을 내 미처 몰라본 점 송구하게 생 각하오이다."

이도저도 아닌 답이라 광해가 침묵하자 사신이 말을 이었다.

"이 나라 조선에 참으로 뛰어난 명궁이 있었구려. 김태도, 그자 를 방면해 주시오."

"……!"

순간 광해의 눈동자가 터질 듯 부풀어 올랐다.

"대인! 방금 하신 그 말씀…… 분명 진심이시겠지요?"

"하면, 지금 내가 농을 하는 듯 보이오?"

팽팽히 차오른 긴장에 바싹 굳어 있던 광해의 얼굴에 화색이 감돌았고 이루 형언할 수 없는 감복이 서리었다.

"대인, 내 대인께서 안하무인처럼 행동하는 데 필시 이유가 있 을 것이라 여겼는데 오늘 그것이 명확해졌습니다. 대인께서는 실 로 살신성인으로 공명을 받드는 대명의 재상이 분명하옵니다."

"광해군께서 그리 생각해 주신다니 소신이야 그저 감읍할 따 름이외다."

그러자 예를 깍듯이 갖춘 광해가 문 밖을 향해 말했다.

"네 목숨을 구명해 주신 분이다. 인사 올리거라."

말이 떨어지기 무섭게 문이 스륵 열리며 태도가 얼굴을 보였다. 전신 곳곳의 상처는 여전했지만 총명한 눈빛은 기개를 가득 품고 있었다.

"대인, 소인의 과오를 너그러이 용서하시옵소서."

그러곤 깍듯이 예를 갖춰 절을 올렸다. 비릿한 미소를 머금은 사신은 사뭇 궁금하였다. 대체 저자를 방면하면 무엇을 얻을 수 있단 말인가? '그자를 죽인다면 소탐대실하오며, 그자를 살린다면 이대도강李代桃僵하실 것이옵니다.' 화령의 목소리가 귓전에서 끊이질 않고 메아리쳤다.

멀찍이 고개를 꺾어 보니 금수가 박힌 쪽빛 밤하늘에 청초함이 서려 있었다. 옥사에 갇혀 있던 내내 유독 별빛이 그립던 태도였다. 힘껏 숨을 들이쉬자 봄바람을 타고 흘러 온 궁궐의 꽃내음이 코끝을 파고들었다. 잠시 눈을 감고 향을 음미한 후 고개를 드니 제 눈앞에 정이가 서 있었다. 언제나처럼 맑고 투명한 미소를 머금고 있었다.

"오라버니……."

"정이야……."

눈물 어린 두 사람의 포옹에 광해는 그저 먼 하늘을 응시했다. 구름 한 점 없는 자색 창천에 두둥실 달이 떠 있었다. 한 줄기 바람이 불었다. 맑고 청아한 바람이었다.

이튿날 정오였다. 삼백여 사기장들을 청사 앞에 불러 세운 강천이 어깨를 짓누르는 선조의 음성을 떠올렸다. '유정을 수위 사기장에 임명하라!' 이른 아침 입궐하자마자 떨어진 하명이었다. 생각지도 못했던 충격에 강천이 마음을 다잡고 제 앞을 살피니 청사에 모여든 기십의 사기장들 또한 고까운 시선으로 옆에 선 정이를 보고 있었다. 제 마음이나 여느 사기장의 마음이나 결코 다르지 않았으나 제 의지대로 꺾을 수도, 무시할 수도 없는 어명임에 차분히 입을 열었다.

"분원의 명예를 드높이고…… 왕실에 공을 세운…… 유정을 사기장으로 임명한다."

사기장들이 받았을 충격은 뒤로 하고서라도 정작 놀란 것은 정이 본인이었다.

"사…… 사기장이라 하셨습니까?"

정이가 되묻기도 전에 김주동이 황급히 되물었다.

"낭청 어른! 결코 있을 수 없는 일입니다."

이어 정이를 흘겨 본 고덕기가 특유의 억센 말투를 내뱉었다.

"낭청 어른! 사기장이라니요? 분원이 설립된 이래 계집이 사기장이 된 경우는 단 한 번도 없질 않습니까? 그깟 청자차완 하나 구워 냈다고 어찌 사기장이라 할 수 있겠습니까!"

고덕기의 말이 틀리지 않다고 사기장들이 술렁였다. 정이 또한 작금의 현실에 어리둥절한 속내를 감추느라 애를 태워야 했다. 분명 기쁜 일이었으나 잘못 운신하였다간 몰매 같은 질타를 맞을 터였고, 그렇다 하여 입을 닫고 있자니 처음이자 마지막으로 찾아온 기회가 물거품이 되어 사라질까 두려웠다. 정이의 맘이 이리저리 방황하는 사이 강천의 단호한 목소리가 울려 퍼졌다.

"내 그대들의 뜻을 모르는 바 아닐세! 하나, 어명은 어명, 분원의 규율은 규율, 해서 이 아이가 사기장이 될 자격이 있는지 없는지를 우선 판단할 생각이니…… 이에 반대할 이는 지금 말하라!"

어거지로 고개를 숙인 사기장들이 침묵하자 넌지시 정이를 살핀 강천이 말했다.

"분원의 사기장이 되기 위해선 이 안에 자리한 모든 사기장들의 이해를 먼저 구해야 할 것이다. 그러지 않고서야 봉족들을 통솔하지도 못할 것이며, 당연 공초군들과 진상결복군들조차 너를 사기장으로 인정하려 들지 않을 것이다. 자…… 어찌하겠느냐? 시험을 치를 자신이 있느냐?"

물론이었다. 사기장이 아닌 공초군을 시켜 준대도 분원에 머물

게만 해 준다면 몇 번이고 고개를 숙여 감사를 표할 판에 사기장
이라니, 생각지도 못한 처사였고 꿈도 꿔 보지 못한 일이었다.

"해 보겠습니다. 기회만 주신다면 할 것입니다. 어떻게 해서든
이곳에 계신 사기장들께 먼저 인정을 받을 것입니다."

굽혀들지도 물러서지도 않는, 누를수록 더 튀어 오르고 밟을수
록 더 굳세어지는 눈빛이 그리 말하였다.

그날 밤 선조는 사신을 위해 연회를 베풀었다. 대신들이 연회
에 참석하여 입을 모아 사신의 은덕을 칭송하니 사신 또한 흥한
기분에 술을 거나하게 들이켰다. 그 와중에 선조가 말했다.

"대인, 과인이 실로 대인을 잘못 본 모양입니다. 대인의 목숨을
해하려 한 자를 방면해 주시다니요? 허허…… 그것이 공명이며
선비의 도리가 아닙니까?"

사신이 미소로 화답하자 흥에 겨운 선조가 말을 이었다.

"귀국하실 때 약속된 조공 이외로 자기 천 점을 더 얹어 드리
리다."

"……!"

진상품은 으레 진헌색에서 따로이 관리하였고 칙사의 무리한
요구 조건에 진헌색 관리들이 밤낮 고심하여 줄이고 줄이는 것이
관례였다. 더군다나 자기 천 점이라니, 하루아침에 구워 낼 수 있

는 양도 아니었다. 그렇게 방대한 양의 자기를 대체 어디서 구한단 말인가! 경악한 대신들이 만류할 새도 없이 독단적으로 밀어붙인 선조의 인심에 사신이 희미한 미소를 머금었다.

'이것이로구나. 내 자존심을 꺾어 얻게 될 대가라는 것이.'

사신이 조심스레 입을 열었다.

"아래로는 백성을 받들어 편케 하고 위로는 국교를 살펴 나라를 흥하게 하시니, 주상의 은덕에 실로 조선의 미래가 밝지 아니하겠습니까. 소신, 그간의 무례함에 송구스러워 다시 한 번 고개 숙이옵니다."

그리 세 치 혀로 어심을 쥐락펴락하니 잔뜩 취기가 올라 있던 선조는 마냥 흥한 마음에 곳간이란 곳간은 죄다 열어 주었다.

"대인께서 이처럼 공명의 혜안을 지녔으니 내 어찌 보답하지 않을 수 있겠소이까? 진헌색에서 준비한 진헌품 외에 내 꼭 백자기 천 점을 더 얹어 드리겠소이다!"

"……!"

새벽녘부터 시작된 뇌우는 잠시 잦아들었으나 먹물을 머금은 듯한 하늘은 언제라도 물벼락을 퍼부을 기세였다. 막 제용감 빈청에 들어선 대소신료들의 낯빛이 또한 썩은 고목처럼 거무튀튀하니 말라 있었다. 무려 백자기 천 점이라 전날 밤 선조가 사신에게 약조한 진헌품이 예조와 제용감 신료들의 심장을 옥죄고 있었다. 탁상공론을 펼친다 한들 별다른 수가 생기는 것도 아니었고, 목청을 높인다 하여 답답한 심정이 풀어지는 것도 아니었다.

"이 일을 어찌한단 말인가? 진헌자기 천 점이라니, 마른하늘에 날벼락도 아니고…… 허허…….'

"방도가 없지 않습니까. 주상전하께서 이미 그리 말씀을 하셨으니……."

"불가한 일입니다. 이럴 때 신료들의 뜻을 한데 모아야 하지 않겠습니까?"

대신들의 의견은 분분하였고 고작 해결책으로 내세운 것이 왕자들을 선조 앞에 세워 대왕을 설득하는 것이었다. 슬금 임해와 광해의 눈빛을 살핀 제용감 제조가 앞장서 아뢰었다.

"아뢰옵기 황공하오나…… 세 분 마마께옵서 나서 주시옵소서. 마마께서 우리 신료들의 뜻을 전하께 한 번 더 간언하신다면…… 전하께서도 재고해 보시지 않겠습니까?"

임해군과 신성군이 서로 눈치를 살피며 침묵하니 광해가 선뜻 대꾸했다.

"그리하지요. 저 또한 자식이기 이전에 신하가 아닙니까? 전하께서 그른 결정을 하신다면, 언제든 간언을 올리는 게 신하된 도리가 아니겠습니까."

침소 구석구석 빠지지 않은 술기운이 물씬 배어 있었다. 취기가 가시지 않은 듯 몸을 비스듬히 누인 선조가 만면 가득 귀찮은 낯빛으로 왕자들을 훑었다. 전날 연회장에서 못마땅한 눈빛으로 희번덕거리던 대신들의 얼굴을 떠올리니 제 자식들이 이른 아침에 달려 온 연유를 알 듯싶었다.

'이놈들을 꾀여내 기어이 대왕이 내뱉은 언사를 주워 담게 하려는 것이리라!'

하나 대신들의 뜻을 따른다면 대왕의 위상은 어찌 되는 것인가? 그저 술기운에 망언을 내뱉는 주정뱅이로 전락하고 말 터. 어디 그뿐인가, 대신들에게 책잡히고 휘둘리다 보면 종묘사직을 보존키는커녕 겨우 기틀을 다진 왕권도 흔들리게 될 것이다. 하면 제 자식 중 일 명이 보위를 이어받아 대왕이 되어도 이처럼 대신들의 광대 노릇이나 하지 않겠는가. 생각이 그리 미치자 선조의 눈빛이 매섭게 번득였다.

'어찌 그것을 모르는 것이냐, 어리석은 것들 같으니……!'

그리 불만 어린 눈빛으로 왕자들을 훑는데 광해가 겁 없이 입을 열었다.

"전하, 아뢰옵기 송구하오나…… 백자기 천 점은 국부의 유출이 너무나 크옵니다. 어명을 거두어 주시옵소서."

"뭐라? 어명을 거두어라……?"

기운만 있다면 벌떡 일어나 광해의 가슴팍을 발로 찍어 눌러 버리고 싶은 심정이었다. 시커먼 연기를 토해 낸 활화산이 이내 붉은 용암을 쏟아냈다.

"네놈이 지금 대왕의 결정에 토를 다는 것이냐?"

순간 당황한 기색이 역력한 광해가 조심스레 아뢰었다.

"하오나 전하, 백자기 천 점은 애초 사신의 요구 사항에 포함된 것도 아니오며……."

"닥치거라! 어디 자기 천 점뿐인 줄 아느냐? 비단과 포화布靴가 각각 백 상자에, 진헌마 백 필도 덤으로 얹어 주겠다 했느니라! 왜? 아니 되느냐!"

"전하……!"

"주워 담을 수 있는 언사가 아니니 더는 논할 필요도 없다! 알겠느냐?"

고개를 조아리는 광해를 보니 문득 화가 치밀어 한마디 보태었다.

"옳지! 그래, 네가 하거라. 혼이 네놈이 책임지고 백자기 천 점을 만들어 내란 말이다!"

"전하……!"

꼴사납게 나대다가 짓밟힌 지렁이 꼴이라, 사색이 된 광해를 곁눈질로 지켜 본 임해의 입꼬리가 가늘게 늘어졌다. 한데 하필 그 찰나에 날선 선조의 매서운 눈빛과 마주치고 말았다. 임해가 다급히 머리를 조아렸으나 선조의 눈빛은 독사처럼 임해를 떠나지 않았다. 형이란 것이 마지못해 따라와 아우 등 뒤에 숨어 있다 고소해하는 꼴이라니, 뒤틀린 심사에 토악질이 날 지경이었다. 그나마 제 안위를 살피는데 급급한 신성군은 입도 벙긋 않고 그저 고개를 숙이고 있었다. 보아하니 왕자들 모두 위엄 어린 왕권으로 다스려 줄 필요가 있어 보여 노기 서린 눈빛으로 쏘아보며 말했다.

"임해군 너는, 사복시의 도움을 받아 진헌마 백 필을 준비할 것이며……!"

화들짝 놀란 임해가 되물었다.

"아바마마! 사복시라 하오면 냄새 고약한 말들이……."

선조의 매서운 시선에 말끝을 흐리자 이내 선조의 시선이 신성군을 향했다.

"신성군은 사섬시의 협조를 얻어 비단과 포화를 준비하되…… 각기 백 상자를 넘기도록 하라."

애초에 어심을 거스를 맘이 없었던 신성군은 기다린 듯 넙죽 조아렸다.

"예, 아바마마."

내친김에 할 말을 다 하고 나니 속이 후련하였고 허엽게 들뜬 임해와 광해의 낯빛이 아주 볼 만하였다. 하나 더 마주하고 있자니 잔뜩 뒤틀린 심사가 더 꼬일 듯하여 이내 호통을 쳤다.

"뭣들 하느냐! 당장 어명을 수행치 않고!"

벼락 같은 불호령으로 왕자들을 치워 내고서야 무언가 대왕의 권위가 서는 듯했고 잔뜩 들끓었던 마음도 진정이 되었다. 한데 그 순간 잠잠하던 뇌우가 터지며 창호 빗살을 뚫고 들어왔다. 천둥번개에 이어 우박 섞인 폭우가 쏟아지는 것이 하늘에 구멍이라도 난 듯했다. 그러고 보니 목련이며 진달래며 색색의 봄꽃들이 꽃망울을 터트린 것이 엊그제 같거늘 벌써 망종이 지나 장마를 눈앞에 두고 있었다. 비단 그것이 염려되었다. 장마철만 되면 사복시에서 관리하는 말들이 장염을 앓다 죽기 일쑤였고, 습하여 곰팡이가 피어오른 비단과 포화 또한 관리에 어려움이 있었다. 가장 큰 문제는 천 점의 자기였다. 장마철엔 좋은 흙과 물을 구하는 것에 우선 어려움이 있었고, 불을 땔 장작을 관리하는 것이며 성형된 자기를 건조하는 것이 또한 어려움이었다. 물론 가장 큰 어려움은 가마에 불을 넣고 상품의 자기를 생산하는 것이리라. 짐짓 광해에게 떠맡긴 몫이 마음에 걸렸으나 그렇다고 물릴 수도 없는 노릇이었다. 무거운 머리를 비워 내려 애써 두 눈을 붙여 몸을 뉘었다. 취중호언이었으나 물릴 수 없는 언사였고 후회는 되었으나 되돌릴 방도가 없었다.

뒤로는 청매산을 병풍으로 끼고 앞으로는 굽이친 한강을 두어 전형적인 배산임수의 지형에 야트막한 언덕 위에 세워진 곳이라 한강물이 곱절로 넘쳐도 홍수의 피해는 보지 않는 명당이 바로 사옹원 분원이었다. 잿빛 하늘이 연신 비를 쏟아 냈고 더불어 피어오른 희뿌연 안개가 스산하게 흐르고 있었다. 곳곳이 웅덩이라 광해의 신발에도 흙탕물이 잔뜩 달라붙었다. 조심스레 흙을 털어 내고 걸음을 옮기는데 옆에 선 강천의 낯빛이 더없이 어두웠다.

"마마, 보름 안에 일천 점의 자기 생산한다는 것은 불가능한 일이옵니다."

어명이 아닌가. 할 수 없다 하여, 못한다 하여 하지 않을 수 있는 일도 아니었고, 한낱 사옹원의 종팔품 낭청 따위가 이래라 저래라 결정할 만한 사안도 못 되었다. 그럼에도 바삐 걸음을 옮기는 광해의 얼굴이 미소를 머금은 것이 무언가 여유가 배어 있는 듯했다.

"당연히 무리해서는 안 되지. 국록이나 받으며 사는 자네가 무리해서 쓰겠는가. 무리는 내가 할 터이니 자넨 퇴청하여 편히 쉬시게."

두 사람 곁을 따르던 육도의 양 눈썹이 미세하게 꿈틀거렸다. 잔뜩 비꼬인 언사에 무언가 불편한 심기가 고스란히 느껴졌다. 왕자들 중 그나마 품성이 온전한 광해군이 저리 나온다면 이미 궐에서는 한바탕 대란이 벌어졌을 것이라 짐작되었다. 청사 빈청에 당도할 때까지 광해와 강천은 단 한 마디도 주고받지 않았고 몇 보 뒤로 따르는 육도와 수위 사기장들은 숨통이 막힐 지경이었다. 장마철엔 천 점은 고사하고 딱 잘라 오백 점을 구워 내는 것도 가당치 않음을 사기장이라면 누구나 알고 있는 터였다. 만에 하나 어명을 내세워 천 점을 구워 내라 성화를 낸다면 죄다 드러누워 죽여 달라 할 판이리라.

빈청에 들어선 지 일각이 지나도록 광해는 별 말 없이 그저 진열된 자기를 이리저리 둘러보고 있었다. 길게 늘어선 진열장 가득 청색과 백색이 고루 어우러져 있는데 매일 닦고 관리하는 듯 한 톨의 먼지도 찾아볼 수 없었다. 그런 중 광해의 시선이 멈추며 진열장 중앙을 차지하고 앉은 자기 한 점을 응시했다. 백색도 청색도 아니며, 평생 보아 온 그 어떤 자기와도 확연히 다른 빛깔을 하고 있었다. 조심스레 자기를 손에 쥔 광해의 눈빛이 경외감에 물들었다.

'자색 자기라? 가마신의 선택을 받은 자만이 구워 낼 수 있는 자기라 했던가.'

자색 자기가 품고 있는 오묘한 빛깔에 잠시 넋 나간 표정으로 응시하던 광해가 고개를 돌렸다.

"이 자색 자기를…… 이 낭청 자네 조부께서 만드셨다지?"

무표정으로 일관하던 강천의 만면에 살짝 긍지가 피어올랐다
가 이내 사그라졌다.

"예, 마마."

고개를 끄덕인 광해가 물었다.

"이 나라 조선에 자색 자기가 나온 것이…… 지금 내 손에 쥔
이것뿐인가?"

순간 묘한 당혹감이 비쳤으나 이내 흩어낸 강천이 나직이 아
뢰었다.

"예, 마마. 그 자색 자기가 처음이자 마지막이옵니다."

"그래? 자색 자기가 백 년에 한 번 나올까 말까 한다더니……
실로 그 빛깔이 오묘하기 그지없네."

진정 신묘한 빛깔을 머금고 있었고 보는 위치에 따라 명도와
채도가 변하며 자색 빛이 바람을 타듯 일렁였다. 한참을 자색 자
기에 취해 있던 광해가 자기를 제자리에 올려놓고 말했다.

"해서, 천 점은 진정 불가하다?"

조금의 망설임도 없이 강천의 대답이 이어졌다.

"예, 마마."

잠시 생각한 광해가 대꾸했다.

"내 도제조를 두루 만나 여타 다른 진상 자기의 납품 기일을
늦춰 보겠네. 필요하다면 봉상시나 내의원을 찾아 제기나 약기의

기일도 늦출 것이고…… 그래도 불가한가?"

"……소인이 불가하다 말씀드린 데는 그 모든 상황을 고려한 것이옵니다."

애초 불가능한 일에 제 자리와 목숨을 걸만큼 어리석게 살아오지 않았다. 비록 보잘것없다 할 수 있는 낭청의 직이었으나, 광해처럼 타고난 핏줄로 얻어 낸 자리가 아닌 성취하고 지켜내야만 하는 자리였다. 해서 수토감관이 된 직후부터 모험은 피하고 안전한 길만을 선택해 왔다.

"……하면, 몇 점이나 가능하겠는가?"

"마마, 관상감에 알아본 바 오늘 내린 이 비가 달포간은 계속될 것이라 합니다. 분원의 모든 사기장들이 달려들어 밤낮으로 기일을 맞춘다면…… 오백 점 정도는 맞출 수 있을 것입니다."

오백이라, 겨우 천 점의 절반, 그럼에도 뭐라 대꾸할 수도 선뜻 내밀 차안도 떠오르지 않았다. 선조의 불호령이 되살아나 제 멱살을 쥐고 흔드는 듯 머리가 어지러운 터에 조용히 입을 닫고 침묵하던 육도가 조심스레 아뢰었다.

"마마, 소신에게 방책이 있사옵니다."

의아한 일동의 시선이 일제히 육도를 향하자 육도가 조심스레 아뢰었다.

"분원에서 오백 점을 만들고 주변요에서 추가로 오백 점을 만들면 진헌자기 천 점을 맞출 수 있을 것이옵니다."

"주변요라?"

"예, 마마. 비록 관요는 아니오나 이곳 사옹원 분원을 중심으로 사방에 다섯 개의 주변요가 더 있사옵니다. 마마께옵서 결정을 하시면 속히 분원으로 모이라 전갈을 넣겠사옵니다."

기껏 차려 놓은 밥상에 재를 뿌린 격이라 강천의 표정이 굳었지만 아들의 처사에 토를 달진 않았다. 변수로서, 사기장으로서 해내지 못한 일을 한낱 계집이 해내지 않았는가. 자존심에 상처를 입었을 테고 어찌하건 만회하고 싶은 육도의 속내가 눈에 훤히 보이는 듯했다. 잠시 차를 마시며 기다리길 한 시진이 흐른 때에 주변요를 관장하는 다섯 명의 사기장이 볏짚 더미를 뒤집어쓰고 청사로 달려왔다. 캄캄한 하늘은 더욱 세차게 빗물을 쏟아 냈고 재색 기와를 타고 흘러 처마 끝에서 떨어지는 빗물이 냇물처럼 줄줄 흘러내렸다. 그 아래 다섯 명의 사기장과 광해가 마주 서자 육도가 급히 명을 하달했다.

"전하께옵서 백자기 일천 점을 준비하라 명하셨네."

육도의 말에 적잖이 충격을 받은 사기장들의 얼굴이 일제히 굳어 들었다. 한 겹 걸친 우비가 몇 겹마냥 무겁게 느껴졌다. 광해가 말을 이었다.

"총 천 점의 자기 중, 여기 이 변수의 지휘 아래 분원에서 오백 점을 만들 것이다. 자네들은 지금 당장 관할요로 가서 각기 백 점의 상품백자를 만들어 분원으로 이송시키게."

왕자의 명에도 일언반구 없는 사기장들의 반응에 적잖이 당황한 육도가 되물었다.

"어찌 대꾸가 없는 것인가?"

그제야 그중 가장 나이가 많은 사기장이 조심스레 아뢰었다.

"마마…… 송구하오나…… 주변요에서 사용하는 백토는 칠 할 이상을 분원에서 공급받습니다. 하온데 분원에서 들어온 백토는 이미 공급이 끊긴 지 보름이 넘었고 장마를 앞둔 요 며칠간은 주변요에서도 백토를 채취하지 않아 지금은 백토가 턱없이 부족한 실정이옵니다."

광해의 귀엔 변명에 발뺌으로밖에 들리지 않았다. 살짝 구겨진 얼굴로 사기장들의 만면을 훑는데 문득 선조의 말이 떠올랐다. '아느냐? 먹고 살기에 바쁜 천민일수록 대의를 멀리하고 애써 보지 않으려 눈을 감고 내빼는 법이다. 그저 눈앞에 놓인 작은 탐욕에 제 몸을 빌붙는 데 급급한 천한 것들인 게지.' 그날 식도로 넘어온 쓴물을 되삼킨 광해가 심중으로 답하였다. '하여 아바마마께서는 백성들에게 온정을 베풀지 않으신 것입니까. 하여 이토록 가혹하게 백성들을 쥐어 흔들어 오셨던 것입니까.' 그것이 광해의 진심이었으나 정작 대의 앞에 나몰라라 하는 눈앞의 백성들을 보니 답답하기 그지없었다. 깊은 한숨을 내쉰 광해가 물었다.

"백토가 부족하면 지금에라도 채취를 하면 될 것이 아닌가?"

"저 그것이…… 요즘처럼 밤낮없이 비가 쏟아져서는 백토의 채취가 불가하옵니다. 어렵사리 쓸 만한 백토를 채취한다 해도 건조가 맘처럼 되지 않고, 그러하니 가마에 불을 넣는 것은 기실 불가능한 것이옵니다."

일리가 있는 말에 광해가 침묵하자 그 옆에 선 사기장이 말을 이었다.

"마마, 그뿐이 아닙니다. 그 모든 것을 잘 해결하여 자기를 굽는다 해도…… 응축된 수분이 폭발해 열에 아홉은 파자된 자기가 나오기 마련입니다. 소인의 부족한 생각엔…… 주변요가 아니라 팔도의 가마를 죄다 모은다 해도 장마가 시작된 지금엔 오백 점을 맞춰 내기도 쉽지 않사옵니다."

답답한 표정의 광해가 육도를 향해 물었다.

"이들의 말이 모두 사실인가?"

잠시 뜸을 들인 육도가 침을 넘겨 삼킨 뒤 답했다.

"예…… 백토가 부족한 것은 사실이옵니다. 하오나……."

그때 강천의 목소리가 울려 퍼졌다.

"진인사대천명이라 했습니다."

일동의 시선이 강천을 향하자 가벼이 몇 걸음 내딛어 다가 선 강천이 말을 이었다.

"마마, 우선은 최선을 다하는 것이 중요하지 않겠사옵니까? 소신이 책임지고 최상품 진헌자기 오백 점을 만들어 올리겠습니다."

"……."

딱히 묘수가 떠오르지도 않았고 무어라 반박할 여지도 없었다. 답답한 마음에 자리를 물리고 파하자 널따란 청사에 오직 광해의 그림자만 쓸쓸히 남았다. 처마 끝머리에서 흘러내린 빗물이 바람에 흔들려 이리저리 흩날렸으나 피할 수도, 피할 길목도 보이질 않았다. 한참을 도망치다 막다른 길목과 마주한 암담함이 광해의 전신을 휘감았다.

"비를 피할 수가 없구나…… 아니…… 피할 곳이 없는 것이 내 처지가 딱 그러하지 아니한가."

그때 정이의 목소리가 들렸다.

"마마, 어찌 그리 슬픈 얼굴을 하고 계십니까?"

깜짝 놀란 광해가 고개를 돌렸다. 비구름을 헤집고 나온 보름달처럼 말간 빛이 있었으나 이내 연기처럼 사라져 버렸다. 광해가 혼잣말처럼 내뱉었다.

"정이는 어찌하고 있더냐?"

어둠 속에서 스륵 빠져나온 태도가 나직이 대꾸했다.

"여인들이 묵는 숙소에 있는 듯하여 찾지 않았습니다."

"그래? 하긴…… 내 정이를 볼 면목도 없다. 그만 돌아가자."

무거운 발길을 떼자 그림자처럼 태도가 옆으로 붙었다. 쉼 없이 몰아치던 빗줄기는 유시가 넘어서야 잦아들었다. 하루 온종일 비가 쏟아져 애초에 햇빛도 없었지만 또 언제 그랬냐는 듯 하늘은 맑게 개어 있었고 뭉게구름 사이로 초승달이 떠올랐다. 하나 여전히 눅눅하고 축축한 밤이었다. 그 어둑한 밤길에 그림자 수십이 삽시간에 바람같이 스쳐 지나갔다. 엷은 마포로 얼굴을 가린 여인이 십여 명이며 그들의 앞뒤로 따라붙은 무관이 또한 십여 명이었다. 빗물이 고여 질척거리는 길을 수십이 움직이는데도 물 튀기는 소리조차 들리지 않았다. 선잠에 뒤척이던 정이가 인기척에 눈을 뜨자 끼익 문 열리는 소리가 들렸다. 바람 때문도, 미진이 몰래 열어젖힌 것도 아니었다. 그러기엔 인기척이 너무 많았다. 몸을 추슬러 고개를 돌리는데 냉랭한 여인의 목소리가 귀청을 파고들었다.

"여기 있습니다."

저도 모르게 벌떡 일어서자 사내들과 함께 들이닥친 여인들이 삽시간에 정이를 에워쌌다.

"네가 유정이냐?"

"예? 예…… 하온데 무슨 연유로……."

말이 끝나기도 전에 두 명의 여인이 정이의 양 옆에서 팔을 낚아챘다. 옴짝달싹할 수 없어 다급히 물었다.

"왜…… 왜들 이러시는 겁니까? 대체 뉘신데 이리……!"

그 순간 번개처럼 칼집을 떠난 무관의 검이 정이의 목에 닿았다. 거부하거나 소리를 질렀다간 목을 베어 버리겠다는 위협이리라. 침을 꿀꺽 삼킨 정이가 입을 닫았고 이내 속절없이 끌려가고 말았다. 이들이 누구이며, 자신이 어디로 향하는지조차 알지 못한 채.

16장
이소사대 以小事大

樂天者保天下 천자보천하 畏天者保其國 외천자보기국
하늘의 도리를 즐기는 자는 천하를 평안케 하고
하늘의 도리가 두려운 자는 제 나라를 평안케 한다.

　세상에 드리운 어둠을 안으로 들여보내지 않으려는 듯 복사꽃
문양이 그득 찬 꽃담이 길게 늘어서 있었다. 귀에 익숙지 않은 명
국의 언어가 높지 않은 돌담을 넘어왔지만 지나가는 이들 누구도
꽃담 안쪽을 들여다보지 않았다. 높지는 않으나 태평관의 꽃담은
결코 녹록한 것이 아니었다. 꽃담 안쪽으로 가장 깊고 은밀한 곳
에서 옥구슬 같은 여인의 목소리가 흘러 나왔다.
　"유정, 그 아이를 취하시지요."
　따듯하게 데운 술을 연거푸 마시던 사신이 영문을 몰라 되물
었다.
　"지금…… 뭐라 했느냐?"
　"대인께 첫자차완을 올린 아이 말입니다…… 그 아이를 취하

223

시라 말씀드렸습니다."

멈칫한 사신이 생각하다가 대꾸했다.

"내 조선에 온 이유를 벌써 잊은 게냐? 아님, 그깟 계집을 취하여 진정 웃음거리로 만들고자 함이더냐?"

"대인, 대인께서는 임해군마마를 세자에 책봉하고자 하시나…… 현실은 너무도 암담하옵니다. 소인이 들은 바 진헌마 백필을 준비하기 위해 사복시에 들른 임해군마마께옵서는 말을 돌보기는커녕 술독에 빠져 고주망태가 되시었고, 사복시 말들 절반이 장염에 걸려 설사를 하고 있다 하옵니다. 만에 하나 전하께옵서 이 사실을 아신다면 임해군마마를 가만히 두시겠습니까?"

답답한 듯 혀를 끌끌 내찬 사신이 한탄하듯 말했다.

"일국의 왕자란 자가 어찌 그 모양이란 말이냐? 실로 화가 치솟는구나. 내 자존심마저 내려놓고 그토록 노력하였건만…… 곰이 부린 재주 삯을 왕 서방이 챙겨도 유분수지, 결국 이 모두 광해군에게만 득이 되지 않았느냐."

"하여 말씀드리는 것이옵니다. 만약 대인께서 그 계집에게 수청을 들라 명하신다면 이는 대인의 당연한 권리인 바 전하께옵서도 거부하실 수 있는 사안이 아니지요. 하면 어찌되겠습니까? 그 아이에게 맘을 두고 있는 광해군마마께서 말입니다."

"뭐라? 광해군이 그 계집에게 연정이라도 품고 있단 것이냐?"

화령이 미소를 머금자 이내 사신의 만면에도 미소가 돌았다.

"네 말인즉, 그 계집을 마음에 둔 광해군이 부동심을 잃어 물불 안 가리고 움직일 것이다?"

"예, 하오면 자연스레 대인께서 원하시는 바를 취하실 수 있을 것입니다."

스멀스멀 몰려든 먹구름이 초승달을 삼키자 거뭇한 심연이 창공을 덮었다. 앙상한 사득다리들이 바람에 부서질 듯 끄덕거렸고 옅은 고갯짓에 실린 낙엽의 술렁임이 잔잔히 밤길을 파고들었다. 이리저리 몸부림도 쳐 보고 눈물을 쏟아 청도 해 보았으나 서릿발처럼 차가운 궁녀들의 반응에 전신이 꽁꽁 얼어붙는 듯했다. 수심 가득한 얼굴에 두 줄기 상심에 눈물을 드리웠고 하소연을 하려다가도 살모사 같은 눈빛을 하고 있는 궁녀를 보면 이내 사라지곤 했다. 그리 질척거리는 흙탕물과 송글송글 솟아난 땀에 저고리며 치맛자락이며 흥건히 젖었을 때야 익숙한 전경이 눈에 들어왔다.

'태평관?'

그 순간 저를 보며 고개를 끄덕이던 사신의 탐욕 어린 눈빛이 떠올랐다.

'수청…… 수청이다! 내게 사신의 수청을 들라 게야!'

소름끼치는 현실 앞에 정이의 낯빛이 새파랗게 물들었다. 생각지도 못한 일이었다. 피해야만 했다. 어떻게든. 걸음을 멈춘 정이가 다급히 물었다.

"항아님! 태평관이 아닙니까? 대체 왜 저를 이곳에……! 항아님! 부탁드립니다…… 광해군마마를 불러 주십시오! 광해군마마시라면……."

그 순간 왜 광해군을 찾았는지는 저도 모를 일이었다. 벼랑 끝에 서고 보니, 사지가 찢길 위험에 당면하고 보니, 생각나는 이가, 떠오르는 이가 광해였다. 광해군이라면 이 구렁텅이에서 자신을 꺼내 줄 수 있을 거라 막연한 기대가 있었다. 매달리는 정이의 손길을 싸한 눈길로 내리찍은 궁녀가 얼음장같이 차가운 목소리로 정이의 실낱 같은 희망을 걷어내 버렸다.

"닥치거라! 너 같은 계집이 광해군마마를 알 턱도 없으려니와, 설혹 인연이 있다 해도 부질없는 짓이다. 이 모든 사안은, 어명으로 행해지는 일이다."

"……!"

'어명? 어명이라니!'

순간 눈앞이 캄캄해졌고 절망의 나락에 빠진 듯 아찔하였다. 사위를 둘러싼 궁녀들의 자태가 마치 저승사자인 듯했고 태평관의 문루가 저승문 같았다. 수청이라, 제 몸의 권리가 더 이상 자신에게 있지 않고 머리에서 발끝까지, 일거수일투족 모두가 사신의 손 안에 있다는 것. 후회도 분노도 소용이 없고 낙화유수에 봄날이 끝나고 있다는 아늑한 절망만이 정이의 전신을 휘감았다.

울며불며 태평관에 들어서 일다경의 시간을 더 들어왔음에도 앞서 걷는 궁녀들이 멈출 기미를 보이지 않았다. 중앙에 옹기종기 붙어 있는 빈청을 감싸고 도는 길이라 어차피 시작도 끝도 없는 원형의 길이었다. 궁녀들의 행보는 마치 허공을 답보하듯 가벼웠고 들썩이는 치맛단의 음정에 맞춰 머리를 디디는 버선발이 실로 정연하였다. 그렇다고 느리지도 않은 궁녀들의 발걸음을 쫓는지라 정이는 괜스레 발을 내뻗을 때마다 신경을 곤두세워야 했다. 장창 하나 손에 쥐고 호랑이굴로 들어선 착호갑사의 심정이 이러할까 싶었다. 그러기를 잠시 연못을 끼고 있는 누각을 지나 이름 모를 꽃들이 만개한 높다란 돌담길을 돌아가자 명국 궁녀들의 침소가 눈에 보였다. 명국의 여곽을 닮아 대청마루가 없는 것이 특이했으나 그런 것에 눈을 둘 경황이 없었다. 십여 칸은 되어 보이는 침소를 줄줄이 지나 세수간에 당도하고서야 앞선 궁녀의 발길이 멈춰 섰다.

"들어서거라."

잔뜩 긴장한 얼굴로 들어서자 큼지막한 욕조가 눈에 들어왔다. 삼나무를 손바닥 너비로 잘라 붙인 진갈색 욕조였다. 무어라 놀랄 틈도 없이 정이의 옷이 촤락 벗겨졌다. 저고리며 치마는 물론 속옷까지 죄다 벗겨 내어 정이는 온전한 알몸이 되고 말았다. 사위로 둘러싼 이가 여인들이라 하나 저 홀로 알몸이 되어 있으니 기실 부끄러워 가슴을 감싸 안았다. 매서운 눈빛으로 정이의 몸을 훑어 내린 궁녀가 눈짓을 보내자 이내 두 명의 궁녀가 좌우에서 팔을 끌어당겨 정이를 욕조 앞으로 밀어냈다.

"정갈히 씻어야 할 게다."

경황이 없어 무어라 대꾸를 하기도 전 싸늘히 시선을 거둔 궁녀들이 바람처럼 사라졌다. 여닫이문이 닫혔고 문을 걸어 잠그는 소리가 들렸다. 나갈 수도 없고 더는 거부할 수도 없었다. 후들거리는 다리를 간신히 지탱해 뜨거운 김이 모락모락 피어오르는 욕조에 담그자 늪에 빠져 허우적대던 숨통이 확 트이며 전신에서 피가 솟구쳐 오르는 듯했다. 어찌한단 말인가. 도망칠 수도, 물러설 수도 없는 사면이 꽉 막힌 나락에 갇히고 말았다. 천천히 몸을 담그자 따뜻한 물이 턱 끝까지 차올랐다. 깊은 한숨을 내쉰 정이가 물속에 얼굴을 넣곤 눈을 감았다. 다시 눈을 떴을 때 제 몸을 감싸고 있는 이 따뜻한 온기가 제 온돌방이었으면 하고 바랐으나 그것이 얼마나 허망한 생각인지를 깨닫는 데 단 한 호흡도 걸리지 않았다. 두 눈을 천천히 떴다. 바뀌지 않은 현실 앞에 절망이 만들어 낸 눈물이 하염없이 쏟아졌다. 울어서 해결될 일이 아니라 스스로를 위안해도 눈물은 도통 멈춰지질 않았다. 핏기 사라진 얼굴은 새하얗다 못해 백짓장 같았고 눈물 맺힌 눈동자는 빨갛게 충혈돼 있었다. '어찌합니까…… 어찌해야 합니까…….' 이내 눈물이 툭툭 떨어졌다. 입술은 옹알옹알 주절거렸지만 은수저로 목젖을 꾸욱 누른 듯 입 밖으로 목소리가 나오진 않았다. 욕조 안에서 그리 울며불며 이각의 시간이 지나자 어린 궁녀가 조심스레 들어와 비단 한복을 욕조 앞에 놓고 사라졌다. 흰색 깃에 붉은 동정이 돋보이는 황색 저고리에 여인의 입술처럼 붉은 치마였다.

단정히 옷을 입고 나서자 또래 나이로 보이는 명국 복색의 궁녀가 기다리고 있었다. 어찌하건 피해 보고픈 마음에 몇 마디 붙여 보았으나 말귀를 알아듣지 못하는 듯 대꾸가 없었다. 장방형의 담벼락을 지나 안채로 들어서니 선녀 같은 미비美婢 둘이 다소곳이 예를 갖추며 다시 정이를 동원으로 안내했다. 대뜸 눈이 어지러웠다. 넓은 정원에 그림 같은 가산이 점점이 화폭 같았고 작은 냇물이 졸졸 흐르는 것이 마치 선경에 들어선 듯 황홀하고 아름다웠다. 곳곳에 시립한 명국 궁녀들의 자태도 흐트러짐이 없이 갓 피어난 들꽃 같아 마치 천상에 들어선 기분이었다. 그럼에도 제 심장은 터질 듯 떨리었다. 어떻게든 빠져나가고픈 마음에 걸어 온 길을 수십 번이고 되짚었지만 귀신에라도 홀린 듯 아무런 기억도 나질 않았다. 그저 멍한 눈으로 궁녀를 뒤따라 걷길 짙은 향내가 흘러나오는 빈청 앞에 멈춰선 궁녀들이 양쪽으로 문을 열어 주었다. 조심스레 두 발을 넣자마자 따라붙었던 궁녀들이 문을 탁하고 닫았다.

그 순간 세상 끝에 홀로 툭 하니 떨어져 고립된 느낌이 일었으나 정이를 기다리고 있었던 듯 또 다른 명국의 궁녀가 바삐 손을 움직였다. 화장을 함이리라. 백색 황톳가루가 든 자개병을 화려한 색채의 청자 그릇에 뿌리자 하얀 분가루가 살짝 흩날렸다. 그 안에 담겨 있던 분내가 터져 나와 물씬 정이의 코를 자극했다. 살짝 분가루를 입힌 붓이 정이의 얼굴로 향하자 말간 살결 사이로 촘촘히 황톳가루가 입혀졌다. 빠르지도 느리지도 않은 붓이 몇 번 스쳐가자 황색 저고리로 갈아입은 정이의 가녀린 목선이 부각되며 풋내를 벗어던진 어엿한 여인의 얼굴이 드러났다. 이어 햇살을 머금은 듯 반짝이는 진줏가루가 정이의 얼굴 위에 눈송이마냥 내려앉았고 홍화꽃잎으로 색을 낸 붉은 입술 연지가 정이의 입술을 빨갛게 물들였다. 화장을 끝낸 듯 정이의 얼굴에서 손을 뗀 궁녀들이 잠시 정이를 얼굴을 살폈다. 이 여인이 과연 방금 들어섰던 그 계집이 맞는지 모를 불신 어린 눈빛이라, 진정 뭇 사내의 눈을 멀게 할 수려한 미색이었다.

수청들 준비가 끝난 듯 눈빛을 주고받은 명국의 궁녀들이 나가자, 정이는 문득 침통한 심정에 가슴 한편이 뚝 떨어져 나가는 듯 욱신거렸다. 크게 심호흡을 한 후 사위를 살피니 이곳이 종착지는 아닌 듯했다. 서책 가득한 책장이 보였고 꽤 값비싸 보이는 화려한 자기들도 몇 점 보였다. 막 꽂아 놓은 듯 싱싱한 꽃을 꽂은 화병과 멋스럽게 진열된 차완이며 그릇도 보였다. 그 앞으로 나뭇결이 살아 있는 웅장한 서탁이 놓여 있는데 아마도 사신들의 회의장으로 쓰이는 방일 듯싶었다. 서탁 위에 단정하게 놓인 문방사구가 보였다. 정이의 시선이 잠시 문방구를 살피다가 천천히 움직여 화병 옆에 진열된 백색 차완을 향했다. 잠시 무언가를 생각한 정이가 조심스레 몸을 일으켰다. '호랑이 굴에 들어가도 정신만 똑바로 차리면 살아날 수 있느니라.' 태도가 직접 만든 단도를 정이에게 쥐어 주며 한 말이었다. 그날 제 손에 쥔 단도 대신 진열장에서 집어든 작은 그릇을 손바닥에 가득 품어 쥐었다. 살아 나가야 했다. 이곳에서.

"자네를 보니…… 장인 정신이란 것이 바로 이런 것이라는 생각이 들더군."

'장인 정신이라?'

시선을 거둔 채 앉아 있던 강천이 그제야 최충헌을 향해 고개를 돌렸다. 진열장 앞을 어슬렁거리며 그릇을 집어 들고 놓기글 반복하던 최충헌이 손에 자색 자기를 들고 있었다.

"만에 하나…… 자네 집안에서 이 자색 자기가 나오지 않았다
면…….."

자색자기에서 시선을 거둔 최충헌의 시선이 강천을 향했다.

"자네 역시 이 자리에 없었을 테지."

피식 부러 입꼬리를 늘어트리며 자색 자기를 내려놓은 최충헌
이 말을 이었다.

"역시 명가의 핏줄이라 다른 겐가……. 난 도무지 이해가 되지
않네. 아무리 어명이라 한들 죽이지 못해 안달이던 앙숙의 여식
을 사기장에 임명하려는 자네의 진짜 속내 말일세……."

최충헌은 흡사 승냥이처럼 입에 문 먹잇감을 놓지 않는 습성
이 있었다. 그것이 강천이든, 조선의 임금이든 상관없었다. 그리
고 그 방법에 있어 손에 피를 묻히는 것 또한 꺼리지 않는 사내였
다. 피식 미소를 흘린 강천이 화답했다.

"제 속내가 무엇이 중요하겠습니까. 그 아이의 드러난 공이 크
다는 것, 하여 어명이 떨어졌다는 것이 중요하겠지요."

"공이라? 어명이라? 한데…… 자네도 알고 있는 그 계집의 공
로를 전하께서는 이미 까마득히 잊으신 듯하네."

강천의 놀란 눈빛이 그대로 최충헌의 시선에 부딪쳐 흩어졌다.

"태평관에 끌려갔네, 그 아이."

"……!"

불과 하루도 지나지 않은 터였다. 오늘 아침 사기장에 임명하라 어명을 하달하였고, 정이의 공을 치하하며 극찬을 아끼지 않았던 선조의 웃음소리가 귓전에서 채 사라지지도 않을 시각이었다. 한데 어찌하여? 도무지 이해할 수 없는 행각에 강천이 물었다.

"일부러 태평관을 찾은 것이 아니라…… 끌려갔다, 이 말씀이지요?"

"허허, 시시각각 변하는 주상의 성정을 미루어 보아 당연한 처사가 아니겠는가? 그저 어명이라 하여 한낱 어린 계집을 사기장에 임명하려는 자네보다야 훨씬 나은 판단이라 생각하네만…… 자넨 그리 생각지 않나 보지?"

혼란스러운 듯 두 눈동자가 널뛰듯 흔들렸고 뒤얽혀 어지러운 속내가 제 숨통을 콱 틀어쥔 듯했다. 불편한 기색을 숨기기엔 받은 충격이 너무나 큰 탓이었다. 그 아이에게 수청을 들라 했단 말인가? 정이를 어여삐 여겨 사기장에 임명하려 한 것은 추호도 아니었다. 그저 사기장으로서의 가능성을 본 것, 단지 그것뿐이었다. 한데 대왕이란 자는 그런 최소한의 아량조차 없는 사람이었단 말인가. 정이가 지은 죄라면 나라에 공을 세운 죄, 오직 그것뿐이었으니 실로 씁쓸한 결과였다. 강천의 표정을 살피며 잠시 뜸을 들인 최충헌이 말을 이었다.

"이 사실을 우리만 알고 있자니 안타깝지 않은가. 실은 내 은
밀히 서찰 하나를 광해군마마의 군저로 보냈네. 궁금하지 않은가?
그 계집에게 연심을 품은 광해군마마께서 어찌 움직일지……."

광해군이 정이를 어찌 생각하는지 모르지 않았기에 최충헌의
속내 또한 알 수 있었다. 몸을 일으키자 창살을 비집고 들어온 달
빛이 강천의 눈동자에 부딪쳐 흩어졌다. 달빛을 감상하기엔 유독
심난한 밤이리라.

익명의 사람에게서 온 서찰이 광해의 손에 들려 있다가 파르
르 떨리는 손끝을 떠나 흙바닥으로 툭 떨어졌다. 허리를 굽혀 서
찰을 줍는 듯하던 광해의 손길이 우악스레 서찰을 구겨 버렸고
격정에 휩싸인 눈동자가 벼락을 품은 듯 요동쳤다. 잔뜩 움켜쥔
서찰을 뚫어져라 노려보던 광해가 이를 바득바득 갈자 태도가 의
아한 표정으로 물었다.

"마마, 어찌 그러십니까? 대체 무슨 서찰이온데……."

목 끝까지 차오른 화를 간신히 짓누른 광해가 이내 냉랭한 목
소리로 말했다.

"너는 예서 기다리거라."

"예?"

갸웃한 태도가 입을 닫기도 전에 광해의 목소리가 떨어졌다.

"당장 이자를 추포하라!"

태도는 물론 관군들도 어리둥절한 표정이었다.

"추포하지 않고 뭣하느냐!"

화들짝 놀란 관군들이 급히 태도를 에워쌌고 무언가 파란이 닥쳤음을 감지한 태도의 등골에 한기가 몰아쳤다. 광해가 말했다.

"이자가 단 한 발짝도 이곳을 떠나서는 아니 된다. 만에 하나 이자를 놓칠 시 너희들의 목이 달아날 것이다! 알겠느냐?"

당황한 태도가 소리쳤다.

"마마!"

하나 광해의 몸은 이미 허공으로 치솟아 말안장에 올라 있었다. 그러곤 일언반구도 없이 박차며 달려 나갔다. 그 뒤로 광해의 품을 떠난 서찰이 나풀대다 흙바닥에 들러붙었다. 의아한 태도의 눈빛이 구겨진 서찰을 향했다. 몇 글자가 눈에 보였고 이내 눈동자가 부풀어 올랐다. 정이…… 수청…… 태평관……! 순간 찬 겨울 얼어붙은 한강에 입수한 듯 정신이 번쩍 들었다. 누군가 던진 장난은 아닐까, 혹여 광해군을 음해하려는 계략은 아닐까, 갖가지 추측이 난무했지만 결론은 하나였다. 정이가 위험하다! 사위를 살피니 군관이 모두 넷이었다. 칼을 뽑을 것인가, 틈을 타 도주할 것인가, 그 선택의 순간에 달려 나간 광해의 격정이 제 심장까지 전해지는 듯했다.

밤바람이 세차게 광해의 뺨을 훑자 손에 쥔 고삐를 더 팽팽히 말아 쥐고 허리를 낮게 깔았다.

'안 된다…… 어떠한 핑계를 대서라도…… 기다려야 한다! 내가 당도할 때까지만…… 제발 버티고 버티거라!'

순간 눈빛이 번득인 태도가 앞에 선 관군의 칼집을 발로 툭 차올렸다. 그러곤 훌쩍 허공으로 튀어 오른 칼을 잽싸게 낚아채자 화들짝 놀란 관군들이 태도를 에워쌌다. 태도가 나직이 말했다.

"미안하오."

틀어 올린 머리 가운데 초승달 떨잠을 꽂고 진청색에 오색줄이 쳐진 치마를 입은 명국의 궁녀들이 긴 통로 좌우로 늘어서 있었다. 그중 자색 비단폭을 어깨에 두른 여인들은 손에 작은 향로를 받쳐 들고 있었고 홍색 비단폭을 두른 여인들은 빨간 화촉을 두 손 위에 밝히고 있었다. 이 통로의 끝에 목적지가 있음이라. 조심스레 걸음을 옮기는데 축축이 젖은 정이의 오른손이 주책없이 차완을 밀어내 하마터면 손에서 차완을 떨굴 뻔하였다. 급히 놀란 가슴을 추슬러 차완을 왼손으로 숨긴 뒤 땀에 젖은 오른손은 치맛자락에 쓰윽 닦았다. 그러곤 삐걱대는 마룻바닥 소리가 귀에 거슬려 뒤꿈치를 바싹 들어 올리는데 때맞춰 앞서 걷던 궁녀가 걸음을 멈춰 섰다. 창살 수백 개가 겹겹이 어우러진 미닫이

문 가운데 만월滿月이 있었다. 대명 사신의 침소이리라. 위용 가득한 침실이 정이를 맞이하자 굳게 다짐한 결심이 옹색 맞게 한순간 수그러들 듯 작아졌다. 덜컥 겁을 집어 먹은 정이의 낯빛을 살핀 궁녀가 나직이 아뢰었다.

"대인."

희미한 불빛만 새어나올 뿐 인기척도 목소리도 없었으나 커다란 원이 반달처럼 좌우로 갈라지며 미닫이문이 드르륵 열렸다. 이내 널찍한 방이 한눈에 들어왔다. 떠밀리다시피 정이가 안으로 들어서자 미닫이문이 소리도 없이 미끄러지며 닫혔다. 멀찍이 앉아 있던 사신이 막 손에 든 술잔을 내려놓고 고개를 돌렸다. 잔뜩 솟아오른 욕정에 충혈된 눈빛이었다. 바싹 긴장한 정이가 소매에 감추어 두었던 매끈한 차완을 손가락 끝으로 빙빙 돌려 만지자 널뛰던 심장이 차분해지며 위안이 찾아들었다. 그때 낮고 굵직한 사신의 음성이 양탄자가 깔린 마룻바닥을 타고 흘러왔다.

"이리 오너라."

조심스레 몇 걸음 다가가 서자 사신이 제 눈을 의심하듯 정이를 뚫어져라 응시했다. 황색과 적색이 한데 어우러진 단정한 옷차림이었다. 시선을 들자 그 위로 연분홍을 띤 윤기 있는 피부에 이목구비가 선명하였고 특히나 촉촉한 이슬을 머금은 듯한 눈동자는 가히 사내의 심장을 송두리째 흔들어 놓고도 남을 미색을 품고 있었다. 몸에 더한 향내뿐 아니라 본디 정이 자신의 몸에서 풍기는 향기로운 체취에 정신을 놓을 지경이었다. 그간 숱한 여인들이 제 품을 스쳐 갔지만 지금 눈앞에 선 이 여인을 따라갈 자가 없었다. 실로 경국지색의 미모라, 절로 침을 꿀꺽 삼킨 사신이 말했다.

"어찌 이리도 아름다울 수 있단 말이냐. 네가 만든 차완에 마음을 빼앗기긴 하였으나 이리도 아름다운 용태를 미처 깨닫지 못했음이 후회스럽구나……. 어디…… 이리 더 가까이 와 보거라."

정이의 발걸음이 주춤거리며 조심스레 다가갔다. 한 발짝 내딛을 적마다 홍화꽃처럼 붉게 물든 정이의 입술이 더욱 도드라져 보였다. 참다 못한 사신이 다시 술잔을 벌컥 들이켰다. 취기가 사신의 정신을 파고들수록 정이를 향한 욕정은 더욱 애달프게 끓어올랐다.

향오문을 넘은 광해가 월대계단까지 단숨에 달려가 황급히 소리쳤다.

"아바마마! 소자 혼이옵니다!"

불은 켜져 있었으나 아무런 대꾸도 없었다. 광해가 더욱 목청을 키워 소리쳤다.

"아바마마!"

일말의 당황한 기색도 없던 상선이 급히 광해 앞을 막아서서는 미리 언질을 받은 듯 호응했다.

"마마, 이 밤에 어인일이시옵니까? 전하께옵선 이미 침소에 드셨사옵니다. 내일 날이 밝는 대로 다시 오심이 좋을 듯하옵니다."

"불이 저리 밝지 않느냐! 어서 고하거라! 내가 긴히 뵙기를 청한다, 어서 고하란 말이다!"

저돌적인 광해의 기세에 상선이 간곡히 만류했다.

"아니 되옵니다, 마마…… 전하께옵선 이미…….."

상선의 말문이 닫히기도 전에 광해가 털썩 무릎을 꿇고 앉았다. 상선이 급히 계단을 달려 내려가 광해를 일으켰으나 상선의 팔을 뿌리친 광해가 소리쳤다.

"전하! 유정을 태평관에 들여 사신의 수청을 들라 명하신 것이 진정 사실이옵니까! 전하! 어찌 말씀이 없으시옵니까, 전하!"

옥체를 비스듬히 뉘인 선조의 낯빛이 섬뜩하리만치 날카로운 광채를 품고 있었고 애처롭게 타오르는 촛불을 잡아먹을 듯 노려보던 눈빛이 천천히 문 밖을 향했다.

"전하! 어찌 말씀이 없으시옵니까!"

목청을 드높인 광해의 목소리가 뇌를 갈아 먹듯 어지러이 강녕전을 울리고 있었다. 쉼이 없었다. 어릴 적부터 아집만큼은 남달랐던 차남이었으니 저대로 두었다가는 밤이 새도록 저 자리를 지키고 앉아 있을 터였다. 그저 특출한 총명함이, 끈덕진 오기가 마냥 기특해 보였던 어린 시절의 왕자가 아니리라. 참다못한 선조가 소리쳤다.

"들어오라!"

말이 떨어지기 무섭게 달려오다시피 침소에 들이닥친 광해가 털썩 두 무릎을 꿇고 아뢰었다.

"유정을 돌려보내 주시옵소서, 전하!"

그 말을 듣고자 불러들인 것도 아니며, 애초에 광해의 청 따월 들어줄 심사는 심어 두지도 않았다. 그저 왕으로서, 아비된 자로서 타일러 보낼 참이었다. 한데 광인처럼 이글거리는 광해의 눈빛을 마주하자 힘겹게 누르고 있던 노기가 분출을 앞둔 용암마냥 꿈틀거렸다.

"네 진정…… 그깟 계집 때문에 큰일을 그르치려 하느냐!"

들끓는 선조의 눈빛이 분명 최후의 경고라 말하고 있었으나 아랑곳 않은 광해가 더 단호한 어조로 대꾸했다.

"그깟 계집아이가 아니옵니다. 이 나라 조선의 위신을, 주상전하의 권위를 지켜 준 아이옵니다."

틀린 말은 아니었으나 그리도 소원하던 사기장이 되게 해 주었으니 제 몫은 딱 거기까지였다. 감히 계집 따위가 무엇이라고? 자신이 조선의 주인이 아닌가, 임금이었고, 용좌를 차지하고 앉은 유일한 집권자이거늘, 어찌하여 그 이상을 계집에게 베풀어야 한단 말인가. 이미 차고 넘칠 만큼의 선용을 베풀었단 생각에 잔뜩 뒤틀린 심기를 타고 오른 노기가 선조의 갈라진 목청을 한껏 키웠다.

"해서! 이젠 내가 그 아이의 위신을 지켜 주어야 한다, 그 말이 하고픈 것이냐?"

지지 않으려 심지를 곧이 세우고서도 애써 차분히 대꾸했다.

"그것이 전하의 위신을 지키는 것이옵니다. 그 아이가 받을 상처를 헤아려 주시옵고, 백성된 자를 가엽게 여기시어 대왕의 성은을 베푸시옵소서!"

한껏 부라린 선조의 눈동자가 부풀어 올랐고 핏대 선 목청에서 활화산 용암 같은 질타가 터져 나왔다.

"시끄럽다! 어찌 그리 어리석은 것이냐! 너는 비록 소년득지少年得志하였으나 행실에 거침이 없음이 지나쳐 실로 아비된 마음이 서글프기 그지없다. 네 어찌 하찮은 계집 따위에게 마음을 뺏기어 이리 연연한단 말이냐! 내 보니, 그 계집이 네 곁에 있는 한 너는 몸이 산산조각 나고서도 마음은 거미줄처럼 이어져 그 계집으로부터 자유롭지 못할 것이다!"

평소 보아 온 노기가 아니었다. 칠흑의 늪에 빠진 듯 광해의 눈앞이 캄캄해진 터에 선조이 쐐기 같은 일침이 쏟아졌다.

"흥! 그리 억울해 할 필요 없다! 강철 무쇠도 부단히 담금질을 하지 않으면 한낱 고철에 불과하고, 사람도 큰일을 하려면 크고 작은 고통을 겪어 봐야 하는 법이다. 네놈이 내 깊은 뜻을 헤아리지 못한다면…… 너는 결코 왕좌에 오를 자격이 없음이다!"

"전하! 저는 지략에 있어선 형님만 못하고, 학문에선 신성군에게 뒤처지고, 치민술治民術에 있어선 그 아래 아우들만도 못합니다. 하오나 아바마마, 저는 공명을 아옵니다. 보은을 아옵니다. 이나라를 치욕에서 구해 낸 그 아이에게, 결코 해서는 안 될 일이옵니다 전하!"

"그래도 끝끝내 이 아비를 욕보일 것이냐! 이리 어리석은 네놈을 믿고 세자로 책봉해 달라 주청하는 신료들이 수십이거늘, 더 이상 그 입을 함부로 놀린다면 이 자리에서 너를 폐서인 할 것이다!"

화들짝 놀란 광해가 벼락을 맞은 듯 그대로 얼어붙어 버렸다. 화가 식지 않은 듯 대홍색 곤룡포의 오조룡이 연신 발톱을 꿈틀거렸고 콧바람에 실려 나온 화기가 얼어붙은 광해의 전신을 휘감았다. 머리끝까지 끓어오른 화기에 붉게 충혈된 눈빛이 당장이라도 머리맡에 놓은 사인검을 빼들어 제 목을 벨 기세였다.

"아바마마……."

부들부들 떨리는 손으로 서안을 쾅 내리찍은 선조가 한껏 쏘아보며 말했다.

"아바마마? 지금 아바마마라 했느냐? 흥! 네놈은 벼랑 끝에 서고서야 이 아비를 찾는구나. 왜, 폐서인이라 하니 그제야 두렵고 무서운 것이냐?"

참혹한 낯빛의 광해가 천천히 고개를 내저었다. 두려워서가 아닌, 그저 아비에 대한 실망 때문이었다.

'아바마마께서는 결코 내 뜻을 들어주지 않으실 것이다!'

생각이 그리 미치자 내뱉어서는 안 될 말이 저도 모르게 툭 튀어 나오고 말았다.

"그리하시옵소서! 소자를 폐서인하시옵소서! 그리해서 그 아이의 위신을 지켜 낼 수 있다면, 소자 그리하겠나이다!"

순간 벼락이라도 맞은 듯 벌떡 일어난 선조가 소리쳤다. 병풍을 찢고 사립문을 튕겨 낼 광풍 같은 음성이었다.

"네 이놈……! 네놈이 진정 죽고 싶어 환장을 하였더냐! 여봐라! 뭣 하느냐! 당장 이놈을 끌어내지 않고!"

"전하! 전하……!"

이내 들이닥친 겸사복들이 광해의 팔을 잡아 밖으로 질질 끌어내고서야 거친 숨을 토해 낸 선조가 들썩이던 가슴을 진정시키며 어좌에 앉았다. 한동안 광해의 얼굴조차 보지 않겠다는 확고함이 눈빛에 배어 있었다. 그럼에도 광해는 계속 부르짖었다.

"전하! 어찌 이러실 수 있사옵니까? 전하……!"

우악스런 무관들에게 끌려가며 발버둥 치는 광해의 모습이 어찌나 가소롭던지 선조의 입가에 같잖은 실소가 흘러 나왔다.

'어리석은 놈…… 한낱 어쭙잖은 계집에게 홀려 저딴 추태를 부리다니!'

끓는 기름 속에 뛰어든 개구리처럼 날뛰는 광해의 몸부림을 보니 정이를 태평관에 들여보낸 것이 차라리 잘된 일이라 생각되었다. 이리 싹을 끊어 놓지 않았다면 언제고 그 계집으로 인해 감당하기 힘든 사달을 치르고도 남음이리라.

하늘이 무너져 내린 듯했고 먹먹한 가슴은 바윗돌을 얹어 놓은 듯 답답하고 무거웠다. 그리 넋 나간 얼굴로 향오문을 나서자 담쟁이 아래로 색색의 꽃들이 보였다. 궁녀들의 지분과 연지향 냄새가 코끝에 어리었고 어디서 울렸을지 모를 맑은 가야금 소리가 잿빛 창공에 사무쳐 청아했다. 하나 제 맘만은 갈가리 찢기고 흩어져 한 조각도 남아 있지 않았다.

'이제 어찌한단 말인가…… 정이야…… 정이야…….'

달빛이 초점 잃은 제 눈을 쏘아 댔고 심장은 쩍쩍 갈라져 더는 뛰지 않고 있었다.

"한 잔 들겠느냐?"

제 앞에 놓인 술잔에 술이 가득 차자 잔잔한 호수처럼 고요했던 정이의 얼굴에 작은 파문이 일었고 사슴 눈망울 같은 눈동자도 바람 앞에 선 촛불처럼 파르르 떨리었다.

'지금이다. 지금 꺼내야 한다.'

한데 제 마음처럼 손이 따라 주질 않았다. 한심함을 자책하며 입술을 말아 모은 정이가 덜덜 떨리는 손끝으로 차완을 끌어 당겼다. 간신히 마른침을 넘겨 삼킨 후 소매에서 꺼내 든 차완을 사신 앞에 불쑥 내밀자 의아한 사신의 눈빛에 정이가 떨리는 목소리를 다잡아 말했다.

"이 차완으로 즐기시옵소서."

흥에 취한 듯 붉게 달아오른 낯빛의 사신이 천천히 정이가 내민 차완을 집어 들었다. 매끈하고 부드러운 생김새가 돋보였으나 그것이 전부인 별 특색 없는 차완이었다. 사신은 실망스러웠으나 흥을 깨고 싶지 않은 듯 미소를 머금고 물었다.

"흠…… 이것도 네가 만든 것이냐?"

준비해 온 답을 말해야 했다. 빠르지도, 느리지도 않게. 거짓이 티가 나서도 안 되었다.

"소인의 약소한 선물이옵니다."

다행히 정이의 말을 믿는 눈치였다. 흡족한 미소를 띤 사신이 정이가 내민 잔에 술을 가득 채웠다 넘칠 듯 술을 따른 후 담으

어린 눈빛을 정이의 얼굴에 고정한 후 술잔을 입에 대었다. 술맛에 흥을 북돋우는 데는 제 앞에 즐비한 그 어떤 진수성찬도 정이의 미색엔 비할 바가 못 되었다. 그리 천천히 술을 들이켜 바닥을 보인 술잔을 내려놓으려는데 찰나 술잔 안쪽에 쓰인 작은 글귀가 보였다.

"이소사대以小事大라?"

어린 계집이 감히 공자의 글귀를 새긴 술잔을 내민 것에 정이를 바라보는 사신의 눈빛이 묘하게 일렁였다.

"네가 이 글귀의 뜻을 아느냐?"

살짝 말았던 입술이 위아래로 떨어지자 심장에서 요동치는 떨림이 그대로 입술까지 전해졌다. 천천히 떨리는 입술을 열자 행주를 쥐어 짠 듯 가냘픈 음성이 흘러나왔다.

"소녀, 지식은 부족하오나 미약한 배움으로 말씀 올리겠나이다. 오직 어진 자가 큰 나라로 작은 나라를 섬기고…… 지혜로운 자가 능히 작은 나라로 큰 나라를 섬긴다는 뜻이 아니옵니까."

정이의 대답이 마음에 흡족한 듯 고개를 끄덕인 사신이 미소를 머금었다.

"하면 그 의미는 또 무엇이냐?"

긴장을 감추려 바짝 마른 입술에 물기를 적신 정이가 조심스레 화답했다.

"큰 나라가 작은 나라를 섬기는 것은 하늘의 이치를 즐기는 것이요, 작은 나라로서 큰 나라를 섬기는 것은 하늘의 이치를 두려워하는 것이니. 하늘의 도리를 즐기는 큰 나라는 천하를 편안하게 할 것이며, 하늘의 도리를 두려워하는 작은 나라는 제 나라를 편안히 다스린다는 뜻이옵니다."

"허허…… 제법이구나……."

잔뜩 흥미로운 듯 정이에게 꽂힌 시선을 거두질 못하였다. 몰아쉰 숨을 잠시 고르게 내뱉은 뒤 정이가 말을 이었다.

"대인, 대명국은 큰 나라요 어진 나라이며 천하를 편한케 하옵고, 조선은 작은 나라요 지혜로운 나라이며 제 나라를 편한케 한다 할 수 있사옵니다."

순간 정이의 의도를 눈치 챈 사신이 조용히 빈 잔에 술을 채웠다. 그러곤 단숨에 술을 들이켜 비운 후 반상을 부술 듯 탁 내려놓고 말했다.

"유지자위능 이소사대惟智者爲能 以小事大! 해서…… 지금 큰 나라의 칙사가 어씨 작은 나라의 한낱 계집을 괴롭히는가…… 이를 따지고 묻는 것이냐?"

"……!"

사신의 노기가 휘몰아치자 순간 송골이 묘연하였고 머리카락이 죄다 곤두서는 듯 두려웠다. 무섭고 냉혹한 사람일 것이라 생각하였으나 어쩌면 제 생각에 세 곱절은 더해야 할지도 몰랐다. 목 끝까지 차오른 공포를 힘겹게 누른 정이가 대꾸했다.

"이 차완은 소녀의 조선이며 또한 대인의 명국입니다. 부디 소녀의 마음을 헤아려 주십시오……."

그러곤 진심 어린 맘으로 고개를 숙였다. 잔뜩 힘주고 있던 눈동자도 나직이 내리 깔았다. 최선을 다하였고 더는 없었다. 만에하나 수청을 들라 하면 혀를 물고 죽을 것이고, 그저 칼을 뽑아목을 벤다면 그 또한 받아들일 것이다. 죽음 앞에 처연할 순 없으나 그리 마음먹으니 한결 편안해진 마음에 떨림이 멈추었고 맑은 눈빛은 총명한 빛을 발했다.

귀신 같은 검술로 창졸히 관군들을 제압한 태도가 일각에 세워 둔 말을 잡아 잽싸게 광해를 뒤쫓았다. 만에 하나 정이에게 닥친 변고를 막지 못한다면 그 자리에서 혀라도 깨물고 죽을 심산이었다. 심장에서 들끓어 오르던 골이 참기 힘든 격분의 소용돌이에 발을 담그길 어느새 멀리 숭례문의 위용이 보였다. 태평관은 숭례문 안 황화방에 있었으니 반드시 숭례문을 통과해야만 당도할 수 있었다. 그런데 기다리기라도 한듯 통금을 알리는 보신각 타종 소리가 울려 퍼졌다. 숭례문의 거대한 아귀가 천천히 닫히고 있었다. 다급한 마음에 태도는 더욱 박차를 가했으나 간발의 차이로 성문을 통과할 수 없었다. 관리도 관군도 아니었으니 닫힌 문을 열어젖힐 수 없었고 통금에 곤장 세례를 면하는 것도 어려웠다. 그리 생각하는 순간에 위협을 느낀 수문장이 호각을 불었고 순식간에 통금 순찰을 준비하던 순라군들이 잽싸게 태도를 에워쌌다. 급히 고삐를 당겨 말을 세웠으나 까딱하다 바닥에 곤두박질 칠 기세였다. 창검을 틀어 쥔 순라군들이 달려들자 잔뜩 흥분한 말이 더욱 거세게 요동쳤고, 순라군들이 광분하는 말을 피하려 이리저리 쫓기는 사이 힘겹게 균형을 잡은 태도가 훌쩍 흙바닥으로 뛰어 내렸다. 삽시간에 태도를 에워싼 순라군들의 창검이 제 목을 향하자 급히 호패를 빼내 던지며 소리쳤다.

"나는 김태도다! 광해군마마의 호위 무사니, 나를 들여보내든가, 당장 광해군마마를 부르든가, 둘 중 하나를 택하라!"

태도의 광기 어린 눈빛에서 살기라도 느낀 듯 순라군들이 주춤거리며 뒤로 물러섰다. 이대로 입궐치 못한다면 모든 것이 물거품이 될 것이리라. 다급함에 쉬지 않고 깜박거리는 눈동자가 초조하게 관군들을 살피는데 뒤늦게 달려온 수문장이 태도의 호패를 확인하곤 유심히 태도의 얼굴을 살펴 물었다.

"광해군마마 곁을 따르는 것을 내 몇 번 본 적이 있네만……이 야밤에 무슨 용무인가?"

"일각 전 광해군마마께서 급히 입궐치 않았는가? 기급 경여립의 잔당들이 한양 도성으로 향하고 있네. 역모인지 아닌지는 모르나 한시 바삐 진상을 아뢰어야 하니, 어서 길을 터 주시게!"

저도 모르게 나온 거짓말이었으나 화들짝 놀란 수문장은 지시를 내려 다급히 길을 내어 주었다. 굳게 닫혀 있던 숭례문이 입을 벌리자 잽싸게 말고삐를 당겨 들어섰다. 육조거리를 앞두고 우측으로 방향을 틀어 황화방 작교동으로 달려가려는데 때맞춰 터벅터벅 말을 타고 오는 광해와 맞닥뜨렸다. 말 머리가 마주설 때까지 서로 말이 없다가 축 늘어진 어깨로 제 시선을 피하는 광해를 본 태도가 먼저 입을 열었다.

"서찰을 흘리고 가셨습니다."

"……!"

"전하를 뵈었겠지요. 한데, 어찌 태평관이 아닌 숭례문으로 가는 것입니까?"

"내 분명 기다리라 했거늘, 너는 어찌 여기 있는 것이냐?"

하나 그 순간에 떨리는 광해의 눈빛에서 모든 정황을 알 수 있었다.

'전하께서 불허하시었구나!'

우려했던 일이었고, 결코 벌어져선 안 될 일이었다. 순간 나락으로 떨어져 마비된 이성이 사경을 헤매는 듯 혼란스러웠다. 그럼에도 촉박한 시간은 정처 없이 흐르고 있었다. 태도가 급히 말

250

고삐를 틀어 달려 나갔다. 무엇을 할 것인지, 일언반구의 말도 없었고, 무엇을 할 것인지, 일언반구의 질문도 없었다. 광해는 그저 어둠 속으로 사라지는 태도의 인영을 멍한 눈으로 보고 있었다.

'어찌할 생각이냐…… 태평관을 부수고 들어가 사신의 목이라도 칠 생각인 게냐…….'

마치 태도의 목소리가 들리는 듯했다.

'마마께서 요지부동하신다면…… 소인이 가겠습니다. 저는 다만…… 제 심장이 시키는 대로 할 뿐입니다.'

어찌할 수 없지 않은가. 일국의 왕자가 겁 없이 태평관 담을 넘었다간 폐서인이 아니라 몇 곱절은 더 큰 파란이 일 것이다.

'그곳이 어딘 줄 아느냐? 죽음을 면치 못할 것이다! 진정 네 목숨은…… 안중에도 없는 것이냐!'

'제 목숨 따위 어찌 되건 상관없습니다. 저는…… 정이만큼은 반드시 지켜 낼 것입니다.'

태평관을 두루 에워싼 푸른 기와 담장을 넘어서자 이내 삼지창을 든 초병들이 들이닥쳤다. 숨이 목구멍까지 차올랐지만 발길은 단 한시도 멈추지 않고 단 일보라도 전진해 나갔다. 멈출 수가 없었다. 어리석은 짓이었고 미치지 않고서야 할 수 없는 일이었다. 하나 어느 누구도 태도의 발길을 멈춰 세울 수 없었다. 잽싸게 초병들을 제압한 후 누각을 향해 방향을 트는데 제법 몸놀

림이 좋은 명국 무사들이 속속 모습을 보였다. 예도와 환도를 든
자도 있었고 장검과 단검을 양손에 쥔 자도 있었는데 그중 귀면
대도를 든 덩치 큰 사내도 있었다. 며칠 전 옥사에서 사신과 함께
대면하였던 자였다. 팽팽한 긴장감에 마른 침을 꿀꺽 삼킨 태도
가 자세를 잡자 이내 무관들이 합공을 시작했다. 도검의 종류에
따라 펼쳐지는 검세가 다양하여 진을 뚫기는커녕 제 몸을 지키
기도 힘들었다. 하나 뒤로는 단 한 발짝도 물러서지 않았다. 목이
달아날지언정 어찌하건 한 보라도 더 전진하려는 의지가 눈빛 가
득 서려 있었다.

'하오면…… 소인은 죽기 위해 가겠습니다. 정이가 잘못된다
면…… 살아도 사는 것이 아닙니다. 그러니…… 죽더라도 정이
곁에서 죽겠습니다!'

힘에 부치는 듯 태도의 움직임이 점점 둔해지는 터에 덩치가
가장 큰 무관의 귀면대도가 태도의 목을 가를 듯 하늘로 솟구쳐
올랐다가 벼락처럼 태도의 목을 향해 떨어졌다. 순간에 태도의
눈에 비친 것은 그저 한 줄기 섬광이었다. 그 섬광에 몸을 맡겨
죽고 싶었다. 한데 그 찰나에 광해의 음성이 들리는 듯했다.

'당장 멈추란 말이다! 이것은 왕명이다! 전하께서 만백성의 안
위를 위해서 하신 일이란 말이다!'

핏발 선 태도의 눈빛이 소리쳤다.

'팔도의 백성을 다 살린다고 한들 정이가 아프지 않습니까. 마마는 마마의 백성을 위하십시오. 저는 오직 정이만 위하겠습니다! 제겐, 정이 뿐입니다!'

그러곤 그저 본능적으로 칼을 쳐내며 몸을 굴려 귀면대도의 날선 칼날을 피하고 말았다. 심장까지 전해진 충격에 울컥 핏물을 토해 내고 보니 손에 쥔 칼이 부러져 있었다. 힘겹게 땅을 짚어 일어서 호흡을 고르고 보니 무관의 수가 모두 일곱이었다. 우선 부러진 칼 대신 제대로 된 칼부터 손에 잡아야 했다. 그리 맘먹고 입안에 남은 핏물을 뱉어 내자 빠득빠득 이를 간 무관들이 득달같이 달려들었다. 찰나 대도를 쥔 무관을 향해 부러진 검을 내던진 태도가 허공으로 몸을 띄워 벼락처럼 무관의 가슴팍을 무릎으로 찍어 내렸다. 그 충격에 무관이 뒤로 홀러덩 자빠졌고 큼지막한 귀면대도가 태도의 손에 쥐어졌다. 무거웠다. 족히 스무 근은 넘는 무게이리라. 그럼에도 태도는 전혀 힘겨운 기색 없이 자유자재로 귀면대도를 움직였다. 현란한 몸동작은 변화가 무상하여 잠시라도 눈을 뗄 수 없었다. 휘두르면 휘두를수록 속도는 점점 빨라졌고 돌풍이 몰아치듯 회오리를 일으켰다. 쌩쌩 일구어지는 귀면대도의 바람 소리가 지나가면, 동원의 복숭아나무가 반토막이 되어 쓰러지든 무관 하나가 쓰러지든 하다못해 꽃가지 몇점이라도 우수수 떨어져 나갔다. 태도의 신묘한 기세에 놀란 무관들이 모골이 송연해지며 전신에 소름이 돋았다. 불현듯 검세를 멈춘 태도가 대도를 치켜들었다가 땅에 내리찍으니 바닥에 깔린 석판이 쩌적 갈라지며 희뿌연 먼지를 토해 냈다. 그럼에도 태도는 지친 기색 없이 땀 한 방울 흘리지 않았다. 한데 기이한 것은 무관들의 행태였다. 간헐적으로 태도의 팔이며 다리며 상처를 입혔으나 죽일 맘이 없는 듯 급소를 노리고 들어온 검세가 없었고, 이만큼 난리가 났음에도 나팔 소리는커녕 흔한 호각 소리도 들리지 않았다. 다만 그것이 기이했다. 그때 멀리서 달려 나오는 궁녀들의 모습이 보였다. 멈칫한 태도가 급히 몸을 날려 무관들의 검세를 뚫고 달려 나갔다. 걸음걸음 발길마다 붉은 핏물이 낙인처럼 새겨졌다.

돌부처처럼 표정 없이 굳어 있던 사신의 얼굴이 스멀스멀 풀리다가 이내 비릿한 미소를 머금었다. 당돌한 계집이었다. 생각보다 더욱 명민하고 영리하였으며 영특하였다. 이런 아이가 조선인이라는 사실에 안타까움과 애통함마저 들끓었다. 하여 해서는 안 될 말을 꺼내고 말았다.

"너는…… 내 행동이 이해되지 않을 테지……."

갸웃한 정이가 동그란 눈을 치켜뜨자 사신이 말을 이었다.

"이 모두가 광해군 때문이다."

"예? 광해군마마 때문이라니…… 소녀는 이해할 수 없습니다."

피식 미소를 흘린 사신이 말을 이었다.

"황제 폐하께서 내게 칙서를 하달하시었지……. 차남 광해군을 세자에 책봉하라는……."

"……!"

"하나…… 나는 그럴 마음이 없다. 해서 어찌하건 광해군을 흔들어 세자 책봉 논의에서 제외시키고 장자 임해군을 세자에 책봉시키고자 하는 것이 내 맘이다……."

"하오면 이 모두가……."

"이리 너를 수청 들게 하면…… 네게 연심을 품은 광해군이 부동심을 잃고 날뛸 것이라 생각한 게지."

"……!"

그때 문이 부서져라 열리었고 무관이 들어서 예를 갖추었다.

"대인! 자객이 들었습니다!"

"……!"

성이는 소스라쳤지만 사신은 오롯한 미소를 머금었다.

"좀 늦은 감이 없지 않으나…… 올 것이 온 모양이구나. 아느냐? 대명 사신의 처소에 도검을 들고 잠입하였고, 사신을 호위하는 무관 몇이 피를 보았다면…… 제아무리 일국의 왕자라 해도 폐서인을 면치 못할 게다."

자리를 털고 일어선 사신이 곁눈질로 말했다.

"너는 예서 꼼짝 말고 기다리거라."

누각 앞에 한 사내가 서 있었고 기십의 무관이 사내를 둘러싸고 있었다. 만면 가득 미소를 머금은 사신이 다가서자 무관들이 일제히 길을 터 주었다. 곳곳에 피가 낭자했고 그냥 두기만 해도 출혈이 심해 채 몇 시진도 버티지 못할 듯 보였다. 한데 횃불 아래 선 사내를 본 순간 사신의 눈빛이 충격에 물들었다.

"어찌 네놈이냐⋯⋯ 광해군은 어딜 가고⋯⋯."

숨이 넘어갈 듯 거친 숨을 토해 낸 태도의 사나운 눈빛이 사신을 향했다. 들고 있던 환두대도를 박석 마당에 내려찍은 태도가 물었다.

"정이는⋯⋯ 정이는 어딨소⋯⋯."

"내 묻지 않느냐! 어찌 네놈이 온 것이냐?"

두 다리를 지탱하고 서 있는 것조차 힘이 들어 가뜩이나 정신이 혼란스러운 터에 연신 광해군을 찾는 사신이 의아했다.

"마마께서 왜 이곳에 온단 말이오? 내가, 여기 갇힌 아이의 오라비요."

"뭐라? 네놈이⋯⋯ 그 계집의 오라비라?"

"그렇소. 하니 내 목숨을 거두고⋯⋯ 그 아이를 풀어 주시오."

그러곤 털썩 무릎을 꿇고 대도를 목에 붙였다. 진정 죽음을 각

오한 눈빛으로 사신을 쏘아보는데 입꼬리를 늘어트린 사신이 냉랭히 대꾸했다.

"흥! 네놈이 죽건 말건 내 상관할 바 아니다!"

그러곤 싸늘히 시선을 거두고 돌아서는 때에 불현듯 불길함이 스쳐 태도를 살폈다.

"해서? 광해군은 지금 어딨느냐?"

"……."

"그리 영특한 왕자가…… 아무런 대책 없이 네놈을 보내진 않았을 테고……."

"……."

곳곳에 쓰러진 초병들을 보는 광해의 낯빛이 흙빛이 되어 있었다. 누구도 이처럼 무모할 순 없었다. 미치지 않고서야 벌일 수 없는 일이리라. 어둠 속으로 숨어든 광해가 빈청으로 이어진 계단을 오르려는 찰나 멈춰 섰다. 곳곳 길목을 따라 붉은 핏자국이 이어져 있었다. 불길한 기운에 고개를 돌려 쓰러진 초병들을 살폈다. 다행히 태도가 살검을 쓰지 않은 듯 혼절한 이들의 몸에서 상처는 보이지 않았다.

'하면…… 태도의 피…….'

이 정도 출혈이면 얼마 안 있어 정신을 잃고 쓰러질 것이 분명했다. 분노와 회한이 한데 섞여 휘몰아쳤다.

'그리 무모한 놈을 어쩌자고 호위 무사로 둔 것이냐. 네 발등을 네가 찍은 것이다! 미련한 것은 태도가 아니라 바로 너란 말이다!'

자책을 쏟아내고 나니 거친 발길에 실렸던 화가 조금 누그러든 듯했다. 그리 바삐 걸음을 떼 누각으로 들어서자 요란한 창검 소리가 귓전에 울려 퍼졌다. 멀리 혈혈단신으로 무관들을 상대하고 있는 태도의 인영이 달빛 아래서 춤을 추는 듯했다. 당장이라도 달려가 무관들을 물리고 싶었으나 힘겹게 제 발을 잡아 발길을 돌렸다.

'버티거라! 조금만 더 버티고 있거라. 내 반드시 정이를 구할 것이다!'

어둠이 깔린 긴 통로가 눈에 들어왔다. 조심스레 어둠 속으로 발을 들이자 통로 끝에 화촉을 밝힌 듯한 방이 보였다. 최대한 발소리를 죽여 빠른 걸음으로 다가갔다. 태도의 목숨이 경각에 달하기 전에 정이를 구해내야 한다, 오직 그 맘뿐이었다. 하나 그리 마음먹어도 가슴 한편에 똬리를 튼 비겁함이 제 심장을 쥐어짜고 있었다. 왕자이기에 할 수 없다, 그저 변명이었다. 왕자라는 자리가 단 한순간도 기쁨을 주지도 자부심을 가져다주지도 않았다. 되레 지금처럼 비겁하고 초라하게 만들 뿐이었다. 그리 자책하는 터에 저 멀리 밖으로 나서는 사신이 보였다. 급히 몸을 숨긴 광해의 눈빛이 그 안쪽 침소를 향했다. 무관이며 궁녀며 죄다 사신을 따라 나서는 걸 확인한 후 다급히 달려가 문을 발칵 열어젖히자 화들짝 놀란 두 사람의 눈빛이 허공에서 부딪혀 흩어졌다.

"마마!"

"정이야!"

호랑이를 잡으려 파 놓은 덫에 토끼가 걸린 꼴이라 태도를 살피는 사신의 안면이 잔뜩 일그러져 있었다. 하나 이 사내가 계집의 오라비며 광해군의 호위 무사라면 전혀 득이 없는 것도 아니라 우선 추포를 명하고 발길을 돌리는 찰나였다. 멈칫한 사신의 눈빛이 제 침소를 향했다가 천천히 사위를 살폈다. 무관이며 궁녀며 죄다 제 옆으로 서 있었다.

'설마……! 안 된다…… 절대 아니 돼!'

사신이 다급히 발길을 뗐다. 다 된 밥에 재를 뿌릴 순 없는 노릇이리라! 총총걸음으로 침소까지 달려온 사신의 얼굴이 한순간 사색이 되고 말았다. 정이가 있었고 그 앞에 광해가 서 있었다. 그리고 광해의 손에 황제의 칙서가 쥐여 있었다.

"과, 광해군……!"

만면 가득 미소를 머금은 광해의 시선이 칙서를 읽고 있었다.

"그 참 재밌는 내용이구려…… 차남 광해군을 세자에 봉하라……."

그러곤 끄덕끄덕 유유자적한 자태로 사신을 응시했다.

"대인…… 이 칙서를 어찌 지금껏 꽁꽁 숨기고 계셨던 게요?"

"그것이……."

사신은 이를 악물었다. 표현할 수 없는 분노에 꽉 쥔 주먹이 부들부들 떨리었고 만면이 울그락붉그락 꿈틀거렸다. 느긋한 걸음으로 다가간 광해가 사신 옆으로 바짝 붙어 서서 말했다.

"내 이제야 모든 정황이 이해되었소이다. 짧은 식견으로 생각건대…… 혹 이런 것이 아니오?"

"……."

"황제 폐하께서는 삼남 주상순 태자를 황태자에 책봉하길 원하나 대인께서는 장자인 주상락 태자를 후원하고 계시오. 하여 이 나라 조선에서도 내가 아닌, 임해군 형님께서 세자에 책봉되길 원하는 것이겠지요. 하니…… 정이 저 아이를 불러들여 수청을 들게 한 것은…… 결국 나를 흔들어 보려는 조악한 계략인 게지요."

"……."

부르르 떨리는 입술을 질끈 깨문 사신의 낯빛이 흙을 삼킨 듯했다.

"대인, 이리하는 게 어떻겠소?"

분노에 눈썹을 치켜세운 사신의 눈동자가 광해를 향하자 이내 광해의 입이 열리었다.

"내…… 이 칙서를 보지 못한 걸로 하고…… 대인께 돌려 드리리다."

"……!"

"대신, 오늘 있었던 일은 비밀에 붙이시오. 더불어…… 유정 저 아이는 내가 데려가겠소."

"……!"

슬금 곁눈질로 사신의 표정을 살핀 광해가 만면 가득 미소를 머금고 말했다.

"어찌 똥 씹은 표정인게요? 내 조건이 맘에 들지 않으시오? 그러하시다면 내 이 길로 전하를 뵙고 이 칙서를 전하지요."

사신의 눈동자는 이해득실을 따지고 있었다. 태평관이다. 무장을 한 광해와 호위 무사가 허락 없이 침입해 칼을 휘둘렀다. 어두운 밤이니 광해를 알아보지 못한 무관들이 광해를 죽일 수도 있지 않은가. 아귀가 맞는 것이 충분히 가능한 이야기였다. 내심 그리 마음먹은 듯 눈동자를 번득이는데 광해가 선수를 쳤다.

"나를 죽이면 모든 것이 해결된다…… 설마하니 그리 어리석은 생각을 품고 계시진 않으시겠지요?"

"……!"

"사위를 한번 살펴보시지요 대인. 눈도 많고 입도 많은데, 그중 절반은 조선의 궁녀며 무관들이오. 대인께서 아무리 저들의 입을 틀어막는다 해도…… 쉬이 대인의 맘처럼 수습되진 않을 것입니다. 아니 그렇소?"

"……!"

이내 빠드득 이 갈리는 소리가 들렸다. 분노며, 절망이며 또한 고통이리라. 무겁게 닫혀 있던 사신의 입이 열리며 나직한 음성이 흘러 나왔다.

"그 조건…… 받아들이겠소이다."

미소를 머금은 광해의 흡족한 눈빛이 참혹한 사신의 낯빛을 스쳐 지나 정이를 향했다. 보름달처럼 환한 미소 위로 옥구슬 백로白露가 맺혀 있었다. 눈이 부실 지경이었다.

"어찌 그러고 있느냐? 가자."

광해가 손을 뻗자 고운 정이의 손이 닿았다. 광해가 콱 움켜쥐었다. 두 번 다시 놓지 않으리라, 그런 마음이었다.

밖을 나서자 피떡이 된 무릎을 꿇고 있는 태도가 고개를 늘어트리고 있었다. 기십의 창검이 태도의 목을 죄고 있었고 죽은 듯 움직임이 없었다.

"오…… 오라버니!"

멈칫한 태도의 고개를 천천히 올라왔다. 그 앞에 정이가 서 있었다.

"정이야…… 괜찮은 게냐……."

그 옆에 선 광해가 소리쳤다.

"모두 물러서라!"

등골까지 시린 싸한 목소리에 창검이 거둬지자 한걸음에 달려
간 정이가 태도를 부둥켜안고는 목 놓아 울었다. 바짝 가뭄이 일
었던 눈물샘에 홍수라도 터진 듯했다. 태도에 대한 미안함이, 고
마움이, 계속해서 장맛비처럼 정이의 눈물샘에 차고 넘쳤다. 죽
음의 늪에서 헤엄쳐 나온 사람이 한동안 넋이 나간다고 하였는데
정이의 심정이 딱 그러했다. 그저 멍하니 목 놓아 울다 보니 익숙
한 품에 안겨 있었다.

'아, 오라비의 품이구나.'

그제야 현실을 자각할 수 있었다. 광해는 그저 창창한 하늘을
응시했다. 자신은 할 수 없었던 일을 태도가 하였고, 자신이 할
수 없는 일을 또한 태도가 하고 있었다. 그것이 왕자의 신분에 묶
인 광해를 미치도록 서글프게 만들었다. 고개를 들자 청명한 하
늘 끝으로 먹구름이 몰려오고 있었다. 짙은 비구름이었다.

17장
천 접의 자기

❦

백화의 불꽃이여!
내 맘의 미움과 원망, 후회와 절망을 모두 가져가 활활 타올라라.

오한이 찾아온 듯 바들바들 떨던 태도의 상체가 땀에 흥건히
젖어 있었다. 광해가 급히 태도의 옷을 벗겨 내자 피와 범벅된 땀
이 빗줄기처럼 흘러내렸다. 손수건으로 닦아 내다 헝겊으로 봉
해놓은 옆구리에서 손이 멈췄다. 정이에게 상처를 보이지 않으려
손으로 상처를 누른 듯 새하얀 헝겊이 핏물에 물들어 있었다. 급
히 혜민서로 옮기지 않았다면 한 시진도 버티지 못하고 죽었을
지도 몰랐다. 태도를 보고 있자니 정이를 거세게 끌어안던 기억
이 잔상처럼 떠올랐다. 왕자만 아니었다면, 그깟 직분 따위 애초
에 짊어지지 않고 태어났더라면, 자신이 정이를 품고 있었을 것
이리라. 하나 왕자인 자신에게 정이는 품을 수도 품어서도 안 되
는 그런 존재였다. 한숨을 내쉰 광해가 자리를 털고 일어나 창살

아래로 다가섰다. 입을 벌리고 숨을 들이마시자 지면에서 피어
오른 희뿌연 안개가 광해의 폐부까지 들이찼다. 잡념까지 몰아내
면 좋으련만, 머릿속 가득한 잡상들은 떠날 기미가 없는 듯 가뜩
이나 무거운 어깨를 더 짓눌렀다. 그때 스멀스멀 다가오던 먹구
름이 달빛을 삼키었고 이내 비를 쏟아냈다. 장마라, 그러고 보니
까마득히 잊고 있었다.

'천 점의 자기!'

청색 기왓장을 때리는 빗소리가 요란스러웠다. 사신은 정이가
건넸던 술잔에 술을 따랐다. 이소사대以小事大의 글귀가 넘실대
는 술잔 아래 일렁거렸다. 치밀어 오른 부아를 삭히고자 단숨에
술을 들이켰으나 맘처럼 화가 식지는 않았다. 조롱하듯 만면에
미소를 머금은 광해군의 얼굴도 떠올랐고 총명한 눈빛을 반짝이
던 정이란 계집의 얼굴도 제 눈앞에 또렷이 살아 있었다. 빠드득
이를 갈곤 손에 쥔 술잔을 콱 내려찍었다. 산산이 부서진 차완 파
편 몇 점이 손바닥에 박혔으나 통증 따위 느껴지지 않았다. 어찌
하겠는가. 거래는 끝났고 계집도 제 품을 떠나고 없었다. 술이 유
난히도 쓴 밤이었다.

그날 이후 연이틀 비가 쏟아졌다. 분원에서는 백토를 구하지

못해 안달복달이었다. 준비된 백토는 단 사흘 만에 모두 소진되었고 깨끗이 수비된 물도 턱없이 부족했다. 삼백여 명에 달하는 공초군들이 하루 온종일 백토를 구해 왔으나 쓸 만한 흙을 추려 내고나면 그 양이 턱없이 모자랐다. '생각보다 어려움이 많으나 분원에서 삼백 점, 주변요에서 이백 점, 하여 겨우 오백 점은 맞출 수 있을 듯하옵니다.' 그리 육도의 보고를 받은 광해의 가슴이 천근만근을 얹어 놓은 듯 답답했다. 찬찬히 분원을 둘러보며 생각을 정리하는데 문득 마른 명자목 꽃가지 하나가 발밑에 밟혔다. 그러고 보니 참으로 요상하단 생각이 들었다. 요 며칠 비바람 쏟아졌고 낙엽이며 꽃잎이며 많이도 휘날렸을 터인데 어찌 이리도 깨끗하단 말인가. 평소 관련이 있건 없건 관심이 없으면 일말의 눈길조차 주지 않는 자신의 칼 같은 성정이 참 헛된 듯 자조가 밀려들었다. 궁지에 몰리고 보니 발길에 채이는 꽃가지조차 제 처지마냥 가엽게 느껴지는 것이 인간 중에서도 자신만이 유독 간사하게 느껴졌다. 그즈음 태도를 간호하던 정이가 분원에 복귀했다. 답답한 마음에 그답지 않게 주저리주저리 떠들어대는데 정이가 기대치도 않은 묘수를 꺼내 놓았다.

"뭐라? 나를 도울 수 있다?"

"예, 마마."

"무언가 묘책이라도 있는 것이냐?"

깜짝 놀란 광해가 불신의 눈빛으로 되물었다. 빙그레 미소를 머금은 정이가 말했다.

"정답을 찾으신다면 제가 도와드릴 수 없지만, 차안을 찾으신다면 도움이 될 수 있을 것입니다."

분명 묘수가 있는 듯 보였다. 한 줄기 희망이 메아리쳤으나 이내 기꺼운 표정을 다잡은 광해가 의아하니 물었다.

"분원이며 주변요며 장마가 시작된 이레 백토가 부족하다 아우성인데…… 대체 어찌 해결할 수 있단 말이냐?"

"양질의 백토가 부족하다면…… 산천에 널린 도석을 잘게 부수어 그 돌가루를 백토에 섞어 쓰면 되옵니다."

"도석이라?"

"예, 마마. 백토와 성분이 비슷하여 붙여진 이름이 도석이옵니다. 요즘처럼 때 없이 비가 오면 백토는 구하기 어려울 것이나 도석을 구하는 데는 전혀 문제가 되지 않지 않사옵니다."

"하면 어찌하여 분원 사기장들은 도석을 사용치 않는 것이냐?"

"도석은 바윗돌이 아닙니까. 백토에 가까운 질감으로 돌을 부수려면 인력도 많이 들고 힘도 많이 드니, 백토 채취가 용이할 땐 굳이 도석을 사용할 이유가 없사옵니다."

"옳거니! 분원에서는 백토가 부족할 리 없으니 지금껏 도석의 필요성조차 느끼지 못하였을 테지. 하면…… 건조는 어찌 해야 하느냐?"

"건조장에 숯불 화로를 두시면 되옵니다. 우선은 바람이 드는 출입문과 창문가에 화로를 두시고 건조가 잘 되지 않는다 싶으면 반나절 간격을 두고 하나씩 추가하시면 되옵니다."

"실로 기가 막힌 방도로구나! 하면 가마는? 비가 오면 자기를 구워도 열 중 아홉이 파자된다 들었느니라. 이는 어찌 해결한단 말이냐?"

"가마는 지붕이 있어 비를 맞을 염려는 없사옵니다. 다만 수분이 문제이온데…… 이 역시 가마 주변으로 장작불을 지펴 수분의 응축을 막아 내면 가능하옵니다."

"장작불이라? 혹, 시도해 본 적은 있느냐?"

"예, 작년 여름 장마철에도, 올 초 폭설이 끝난 입춘 때도 그리 하여 그릇을 구워 냈습니다. 다만 분원의 가마는 워낙 크고 비대해 제가 말씀드린 바대로 작업이 진행되려면 실로 많은 인원이 투입돼야만 가능할 것입니다."

"하루 온종일 비를 맞으며 백토를 캐러 다니는 공초군의 수가 삼백이며 할 일이 없어 놀고먹고 있는 진상결복군이 또한 삼백이 아니냐? 인원이야 전혀 문제될 바가 없다."

생각지도 못한 묘책에 광해가 혀를 내둘렀다. 조선 제일의 사기장 이 낭청도 아니된다 하였고, 분원의 변수도 제시하지 못했던 묘책을, 정이가 지니고 있을 줄이야.

'언제 이렇게까지 성장한 것이냐?'

그저 환한 미소를 머금은 정이에게 광해가 조심스레 말했다.

"정이야…… 네가 나를 좀 도와야겠다."

"……."

빈청 가운데 마주 선 강천과 광해의 눈빛이 한 치 양보도 없이 허공에서 부딪치고 있었다. 제 아들 이 변수를 제치고 한낱 계집 아이에게 이토록 중요한 사안을 맡기겠다니, 모욕을 넘어선 수모 가 아닌가. 잔뜩 노기 서린 강천의 목소리가 물러 설 요량 없이 흘러 나왔다.

"마마, 결코 있을 수 없는 일이옵니다. 정이가 저 아이가 이런 대규모의 번조를 지휘할 수도 없을뿐더러, 사기장이며 잡역들까 지 반발이 만만치 않을 것이옵니다. 불가능합니다. 결코 있을 수 없는 일입니다."

"어찌……! 자넨 어찌 불가능하다, 안 된다, 있을 수 없다! 그 리 부정만 하는 겐가!"

"불가능하여 불가능하다 말씀드리는 것이옵니다."

"어명일세!"

"허, 이것도 어명이옵니까? 저 무지한 아이에게 자기 천 점을 진상하라…… 전하께서 그리 어명을 내리셨습니까!"

"……."

한 치의 물러섬도 없는 강천의 기세에 광해가 팽팽히 맞서던 시선을 늘어트렸다.

'자기 천 점을 생산해야 할 터에 낭청과 척을 질 수는 없지 않은가.'

그리 생각한 광해가 한층 누그러진 목소리로 말했다.

"정이는 그저 나를 도울 뿐이네. 지푸라기라도 잡고 싶은 심정에 왕자인 내가 직접 청한 일이란 말일세. 하여도 이리 반대를 하겠는가?"

왕자가 앞서 꼬리를 내리니 들끓던 강천의 노기도 이내 수그러들었다. 하나 이리 물러서서 될 일이 아니리라. 어찌 한낱 어린 계집이 분원을 지휘해 자기 천 점을 생산한단 말인가. 있을 수도, 있어서도 안 될 일이었다. 한데 그 순간 발칙한 생각이 떠올랐다. 어차피 사기장에 임명하기 앞서 그 능력을 인증하기 위한 시험을 치른다 하지 않았던가. 옳거니! 요즘 같은 때에 자기 천 점을 생산한다는 것은 불가능할 터! 더불어 실패에 대한 모든 책임은 저도 분원도 아닌, 광해군과 정이에게 돌아갈 것이니, 어명을 수행치 못한 책임을 면피하면서 유정을 분원에서 내칠 수 있는 핑계도 될 것이리라! 하여 보니 이는 반대할 사안이 아니라 넙죽 절을 하고서라도 받아들여야 할 몫이었다. 그리 결심을 굳힌 강천의 입 꼬리가 슬며시 늘어졌다.

"마마, 마마께옵서 그토록 유정의 재주를 아끼시오니…… 이번 한 번만 마마의 뜻을 따르겠습니다. 하나…… 소신도 한 가지 조건이 있습니다."

"조건이라? 말해보라."

"유정에게 번조를 위임하는 만큼 사안에 대한 책임은…… 성공을 하든 실패를 하든 전적으로 마마께옵서 지셔야 하옵니다."

책임을 면피하고자 하는 강천의 의도를 모르는 바 아니었으나 달리 방도가 있는 것도 아니었고, 이 일은 어차피 자신의 책임이었다. 노한 선조가 익히 말하지 않았던가. '네가 하거라. 혼이 네놈이 책임지고 백자기 천 점을 만들어 내란 말이다!' 귓전에 맴도는 아비의 불호령을 흩어 낸 광해가 나직이 대꾸했다.

"그리함세."

한낱 계집의 지시를 받게 된 사기장들의 불평불만이야 이루 말할 수 없었지만 공초군들의 입장은 사뭇 달랐다. 정금이나 은비, 세연처럼 시기 어린 여 공초군들도 더러 있었지만 그 외 대부분의 공초군들은 정이를 향했던 적대감 따위 이미 누그러지고 없었다. 지금껏 할 수 없다 들었고, 죽이도 안 될 일이라 생각했던 일을 정이가 해내지 않았는가. 여인의 몸으로, 그것도 홀로 감당해 낸 것이라 멸시와 냉대는커녕 되레 동경에 존경을 맘에 품고 있었다. 게다가 천 점의 진상자기가 제때 완성돼야만 저들도 살길을 모색할 수 있었다. 별다른 묘안도 없이 이리 시간을 허비하다가는 백토 부족에 대한 책임 추궁이 있을 것이며 누가 될지는 모르나 공초군 몇몇이 책임을 떠안고 분원을 떠나게 될 것이 자명했다. 그것은 분원의 역사가 증명해 주는 공공연한 불문율이었다. 그리해 이해득실을 따져 보면 차라리 정이란 계집에게 기대어 보는 것이 조금이나마 득이 있었다.

사내들이 산천에서 캔 도석을 실어와 조막 크기로 부수면 여인들이 다시 고운 백토가 될 때까지 부수고 갈았다. 건조장에 들어 갈 숯불도 준비가 되었고, 습도를 확인한 정이가 지시하면 여지없이 여인들이 화로를 날랐다. 한데 가마가 문제였다. 가마 앞에 버티고 선 고덕기 화장이 비켜설 기미를 보이지 않았다. 가장 큰 난관에 봉착한 정이가 사정하듯 매달리고 청하였으나 고덕기의 고집은 요지부동이었다. 그도 모자라 수족처럼 부리는 봉족들을 데려다 정이를 밖으로 밀어내고 내쳤다.

"화장 어른. 저는 가마 앞에 얼씬도 하지 않겠습니다. 하오니 청을 들어주십시오. 요즘처럼 비가 와서는 기껏 준비한 자기가 모두 파자되고 말 것입니다. 가마 옆으로 장작불을 때게 허락해 주십시오. 부탁드립니다."

"가마를 때고 지키는 것은 화장인 내 몫이며 업이다. 여인이 네가 얼씬하지 않겠다면 내 자기를 구워내지 않을 이유가 없다. 하나 똑똑히 기억해 두어라. 때를 가리지 않고 비가 오는 터라 나는 가마에 불을 넣을 생각이 없으나, 너의 청으로 불을 넣는 것이니 만에 하나 자기가 파자된다면 그 모두 너의 책임이 될 것이다. 알겠느냐?"

"예…… 알겠습니다. 제가 책임지겠습니다. 모두……."

못이기는 척 고덕기가 등을 돌리자 이내 건조된 자기들이 수레에 실려 왔고 고덕기가 익숙한 손놀림으로 자기를 가마 속에 넣었다. 고약한 고덕기의 심기를 건드리지 않으려 멀찍이서 목 빼고 지켜보는 정이의 눈길이 고덕기의 거친 손길을 떠나지 않고 있었다. 행여 실수로 떨어지지는 않을까, 갑발을 씌우지 않은 자기가 있을까, 자리를 잘못 잡은 자기가 있을까, 불안했다. 하지만 정이의 우려를 불식시키기라도 하듯 가마 고덕기의 손길은 빠르고 정확하게 백여 점의 자기를 가마 안에 집어넣었다. 십수 년간 단련된 장인의 손길이었다. 봉통에 불이 들어가는 것을 확인하고서야 정이가 시선을 옮겼다. 앞으로 구워 내야 할 자기가 수백 점이니 잠시라도 쉴 틈이 없었다. 하여 성형소 사기장들 틈에 섞여 불편한 물레질을 하며 간신히 하룻밤을 넘겼는데 이튿날 가마터를 지나던 정이의 눈이 발칵 뒤집혀지고 말았다. 어찌 된 일인지 가마 옆에 길게 늘어서 있던 장작 화로가 죄다 사라지고 없었다. 말간 눈동자가 파르르 떨렸다. 이내 득달같이 용가마 앞으로 달려간 정이가 고덕기에게 따져 물었다.

"화장 어른! 장작 화로는 왜 모조리 치우신 것입니까?"

막 장작을 넣던 찰나에 느닷없는 정이의 돌발이었으나 전혀 당황하지 않은 기색으로 대꾸했다.

"명색이 화장인 내가 그것까지 일일이 네게 설명해야 하느냐? 가뜩이나 불덩이 같은 가마 앞에 서면 정신이 사납다 못해 심장통까지 불씨가 옮겨 붙는 마당에…… 더 이상 심기 건드리지 말고 꺼지거라…… 당장!"

"그럴 수 없습니다! 장작을 지피지 않으면 힘겹게 만든 자기들이 죄다 파자되고 말 것입니다!"

정이가 두 눈을 부릅뜨자 헛웃음을 내친 고덕기가 소매를 걷어 붙였다.

"허…… 기어이 계집년이 가마 앞에서 초상을 치루는 날이 오는 구나. 그래! 네가 지금 나와 해보자는 것이냐?"

"다시 장작 화로를 놓지 않으신다면…… 여기서 단 발자국도 움직이지 않을 것입니다. 죽이든…… 살리든…… 마음대로 하십시오!"

이미 정이의 똥고집을 호되게 겪어 본 고덕기였다. 전혀 흔들림 없는 눈빛이 물러서지 않을 기세로 당당히 타오르고 있었다. 퉤! 대뜸 침을 뱉은 고덕기가 냉랭히 말했다.

"그래, 네년이 이리 나온다면 나도 어쩔 수 없지. 누가 이기는지 한번 해보자!"

손에 든 장작을 바닥에 호되게 내친 고덕기가 욕설과 함께 침을 퉤 내뱉고 돌아섰다. 그러곤 뒤도 돌아보지 않고 시야에서 사라져 버렸다. 살벌한 분위기에 설마설마 하던 휘하 사기장이며 봉족들도 한동안 난처한 표정을 짓다가 이내 슬금슬금 꽁무니를 빼며 사라졌다. 분원의 상징, 거대한 열두 동의 가마 앞에 정이만 우두커니 홀로 남았다. 고덕기 화장이 가마를 떠날 거라는 건 생각지도 못한 일이었다. 탁탁 소릴 내며 타오른 장작불이 검은 연기를 토해내며 마치 저를 비웃는 듯했다.

'저리 가 버리시면 어찌하나…… 이제 어쩌지…….'

당황함에 주위를 둘러보았으나 단 한 명도 제 곁에 남아 있질 않았다. 멀리서 눈치를 살피던 공초군들이 수군거렸으나 다가와 주지 않았고 한마디 위로의 말을 건네지도 않았다. 순간 다리에 힘이 풀려 털썩 주저앉고 말았다. 거의 다 왔다고 생각했다. 해서 힘들어도 참아 낼 수 있었다. 하나 아직 시작도 하지 않은 듯했다. 말 못할 서러움에 울컥 눈물이 솟구치는데 굵직한 사내의 음성이 들렸다.

"어찌…… 생각처럼 일이 진행되질 되질 않는 것이냐?"

천천히 고개를 드니 강천이 뒷짐을 지고 서 있었다. 햇살을 후광으로 바쳐 그림자가 진 강천의 얼굴이 천왕문을 지키는 광목천왕의 얼굴처럼 두렵게 보였다. 다소곳이 일어나 예를 갖춘 정이가 답했다.

"예…… 그렇습니다……."

울컥 눈물이 터져 나오는 걸 힘겹게 참아 낸 목소리였다. 사기장이 되고 싶다면 제일 먼저 사기장들의 인정을 받으라 하지 않았던가. 한데 이리 초라하고 기운 빠진 모습이라니, 눈물을 보이지 않은 것은 정이의 마지막 자존심이었다.

"어리석구나. 네가 번조를 한다면 분원 사람들이 두 팔 벌려 너를 환영이라도 해 줄 듯싶었더냐?"

"……."

기대를 품었던 것은 아니었으나 이리도 철저하게 내쳐질 거라 곤 생각지 않았다. 사기장도, 천점의 자기도, 모두 어명이 아닌가.

"소녀의 입신양명을 위한 일이 아닙니다. 나라를 위한 일에…… 이렇게까지 비협조적일 줄은 미처 생각지 못했습니다."

강천의 입가에 옅은 조소가 어렸다가 이내 흩어졌다. 강천이 이내 싸늘히 굳은 시선으로 입을 열었다.

"진정 어리석은 것이냐, 아님 생각지 않은 것이냐? 나라를 위한 일이기에 앞서 계집인 네가 하려는 일이다. 인정하고 받아들이기도 전에 어명을 핑계 삼아 이리저리 날뛰고 있으니 저들의 눈엔 더욱 분할 수밖에."

그러했다. 알고 있었다. 하여도 분하고 분하여 꾹꾹 참고 있던 눈물이 기어이 터져 나오고 말았다.

"계집은 자기를 빚을 수 없는 것입니까. 계집은…… 가마 앞에 설 수도 없는 것입니까……? 계집은…… 꿈조차 꿀 수 없는 것입니까? 청자차완을 굽지 않았습니까. 대왕 전하와 조선의 위신을 지키지 않았습니까. 한데도 아니 되는 것입니까……? 한데도 진정 계집이라는 이유 하나만으로 아니 되는 것입니까……?"

청초하고 맑았던 눈망울이 원망을 가득 품어 바들바들 떨리고 있었다. 분하고 원통한 그 눈빛이 제 심장을 쿡쿡 찔러 대자 꽁꽁 숨겨 빗장을 걸어 두었던 일말의 양심이 쓴물을 끌어올려 텁텁한 입안에 알싸한 맛이 돌았다. 하나 이내 혀를 찬 강천이 싸늘한 눈길로 웅대했다.

"억울한 것이냐? 진정 그리 생각한다면 네가 해 보이면 될 것 아니냐? 아궁이를 개조해 청자차완을 구워 낸 기지와 노력이라면 무엇이 불가능하겠느냐? 이루지 못할 꿈에 갇혀 있는 이는, 여기 분원의 사기장들이 아니라 바로 너임을 진정 모르는 것이냐!"

"……!"

강천은 그리 애매모호한 말을 남긴 채 돌아섰다. 좀처럼 이해
되지 않는 말이리라. 세상의 편견을 깨고 힘껏 뛰어오르란 말인
가, 아님 한평생 이루지 못할 꿈에 사로 갇혀 인생을 낭비하란 말
인가. 싸늘히 돌아서는 강천 뒤로 아득한 나락의 어둠이 몰려왔
으나 이내 눈물을 훔친 정이가 어둠을 흩어냈다. 찢기고 터져 먹
먹해진 가슴을 내밀고 크게 숨을 고른 후 하늘을 향해 고개를 치
켜들었다. 그 머리 위에 제 모습처럼 우중충한 먹색 하늘이 있었
다. 아비를 여의었던 그날의 하늘처럼 무거워보였다.

'두고 보십시오…… 해내고 말 것 입니다. 조선의 하늘 아래 사
기장이 된 최초의 여인이 될 것입니다. 모두가 비웃을 때…… 보
란 듯이 해낼 것입니다…….'

그리 가마 앞에서 진을 치고 버틴 지 열흘이 지난밤이었다. 술
시가 되자 초록의 풀 비린내 짙은 유월의 밤이 축축한 바람을 타
고 내려앉았다. 괴괴한 만월의 달빛 아래 숨죽인 분원은 적막이
감돌았으나 아랑곳 않는 용가마는 연신 불꽃으로 만개해 연기를
토해내고 있었다. 살아 숨 쉬는 것이라곤 오로지 용가마와 그 앞
에 선 정이뿐인 듯했다. 모자란 장작을 가지러 간 사이 핌불에서
타오르던 노란 불꽃이 누그러져 있었다. 서둘러 장작을 집어넣자

다시금 홍색 불꽃이 휘몰아쳤다. 잠시 불꽃을 살핀 후 송골송골 맺힌 땀을 닦고 보니 구름 한 점 없는 청명한 밤이었다. 하나 정이의 눈엔 그저 잿빛으로 보였다. 가마 앞에서 뜬 눈으로 밤을 지샌 날이 열흘이라 눈앞에 펄럭이는 불꽃을 제외하곤 형태며 빛깔이며 무엇 하나도 잘 분간되지 않았다. 심지어 광수와 미진의 얼굴도 목소리가 아니면 알아보지 못할 정도였다. 그럼에도 시한이 촉박해 한시도 가마를 떠나지 못했다. 이만큼 버텨 온 것도 광수며 미진이며 몇몇 공초군들이 돌아가며 저를 쉬게 해 준 덕분이리라. 그리 답답한 가슴을 재워 앉자 어느새 발갛던 불꽃이 기세를 드높여 새하얀 백화가 되어 있었다. 용가마의 마지막 몸부림이리라. 실로 기이했다. 어찌된 일인지 꼬리를 물고 눌러 붙던 잡념들이 용가마의 백화 앞에서는 씻은 듯 사라졌다. 백화의 불꽃은 제 가슴에 사무쳐 일렁이던 미움과 원망, 후회와 절망의 감정까지 모조리 가져가 태워 버리는 기묘한 힘이 지니고 있었다. 한번도 어미의 품을 느껴본 적은 없었으나 가마가 꼭 어미의 품처럼 한없이 포근하고 따듯했다. 그리 희미한 미소를 머금는데 흐릿하던 시야가 점점 흐려지다가 이내 잿빛으로 그러기를 다시 온전한 백색으로 변하였다. 눈꺼풀도 무거웠고 정신도 아찔하였다. 손이며 발이며 기운이 빠져 단말마 소리칠 기력조차 없었다.

'어찌하나…… 이제 이틀만 더 비디면 될 것인데, 거우 이틀인

데…….'

썩은 동아줄이라도 잡고픈 맘에 생각의 끈을 붙들고 있었으나 저도 모르는 사이 아득히 멀어져 갔다. 그러곤 힘없이 털썩 쓰러졌다. 기억도 끊어져 버렸다.

태도의 눈이 주인 없는 빈집을 향했다. 야트막한 흙돌담은 풍파에 부서져 마당이 훤히 들여다보였고 빗장조차 변변치 않은 사립문은 반쯤 떨어져 나간 채 훌러덩 열려 있었다. 이엉을 얹은 지 오래된 듯 진한 잿빛으로 변한 지붕은 죄다 썩어 있었고, 마당 한편에 늘어선 장독 옆으로 흙담이 있었으나 손으로 밀면 무너질 듯 푸석푸석하게 변해 있었다. 을담의 집이라. 장대 높이 걸려 있던 정이의 염한 천들은 온데간데없고, 한가득 옹기를 품어 연기를 내뿜던 가마도 어느새 이름 모를 잡초가 무성하니 절로 눈물이 솟구쳤다. 잠시 좁은 청마루에 기대어 앉자 지난 세월이 주마등처럼 흘러갔다. 그러고 보니 후회가 되었다. 그날 광해를 만나지 않았더라면, 칼을 맞부딪치지 않았더라면, 어쩌면 지금쯤 을담이며 정이며 이곳에서 옹기종기 재잘재잘 잘도 살고 있을 터였다. 함께 기뻐하고 함께 슬퍼하며, 진수성찬에 은수저를 입에 넣진 않아도 여느 집처럼 그리 화기애애하게 살고 있었을 테다. 문득 회한 가득한 한숨이 새어 나왔다. 티 없이 맑은 하늘에 바람소리조차 청아하였으나 한번 솟구쳐 오른 눈물은 좀처럼 멈추질 않았다.

　매일 밤 신시[10]를 알리는 타종 소리가 들리면 여지없이 분원을 찾았다. 정확히는 가마 앞에 있을 정이를 보고자 함이었다. 한데 오늘은 조금 늦고 말았다. 열흘간 몸을 가누지 못해 혜민서에 누워 있던 태도가 가타부타 말도 없이 사라져 버린 탓이다. 이래저래 속을 태우며 기다리다 정유시가 돼서야 도성을 빠져나왔다. 눅눅한 밤길을 말을 타고 달렸으나 분원에 당도했을 때는 평소보다 한 시진 이상 늦은 터였다. 사뭇 그것이 후회되었다. 왜 하필 오늘, 왜 하필 이 순간에. 문루에 말을 세워 두고 들어서길 적막하리만치 조용한 분원이 눈에 들었다. 무언가 불안한 마음에 처벅처벅 발길을 옮기다 저 만치 멀리 가마 앞에 쓰러진 한 인영이 보였다. 순간 심장이 철렁 내려앉았으나 그저 곤함에 잠이 든 것이라 여기고 발소리를 죽여 다가갔다. 하나 이내 혼절한 것임을 알았다.

　"정아! 정아!"

　정신은 없었으나 다행히 숨은 붙어 있었다.

10) 申時 : 십이시의 아홉째 시. 오후 세 시에서 다섯 시까지.

산세에 둘러싸인 분원의 지리적 여건이야 최상의 요지라 손꼽을 수 있었으나 성하 때조차 해가 지고 나면 스산한 추위가 몰려드는 변덕스러운 곳이 또한 분원이었다. 하여 한여름 느지막이 떨어지는 해를 보며 부채질을 하다가도 해가 떨어지기 무섭게 누빔 옷을 껴입어야 했으니, 막 분원에 발을 들인 멋모를 공초군들은 열이면 열 고뿔에 걸려 옴팡진 고생을 겪어야 했다. 반평생 분원바닥을 제 집 드나들듯 누비고 다녔을 사기장들조차 이맘때쯤 소리 없이 찾아드는 변덕스런 소슬바람에 고뿔에 걸린 이들이 한둘이 아니었다. 정이라고 예외는 아닐 터, 고뿔에 걸린 듯 파랗게 질린 입술이 바들바들 떨리었고 전신이 찜통마냥 달아올라 있었다. 그리 정이를 들쳐 업고 정신없이 내달렸다. 정이에게 변고가 생긴다면 혀를 물고 죽어도 스스로를 용서치 못할 것 같았다. 이렇게까지 정이를 내몬 것은 그 누구도 아닌 광해 자신이 아닌가.

분원에서 십 리가량 떨어진 곳에 의원침방이 있었다. 낡은 목재대문에 자그맣게 약藥이란 글귀가 붙어 있으나 글씨가 워낙 작아 눈에 띠지 않았다. 하여 말을 타고 지나쳤다가 코끝으로 빨려드는 진한 약재향을 뒤늦게 맡고서야 다시 되돌아왔다. 다급히 말에서 뛰어내린 광해가 굳게 닫힌 사정없이 두들기자 한껏 얼굴을 찌푸린 의원이 문을 열고 나왔다. 잔뜩 신경질 난 얼굴로 한

바탕 쏘아붙이려는데 벼락을 품은 듯한 광해의 눈빛에 입을 콱 닫고 말았다. 그러고 보니 아래위로 걸친 의복도 범상치 않았다.

"흠흠, 거 무슨 일이시우?"

"살려 내라! 당장 이 아이를 살려 내거라!"

사내의 품 안에 곧 죽을 듯한 계집이 안겨 있었다. 눈치 빠른 의원이 잽싸게 문을 열어 방으로 안내하자 급히 들어선 광해가 침상에 정이를 뉘였다. 의원이 다급히 진맥을 짚으려는데 조급한 광해가 일갈을 터트렸다.

"살려 내라! 무슨 수를 써서라도 살려 내야 한다! 알겠느냐?"

광해의 눈빛이 하도 간절한지라 얼른 고개를 끄덕인 의원이 진맥을 짚으며 물었다.

"하온데…… 어찌 혼절한 것인지요? 평소 앓는 병이라도 있는 게요?"

광해의 눈빛이 침쟁이를 한 대 내려칠 듯 쏘아봤다.

"그걸 알아보라 이리 데려온 것이 아닌가! 뭘 하고 있는 게냐! 어서 병명을 밝히고 탕약이라도 지어 올리거라!"

뜨끔 움츠린 의원이 맥도 짚고 호흡도 확인하였으나 뚜렷한 병증을 찾지 못한 듯 갸웃거리며 말했다.

"딱히 병증이 보이는 것은 아니고…… 그저 기운이 쇠한 듯하온네……."

불안한 광해의 시선이 정이의 얼굴을 훑었다. 그러고 보니 야위어 있었다. 제대로 먹지도 자지도 못한 것이 열흘이니 기운이 쇠했다는 의원의 말이 맞는 듯했다.

'내가 너를 이렇게까지 몰고 간 것이란 말이냐.'

스스로를 향한 원망이 먹먹한 가슴을 훑고 지나갔다. 한심하여 그리도 못나 보일 수가 없었다. 그때 혀를 끌끌 찬 의원이 말을 이었다.

"어찌 이리 될 때까지 놔두신 것입니까? 그저 기운이 쇠한 터에 고뿔이 온 듯하니 기다려 보시지요. 절로 깨어날 것입니다요."

그제야 꽉 막혔던 숨통에 작은 바늘구멍이 뚫린 듯 숨을 쉴 수 있었다. 오늘에서야 알았다. 제 몸에 든 심장이 얼마나 작은지, 어찌나 쉽게 오그라들고 어찌나 방정맞게 뛰는지, 찬찬히 평정을 되찾은 광해의 얼굴을 수차례 살핀 후에야 의원이 일어서다 말고 한 마디 덧붙였다.

"보아하니 분원에서 찬모를 나르는 여인인가 본데…… 아궁이 불을 너무 가까이 한 모양입니다."

"무슨 말인가?"

"안정이 어두운 것이…… 더 무리했다간 소경이 될지도 모를 일이니 절대 불을 가까이 해서는 안 될 겝니다."

"……!"

충격에 먹먹한 공기가 광해를 감싸고 돌았다.

'소경이라니? 눈 먼 장님이 될지도 모른단 말인가? 정이가? 이 아이가…… 나 때문에…….'

억장이 무너지고 오장육부가 쏟아진 기분이었다.

'정이야…… 미안하구나, 정이야…….'

감당하기 힘든 미안함에 눈물이 맺혔다가 이내 툭 떨어졌다. 그리 이불을 덮어 주고 밖으로 나와 한 시진을 기다리길 의원이 탕약을 지어 왔다.

"어찌 처방하였는가?"

"고뿔에 걸린 것인데 처방이고 뭐고가 어딨습니까, 그저 보신에 좋은 약재들을 두루 모아 섞었습니다."

"언제쯤 정신을 차릴 것 같은가?"

"뭐 길어야 아침이면 깨어나겠지만…… 말씀드렸다시피 조심 또 조심해야 합니다. 지금처럼 기운이 떨어졌을 때 까딱하면……."

의원이 말을 끝내기도 전에 나직한 정이의 음성이 들렸다.

"걱정 마십시오."

막 정신을 차린 듯 정이가 천천히 문지방을 넘어 나왔다. 하마터면 그대로 달려가 한 품에 정이를 안을 뻔한 충동을 겨우 참아 내는데, 정이가 신발을 신으며 말을 이었다.

"아무 일 없을 것이니…… 염려하지 않으셔도 됩니다."

"어찌 나온 것이냐! 더 누워 있지 않고."

"제가 누워 있으면…… 가마의 불길을 누가 잡습니까……."

기가 막힐 노릇이었다.

'이 순간까지도 가마 걱정이냐. 불길 생각뿐이냐. 너를 누가 말리겠느냐…… 누가 너를 이기겠느냐.'

광해가 소리쳤다.

"화장? 아니 이육도 변수? 아니, 아니다. 내 이 낭청을 불러 세워서라도 불길을 살필 터이니…… 너는 그냥 누워 있거라."

광해의 말이 끝나기도 전에 옷매무새를 만진 정이가 일어섰다.

"어찌 그러느냐? 진정 그 몸으로 돌아가겠단 것이냐?"

"염려 마십시오. 기껏해야 고뿔이 아닙니까."

"고뿔이 문제가 아니다! 까딱하다간 소경이 된단 말이다!"

피식 미소를 머금은 정이가 아랑곳없이 말했다.

"가마 앞으로 데려가 주십시오……. 마마께옵서 데려다 주시지 않으시면 저 혼자라도 가겠습니다."

물러설 기세가 없었고 기어이 이겨 먹을 심산이리라.

"마마…… 쇠한 기력이야 다시 되찾을 수 있지만…… 한 번뿐인 기회는 지난 후엔 되찾을 수 없습니다. 제 꿈이며 바람이 이리 허무하게 사라지도록 내버려 두실 것입니까."

"정아……. 너는 어찌……."

눈빛 가득한 간절함에 무어라 대꾸할 말도 떠오르지 않았다. 꿈이라 하지 않는가, 그 꿈을 위해 지금껏 달려온 것이 아니던가. 해서 제 가슴을 칠 뿐이었다. 이렇게까지 정이를 궁지로 내몬 자신을 탓할 뿐이었다.

쌀쌀한 효풍의 사나움에 곱게 틀어 올린 머리가 흘러내렸고 몇 가닥 머리카락이 파랗게 질린 정이의 뺨을 이리저리 훑어 댔다. 심술 맞은 찬바람에 옷깃을 여미기도 잠시 잔뜩 비를 머금은 먹구름이 빗방울을 툭툭 떨어트리고 있었다. 가뜩이나 가마를 비워 두어 마음이 조급한 터에 빗방울을 뿌리는 하늘이 더없이 원망스러웠다. 싸한 추위에 어깨를 움츠린 정이가 바싹 몸을 붙이자 말고삐를 틀어 쥔 광해의 등골로 정이의 가느다란 떨림이 전해졌다. 잔잔하던 심장이 널을 뛰었고 행여 저의 떨림이 정이에게 전해질까 염려되었다. 그리 호흡을 내뱉을 새도 없이 말을 재촉하길 다행히 여명이 트기 전에 분원에 당도할 수 있었다. 자시에 여인을 안고 나간 광해가 돌아오자 깜짝 놀란 수문장이 깍듯이 예를 갖추어 문을 열어 주었다. 말안장에서 훌쩍 뛰어내린 광해가 조심스레 정이를 안아 내려놓고 말을 수문장에게 맡긴 후 함께 들어섰다.

문루를 지나 몇 걸음 걷는데 문득 멈춰선 정이가 고개를 돌렸다. 광해가 보니 여전히 몸을 가늘게 떨고 있는데 실상 본인은 제 몸이 어찌 떨고 있는지도 모르는 듯한 표정을 짓고 있었다. 그저 문루 옆으로 붉게 솟아올라 효풍에 흐드러지게 제 몸을 꺾는 명자목만 말간 시선으로 보고 있었다.

"곧 장마가 끝나고 삼복더위가 올 시기에…… 저리도 붉게 피었습니다."

정이의 시선 끝에 뒤늦게 핀 붉은 명자꽃이 멋들어지게 문루를 감싸고 있었다.

"명자꽃이라……."

몇 해 전 명국에서 들여온 명자목 중 두 그루를 분원 문루 뒤편에 옮겨 심은 것이었다. 그 때의 명자목 종자가 어느새 훌쩍 자라 이맘때쯤이면 청초함을 수놓으며 붉은 꽃을 피워 댔다. 병풍으로 휘감은 산세 가운데 자리 잡은 분원이라 원체 볕 드는 시간이 짧아 이렇듯 늦은 시기에 꽃을 피우는 경우가 많았다. 실로 붉디붉었다. 하나 잠시도 유유자적한 황홀감에 빠져 있을 여유가 없어 아쉬움을 뒤로하고 발길을 떼었다. 몇 걸음 내딛지도 않아 사위의 요란한 인기척이 귀에 들어왔다. 어둠이 채 사라지지도 않은 이른 시각임에도 수비소며 건조장이며 분주한 움직임이 있었다. 전날 못 다한 수비를 하러 나온 아낙들도 보였고 그 옆으로 연신 하품을 늘어놓는 댕기머리 계집들도 보였다. 공초군들의 부지런함이야 두말할 필요 없지만 사기장들이 그들의 노고를 알아 줄 리 만무했다. 느지막이 뒷짐을 지고 나타나는 위인들이기도 했거니와 진상결복군이나 봉족에 공석이라도 생기면 사기장들에게 뒷돈까지 찔러 넣으며 자릴 얻어 보려는 공초군들도 수두룩 했다. 그저 제 잘난 줄 아는 인간들이리라.

창호지처럼 허옇게 뜬 얼굴을 보이고 싶지 않은 듯 걸음을 재촉한 정이가 발길을 재촉해 단숨에 용가마까지 다가섰다. 뜨거웠던 열기는 사라지고 따뜻한 온기를 품고 있는데 어찌된 일인지 봉통이 막혀 있었다. 갸웃한 정이가 물었다.

"마마! 봉통이 막혀 있습니다. 마마께옵서 하신 것입니까?"

광해가 고개를 저었다.

"혼절한 너를 발견한 터에 언제 봉통을 막을 시간이 있었겠느냐?"

"하오면 대체 누가……."

번조에서 가장 중요한 것은 첫째가 자기를 구워 내는 데 적절한 화기를 조정하는 것이며, 둘째가 적정한 시점에 봉통을 막는 것이었다. 정이가 조심스레 봉통을 열어 속을 확인하였는데 다행히도 탈 없이 잘 구워진 듯 보였다. 정이가 깊은 한숨을 내쉬며 말했다.

"다행입니다…… 누가 한 것인지는 모르나 조금이라도 봉통을 늦게 막았다면 찬바람이 들어차 자기가 제대로 번조되지 못했을 것인데…… 다행히도 적절한 때에 봉통을 막은 듯합니다."

"그래? 그 참 궁금하구나…… 대체 누가…….."

맞부딪친 두 사람의 시선이 용가마 아래로 펼쳐진 분원을 향했다. 어둠 속에 웅크리고 있던 분원이 막 피어든 일출에 기지개를 켜고 있었다. 마지막 날이었다. 물색 없이 환히 웃던 정이가 뭔가 생각난 듯 눈을 깜빡이다가 말했다.

"마마님께서는 그만 돌아가십시오. 저는 잠시 들를 곳이 있습니다."

갸웃한 광해를 뒤로한 정이가 급히 어딘가로 달려갔다.

시끄럽게 문을 두드리는 소리에 심드렁히 눈을 뜬 고덕기가 주섬주섬 몸을 일으켰다. 아침 댓바람부터 무언일인가 싶어 문을 여니 잔뜩 상기된 얼굴의 정이가 서 있었다. 이내 콧바람을 긴 고덕기가 냉랭히 물었다.

"열흘간 코빼기도 안 비치다가 아침 댓바람부터 뭔 일이냐?"

"화장 어른이시죠? 제가 없을 때 봉통을 막은 사람이…… 화장 어른 아니십니까?"

"왜? 내가 막았으면? 것도 잘못한 것이냐? 그걸 따지려고 이리 달려온 게야?"

화들짝 반색한 정이가 급히 화답했다.

"따지다니요? 아닙니다, 화장 어른…… 저는 다만 화장 어른께 너무 감사하여…… 인사를 드리러 온 것입니다."

그러곤 허리를 굽히고 고개를 숙이는데 이내 컬컬한 목소리가 소슬하게 흘러 나왔다.

"흠흠…… 감사하고 뭣하고 할 것 없다. 내 우연히 지나던 길에 보고 그리한 것일 뿐…… 결코 너를 돕고자 한 것이 아니니…… 그만 돌아가거라."

그러곤 헛기침을 뱉으며 문을 닫았으나 정이의 말간 눈망울엔 이슬이 촉촉이 맺혔다.

"감사합니다…… 감사합니다, 화장 어른……."

동이 트기도 전에 입궐하여 곧장 사옹원 낭청실까지 찾아든 최충헌의 발길에 강천의 심기가 다소 불편했다. 상석을 내어 주고 김이 모락모락 나는 국화차를 내놓고 마주 앉았으나 속내가 복잡한 듯 잠시간 서로 말이 없었다. 기로에 놓인 날이리라. 용좌에 앉아 삐딱한 시선만 내리 꽂으면 그만인 주상이야 이번 사안에 별고 없겠지만 비단 이번 일에 목숨 줄이 걸린 이는 정이뿐이 아니었다. 만에 하나 정이가 번조를 성공리에 마친다면 제 아들

육도의 지지 기반이 약해질 것은 불 보듯 자명한 일이었고, 정이를 쫓아낼 유일의 명분도 사라지게 될 것이었다. 어쩌면 계집이 사기장이 되는 말세의 형국을 제 두 눈으로 지켜봐야 할지도 모를 일이다. 어디 그뿐인가. 임해군에게 할당된 사복시의 말들은 장염에 걸려 과반이 쓰러졌고, 신성군이 준비한 비단과 포화 또한 곰팡이가 피어 진헌품으로는 가치가 떨어졌다 들었으니, 세자 책봉이 수면 위로 떠오를 시기에 차남 광해군이 불가능해 보였던 천 점의 자기를 보란 듯이 가져온다면 어심은 급격히 광해군을 향해 기울 것이리라.

향을 음미하듯 천천히 국화차를 마신 최충헌이 잔을 내려놓곤 누기가 얹힌 듯 불편한 눈빛으로 강천을 응시했다. 일이 틀어졌을 시 대비해 둔 묘안이 있는지 묻는 것이었다. 이리 아침 댓바람을 타고 찾지 않았더라도 이미 겹겹의 대책을 심중에 세워 놓고 있거늘 불신 가득한 최충헌의 눈길에 짐짓 배알이 뒤틀렸다. 그저 배를 열어 제 속을 모두 보여 주어야 직성이 풀릴 위인이 이조판서 최충헌이었다. 제 뜻과 맞지 않으면 살쾡이 같은 눈을 부라리는 조정의 신료들과 달리 최충헌은 늘 득의한 미소로 제 속을 감추며 그 이면에 날카로운 발톱을 세우는 부류였다. 하나 그러한 행태를 간파하지 못한 선조는 최충헌을 덕망 높은 충신이라 여기니 강천으로선 그저 우스울 따름이었다. 미소를 머금은 강천이 나직이 아뢰었다.

"염려마시지요. 천 점의 자기라…… 결코 있을 수 없는 일입니다."

확고부동한 의지가 깃든 말이었으나 불신의 빛을 거두지 못한 최충헌이 되물었다.

"진정…… 불가하단 말이지?"

최충헌의 조바심을 모르는 바 아닌지라 강천은 그저 고개를 끄덕여 화답했다. '유정에게 번조를 위임하는 만큼 사안에 대한 책임은 성공을 하던 실패를 하던 전적으로 마마께옵서 지셔야 하옵니다.' 기실 그리 말한 순간에 지금의 찰나까지 계산되어 있었다. 을담의 여식이 아니던가, 실로 보통의 계집이 아님이라. 아비를 살리겠단 일념으로 어심을 움직였고, 가진 멸시와 냉대에도 청자차완을 완성해 조선의 위신을 살린 아이였다. 영문은 모르겠으나 대명 사신의 수청에서도 용케 몸을 빼내었고, 사기장들조차 혀를 내두르는 천 점의 자기를 홀로 번조하겠다 했으니, 진정 제 아들 육도와 비교해도 모자람이 없는 어인이었다. 척박한 기암절벽 끝에 뿌리를 내린 들꽃도 정이만큼 거세진 못할 것이니, 뿌리 채 뽑아낸들 한 점 뿌리라도 남았다면 다시 엉키고 설켜 꽃을 피울 아이였다. 해서 그리 말한 것이었다. '진정 네가 사기장이 되고 싶다면, 이곳에 모여든 사기장들에게 먼저 인정을 받거라.' 그 말인 즉, 이곳에 있는 사기장들이 모두 죽어 눈을 감는 날까지 기다리면 그때는 사기장이 될 수 있을 것이란 말이었다. 강천의 깊은 속내에 드리워진 이면을 뉘 눈치 챌 수 있겠는가. 그리 생각하며 미소를 머금은 때였다. 벌컥 문을 열고 들어 온 원역이 다급히 예를 갖추어 아뢰었다.

"그 계집이 천 점의 자기를 완성하였다 합니다."

충격 어린 강천의 시선이 원역에게서 떨어지자 이내 최충헌이 실소를 흘리며 혀를 끌끌 찼다. 괄시어린 눈빛에 강천의 안면이 일그러졌다.

'늙은 영감의 부귀영화와 넘치는 호사가 뉘 덕이거늘!'

갓끈으로 목을 옭아매기라도 한 듯 갑갑하였으나 부동심으로 차분히 응대했다.

"대감께서는 소신을 믿지 못하는 모양입니다."

차분한 눈동자 이면에 숨은 독기를 최충헌이 보지 못할 리 없었다. 하나 그 또한 차분히 대꾸했다.

"목전의 결과가 자네의 말과 다르니 신뢰하지 못할 수밖에…… 아니 그런가?"

부러 끓어오르는 화기를 누르려는 듯 냉소를 머금은 강천이 차분히 국화차를 음미한 후 입을 열었다.

"어찌 된 일인지는 모르오나…… 천지가 개벽하지 않는 한 불가능한 일이니…… 대감께서는 그저 두고 보면 아실 것입니다."

그러곤 자리를 털고 일어나서는 한 점 감정도 없는 메마른 얼굴로 예를 갖추었다. 냉소를 흘리는 최충헌을 뒤로 하고 싸늘히 등을 돌리는 강천에게서 짐짓 불쾌한 심기가 전해졌으나 최충헌은 그저 대수롭지 않은 듯 국화차를 들었다. 그윽한 향이 입안에 맴돌다 사라지자 텅 빈 낭청실에 나직한 음성이 울려 퍼졌다.

　　"오늘의 동지가 내일은 적이 되는 곳이 조정일세. 아는가? 황금을 손에 쥔 자네의 위세도 천년만년 지속되진 않을 걸세······이 낭청!"

　　실로 서릿발처럼 차갑고 매서운 눈빛이었다.

18장
나락에서 외치다

🌱

애초에 불가능한 일이리라. 계집이 사기장이 된다는 것이.
바위에 부딪쳐 산산이 부서지는 물거품 같은 꿈이라,
이룰 수 없는, 닿을 수 없는 꿈이었다.

무거운 눈꺼풀 너머로 비치는 희미한 햇살과 손끝으로 느껴지는 따스한 햇살의 온기가 묘한 이질감이 있었다. 눈이 흐려지는 만큼 촉각과 청각은 반대로 민감하게 반응했다. 더듬어 보니 눈이 흐려지기 시작한 것이 나흘 전부터였다. 한 시진 동안 땀을 쏟아 새긴 꽃문양을 광수가 알아보지 못할 때만 해도 시큰둥이 반응하였고, 운문과 백학문을 분간 못하는 미진의 반응에도 조금 당황하기는 하였으나 대수롭지 않게 넘겼었다. 그저 겹겹이 쌓인 피곤에 눈이 어두워졌다 여겼었다. 한데 채 하루도 지나지 않아 세상 빛이 먹구름이 낀 듯 흐려졌고 이리저리 흔들렸다. 때맞춰 고뿔에 걸려 쓰러지고서도 제 발목을 잡고 있는 진헌자기 천 점에 한 시도 쉴 틈이 없었다. 결국 오늘 새벽에 마지막 번조를 끝

296

내고서야 두 눈을 쉬게 할 수 있었지만 너무 늦은 감이 없지 않았다. 전신을 타고 오르는 불안감에 잠을 청하고 나면 괜찮을 것이라 스스로를 위안했지만 시력은 제 맘처럼 회복되지 않았다.

'피곤해서일 거야…… 피곤해서.'

돌덩이를 얹어 놓은 듯 답답한 마음에 한숨을 내쉬는데 누군가의 발소리가 들렸고 이내 문이 열렸다. 고개를 돌려 보았으나 안개가 낀 듯 희미하니 도무지 형체를 알아볼 수 없었다. 해서 입을 닫고 있는데 익숙한 사내의 목소리가 들렸다.

"결국 정이 네가 해내었구나."

광해의 목소리였다. 반가운 마음에 정이가 화답했다.

"마마님 도움이 없었다면 해내지 못했을 것입니다."

그러곤 환히 미소를 머금었다. 한데 광해에게선 아무런 반응이 없었다. 잠시 기다려도 여전히 반응이 없어 물었다.

"마마…… 어찌 그러십니까……."

정이를 바라보는 광해의 눈빛이 파도치럼 요동치고 있었다.

"너는 어찌…… 나를 보지 않고 딴 곳을 보고 있는 것이냐……
설마…… 눈이 보이지 않는 것이냐?"

"……!"

정이의 눈빛이 파르르 떨렸다. 조심스레 다가간 광해가 정이의 얼굴 앞에 제 두 눈을 내밀었다. 초점이 없는 눈동자였다.

"정이야……! 보이지 않느냐? 내가…… 보이지 않는 게야?"

당황한 정이가 다급히 화답했다.

"피곤하여 잠시 보이지 않는 것입니다. 아, 이제 보입니다. 제 눈을 보십시오. 정말로 보입니다."

말간 눈동자가 제 눈을 보고 있었다. 혹여나 싶어 손을 들어 흔들자 정이가 웃으며 말했다.

"손은 왜 흔들고 그러십니까, 잘 보인다니까요."

"……."

그때 문루의 뿔 나발 소리가 길게 울려 퍼졌다. 한 번 그리고 두 번이었다.

"두 번이라…… 이 낭청이 온 게로구나."

잠시 정이를 지켜보던 광해가 말했다.

"어찌 됐건 눈이 좋지 않은 건 사실인 듯하니…… 내 이 낭청을 만난 후 너를 침방에 데려가야겠다. 반 시진 후 문루로 갈 것이니 기다리고 있거라."

"예, 마마님……."

기분 탓인지는 모르나 발길을 옮기는 내내 묘한 분원의 분위기에 눈살을 찌푸렸다. 제 걸음걸음 앞에 연신 허리를 굽히는 공초군들의 안색이 눈에 띄게 들떠 있었다. 아마도 제 신세를 정이에게 빗대어 정이의 성공을 제 일처럼 기뻐하는 것이리라.

'진정 어리석은 자들이로구나. 어찌 저리도 한 치 앞을 볼 줄 모르는 것인가. 천지가 개벽하여 정이 그 계집이 사기장이 된다 한들 한낱 파리 목숨 줄 같은 저들의 삶에 무슨 변화가 있을 것인가. 그러니 한평생 배만 곯다 가는 것인 게지.'

저도 모르게 냉소를 흘린 강천이 발길을 재촉했다. 제 분수를 모르는 이는 이 곳 분원에서 오직 유정, 그 아이 하나로도 족하였다.

청사 앞에 육도와 수위 사기장들이 도열해 있었다. 한껏 찌그러져 눌러 붙은 가마솥 누룽지 같은 사기장들의 기색이 강천을 마주하는 순간 접신이라도 한 듯 환히 피어올랐다. 육도 또한 예상치 못한 정이의 승보에 사뭇 불편한 속내를 감추지 못하여 다급히 아뢰었다.

"주변요에서 들어온 자기가 이백 점에 분원에서 생산된 자기가 사백, 그리고 유정 그 아이가 구워 낸 자기가 오백 점이온데…… 파자된 자기를 제하면 어찌하건 얼추 천 점은 맞춰질 듯합니다."

"천 점이라…… 육도 네 눈으로 확인하였더냐?"

"아직 확인치 못했습니다만…… 이른 아침 광해군마마께옵서 수량은 확인하셨다 들었습니다."

"내가 확인하였네."

일동의 시선 끝으로 광해가 들어섰다. 급히 예를 갖추었으나 잔뜩 끓어올랐던 사기장들의 눈빛이 광해의 등장에 한순간 무겁게 내려앉았다. 보름 안에 천 점의 자기를 만드는 것은 절대로 불가한 일이라 목청을 높이지 않았던가. 행여 광해가 그날의 기억을 꺼내들며 '자네들이 불가능하다 한 것이 모두 핑계라는 것을 알았네. 내 이번 일을 모두 아바마마께 고할 것이니 그리 알고 자숙하고 있게!' 이리 협박을 가한다면 죄다 분원에서 쫓겨나고도 어디 호소할 수도 없는 판세였다. 의기양양 어깨를 펼친 광해가 강천을 바라보자 강천이 나직이 말했다.

"검수는 소인이 직접 하지요."

"그러시게. 난 이 길로 입궐하여 전하께 보고를 올릴 것이니…… 준비된 자기는 익일 오전까지 제용감으로 이송시키게."

"예, 마마."

단호한 광해의 말끝에 꽤나 사기충천한 자신감이 묻어 있었다. 청사 앞에서 예우를 다해 광해를 돌려 세운 후 곧장 수위 사기장들을 이끌고 나섰다. 청사 초입에서 이어진 박석 마당을 밟고 가면 일다경 거리에 자기들을 보관해 두는 도자고가 있었다. 여섯 명의 진상결복군이 막 빈 수레를 끌고 나오다 강천을 보곤 깍듯이 예를 갖추었다. 보는 둥 마는 둥 한 강천이 곧장 도자고 문을 열고 들어서자 발 디딜 틈 없이 빼곡히 늘어선 천여 점의 자기가 거대한 장방형의 도자고를 가득 채우고 있었다. 도자고에 이렇듯 많은 자기가 들어찬 것은 다섯 해 전 인빈의 회임을 기념하여 왕실자기를 교체했을 때 이후 처음이었다. 가지각색의 자기라, 손아귀보다도 작은 종지와 차완에서 사발과 호리병, 화병까지 한눈에 봐도 그럴싸해 보이는 외형을 두루두루 갖추고 있었다. 천천히 사위를 훑으며 다가서자 갓 태어난 자기들이 내뿜는 그윽한 향이 코끝으로 밀려들었다. 수금지화목, 오행의 조화로 태어난 만물의 향이리라. 코를 간질이는 자기의 향에 오래전 기억이 떠올랐다. 사십여 년 전 막 분원에 첫 발을 내딛던 순간에 그의 아비가 강천을 옆에 두고 한 말이었다. '과정이 제 아무리 비범하고 강직한들 결과가 비참하면 이 안에 들어올 수 없느니라. 하나, 자기든 사람이든, 난관과 모략에서 살아남기만 한다면 언젠가는 이 안에 들어설 수 있는 법이지. 한 점이 두 점이 되고, 두 점이 열점 그리고 백 점 천 점이 되는 그 순간에, 비로소 이 분원이 네 것이 될 것이다.' 아비의 아련한 목소리가 들리는 듯했다. 그리 생각하며 자기들을 훑는데 옆으로 다가선 육도가 말했다.

"낭청 어른, 여기 좌측으로 늘어선 자기가 유정 그 아이가 번조한 자기들입니다."

순간 매섭게 치켜 올라간 강천의 눈빛이 정이가 번조한 자기를 향했다. 가장 앞단에 차완들이 늘어서 있었다. 분간 없이 하나를 집는데 손에 집히는 감은 나쁘지 않았다. 사내의 한 손에 감기도록 만들어져 차완으로는 적합한 크기였고 질감 또한 매끈하고 부드러웠다. 그러곤 표정 없는 얼굴 앞에 차완을 들어 올려 뚫어져라 문양을 살폈다. 만개 직전의 국화와 모란꽃이 어우러져 있었고 그 사이에 청초한 백학이 부리를 쳐들고 있는 것이 생동감이 있었다. 이리도 얇디얇은 백자를 빚어 낸 것도 놀라울진데 문양과 색채가 또한 으뜸이었다. 문득 몇 해 전 세상에서 가장 아름다운 자기라며 대왕 앞에 내밀었던 조잡스런 질그릇이 떠올랐다. 기품이나 우아함 따위 눈 씻고 찾아도 보이지 않던 흉물이 아니었던가. 아니, 자기라 칭하기도 부끄러운 그릇이었다. 하니 이렇듯 출중히 성장한 것은 매일 같이 일취월장을 했다 해도 쉬이 믿기지 않는 일이리라. 하나 강천의 눈빛엔 일말의 동요도 없었다. 되레 흡족한 듯 웃고 있었다. 의아한 듯 육도가 물었다.

"낭청 어른, 어떠합니까?"

뚫어져라 차완을 살피던 강천이 짐짓 불편한 기색으로 나직이 대꾸했다.

"가볍구나."

가볍다? 의미를 이해하지 못한 사기장들이 일순 웅성거렸다. 강천의 묘한 낯빛을 살핀 육도가 되물었다.

"혹여…… 잘못된 것이라도 발견하신 것입니까?"

바닥까지 내리 깔은 강천이 곁눈질로 육도를 응시했다.

'너는 대체 무엇을 두려워하는 것이냐? 분원의 변수로서 계집이 실패했을까 우려하는 것이냐. 아니면, 행여 네 자리를 치고 넘볼까 저어되는 것이냐.'

제 아들이긴 하나 좀처럼 속을 알 수 없었다. 그러곤 피식 미소를 머금은 강천이 들고 있던 차완을 바닥에 떨어트렸다. 차완은 요란한 소리를 내며 산산이 부서졌고 사기장들은 못내 이해할 수 없어 침묵했다. 한데 부서진 사금파리를 살피는 사기장들의 눈빛이 이내 강천의 의도를 눈치 챈 듯 번득였다. 보니 사금파리가 너무 많았다. 자기가 부서지면 기껏해야 큰 뭉치가 대여섯 개이고 작은 파편이 또한 대여섯 개이거늘, 정이가 만든 차완은 말 그대로 산산조각이 나 수십 개의 파편으로 흩어졌다. 강천의 표정을 보아 이유는 알 수 없었으나 무언가 잘못된 것임은 분명했다.

"흥, 부족한 백토를 어찌 구했나 의아했거늘……."

발밑의 파편을 집어든 강천이 말을 이었다.

"도석가루를 썼구나…… 알고 있었느냐?"

추궁하는 듯한 강천의 질의에 육도며 사기장이며 침묵했다. 막판에 가서야 겨우 일손을 얹은 수위 사기장들이라 도석가루를 썼는지 해골가루를 갖다 썼는지 알고 있을 리 만무했다. 노기 서린 강천의 일갈이 터져 나왔다.

"잔재주로 자기를 빚은 걸 어느 누구도 눈치 채지 못했단 말이냐!"

노기 서린 강천의 음성이 천 점의 자기에 부딪쳐 메아리쳤고 사기장들의 시선이 일제히 바닥으로 내리 꽂혔다. 널뛰는 심장이 쾅쾅 북채로 치는 듯 했다. 계집 하나가 분원을 헤집어도 유분수지, 원분에 찬 사기장들의 분심이 정이를 향해 격하게 치솟았다. 강천이 다급히 외쳤다.

"당장 광해군마마의 발길을 돌리거라! 어서!"

정이를 만나 막 문루를 빠져나가려는 참에 목청 터인 사내의 목소리가 들렸다.

"마마! 광해군마마!"

고개를 돌리자 젊은 봉족 하나가 허겁지겁 달려와 예를 갖추었다. 그저 의아한 표정으로 보고 있으니 거친 숨을 토해 낸 봉족이 침을 꼴깍 삼키고 아뢰었다.

"마마, 번조가 잘못됐다 합니다."

흠칫 놀란 광해가 정이를 보자 정이의 눈동자가 충격에 떨리고 있었다. 광해가 차분히 되물었다.

"번조가 잘못되었다? 누가 그리 말하더냐?"

"검수에 나선 낭청 어른께서 그리 말씀하셨다 합니다."

"이 낭청이? ……이 낭청은 지금 어딨는가?"

"청사에서 광해군마마를 기다리고 계실 것입니다."

순간 뜻 모를 불안감이 엄습했으나 태연한 얼굴로 정이에게 말했다.

"내 어찌된 영문인지 알아볼 터이니…… 너는 공방으로 돌아가 있거라. 절대 무리해선 아니 된다. 알겠느냐?"

"예, 마마……."

의중은 알 수 없었으나 청사로 들어서길 강천이 기다리고 있었다. 노기충천한 눈빛으로 다가온 강천이 예를 갖춘 후 아뢰었다.

"마마, 전하께 올릴 보고를 늦추어 주십시오."

"보고를 늦추어 달라? 연유가 무엇인가?"

묘한 강천의 눈빛에서 흉조의 기운이 보였다. 알 수 없는 불안감이 전신을 타고 흐르는데 강천이 충격적인 말을 내뱉었다.

"진헌자기 천 점 중…… 유정 그 아이가 번조한 오백 점은 모두 파기할 것입니다!"

"뭐라?"

정이의 맑간 눈동자가 창틀 아래 놓아둔 백자화병을 향했다. 마지막 번조 때 세상 빛을 본 자기로, 화기를 견디지 못해 파자된 것이라 진헌품으로는 쓸 수 없어 명자꽃 몇 가지를 꺾어 둘 요량으로 빼둔 것이었다. 화병을 보는 정이의 초점 없는 눈동자에 불안감이 어리었고 기저를 알 수 없는 두려움이 전신을 파고들었다.

'무엇이 잘못된 것일까.'

가녀린 손이 조심스레 백자화병을 집어 들었다. 희미한 눈빛으로 이내 이쪽저쪽 살피고 또 살폈으나 도무지 무엇이 잘못된 것인지 알 수 없었다.

'빛깔도 좋고 색감도 좋고…… 문양도 그럴싸해…… 유선형의 생김새도 화병으로선 적절한 듯하고…… 화기를 견디지 못해 표면이 갈라지긴 했지만 무게도 가볍고…… 무게…….'

그 순간 정이의 눈동자가 파르르 떨렸다.

'가볍다…… 너무 가벼워…….'

떨리는 정이의 손이 화병에서 떨어지자 바닥에 떨어진 화병이 산산이 부서졌다. 하지만 정이는 바닥으로 떨어진 백자기를 보는 것이 아니라 제 두 손을 내려다보고 있었다. 아니 보는 듯했다. 정이의 두 눈엔 초점이 정확치 않아 어디를 보는지 알 수 없었다. 순간 불이 꺼지듯 사방이 캄캄해졌다. 꿈인가? 열흘을 밤낮 분간 없이 지낸 통에 꿈과 현실을 분관 못하는 것이 아닐까? 혼란에 휩싸인 막연한 두려움이 전신을 감싸는 때에 다행히도 빛이 들어왔다. 검은 종이에 흰 먹물이 떨어지듯 삽시간에 번져갔다. 그제야 부서진 사금파리가 눈에 들어왔다. 실로 산산이 부서져 있었다. 무언가 잘못된 듯했다. 무언가.

노기 섞인 강천의 목소리가 청사를 가득 메웠다.

"마마, 진헌자기에 도석가루를 섞은 자가 대체 누구이옵니까?"

광해가 싸늘한 시선으로 되물었다.

"백토에 도석가루를 섞은 것이 왜 문제가 되는지, 그것이 왜 중요한지, 그부터 답해 보게."

대꾸 없이 천천히 걸음을 뗀 강천이 담장 아래로 다가서 기왓장 하나를 잡았다. 그리고 힘껏 기왓장을 빼내 덕지덕지 묻은 흙을 털어냈다. 수막새에 연꽃이 수놓아져 있었고 암막새엔 기린이 그려진 평평하면서도 소박해 뵈는 기와였다. 강천이 기와를 살피며 말했다.

"예전만 해도 큰 바람이 몰아치면 기왓장이 모두 날아가곤 하였지요. 해서 기와를 만드는 와서瓦署에서는 무겁고 튼튼한 기와를 만들기 위해 오랜 시간 공을 들였습니다. 물론 그 시간은 헛되지 않았고 무겁고 경도가 높은 기와를 만들어 내는 데에 성공을 하였지요. 하온데……."

순간 강천의 손에서 떨어진 기왓장이 바닥에 떨어져 부서졌다.

"이리도 쉽게 깨지는 것이 아니겠사옵니까."

"······."

"그래도 기와는 무슨 상관이겠습니까. 깨지면 다시 가져다 올리면 되옵니다. 하나 자기는······."

더 이상 듣지 않아도 알 수 있었다. 광해의 눈빛이 파르르 떨리었다.

"그 가치가 황금에 비견되는 백자가 쉬이 깨진다면······ 그것은 곧 무용지물이다······ 이 말이 하고 싶은 겐가? 아니······ 그 말인즉, 정이 그 아이가 만든 자기가 쉬이 깨진다······ 그 말인가?"

고개를 숙인 강천이 마지막이 대꾸했다.

"예, 마마. 본디 도석이란 청송지역에서 백토 대신 사용하는 도토인데······ 도석 자체의 점도가 낮아 백토를 섞더라도 깨지기 쉬운 것은 변함이 없습니다. 명국에 이르기 전에······ 아니, 이 도성을 벗어나기도 전에 모두 깨져버리지 않으면 그것이 천우신조일 것입니다."

"······!"

하늘이 무너져 내린 듯했고 선조의 청천벽력 같은 목소리가 귓전에 메아리쳤다. '네가 하거라. 혼이 네 놈이 책임지고 백자기 천점을 만들어내란 말이다!' 눈앞이 캄캄했다.

'이제 어찌한단 말인가, 정이는? 정이도 사안의 책임에서 자유롭지 못할 터인데.'

기실 이 모두가 제 책임이었다.

'광해야. 어찌 이리도 어리석단 말이냐. 어찌하건 네 혼자서 해결했어야 했거늘, 어찌하여 또다시 정이를 끌어들여 감당하기 힘든 곤욕을 치르게 만들었단 말이냐!'

실로 답답한 마음에 하늘을 보았다. 구름 한 점 없는 맑고 청초한 하늘이었다.

빗살창 사이로 비치는 파란 하늘을 보고 있었으나 두 눈은 고이 감고 있었다. 언젠가부터 가물가물 떠오르지도 않는 아비의 얼굴을 그려 보려 애썼으나 아무리 노력해도 떠오르지 않았다. 그때 공방문이 열렸고 누군가의 인기척이 들렸다. 화들짝 놀라 고개를 돌리니 강천이 서 있었다. 뜨끔한 마음으로 다급히 예를 갖추며 아뢰었다.

"낭청 어른, 이곳엔 어인 일이십니까?"

채 입을 닫기도 전에 강천의 호통이 쏟아졌다.

"을담의 여식이니 그 재주가 적지는 않을 터! 한데 네가 을담에게 배운 것이 이런 잔재주밖에 없는 것이냐?"

날벼락 같은 강천의 일침에 무어라 대꾸할 정신도 없었으나 다급히 혼란한 맘을 다잡아 물었다.

"무엇이 잔재주란 말씀이옵니까?"

"네 진정 몰라서 묻는 것이냐? 어찌 백토에 도석가루를 섞었단 말이냐!"

"그것이 잘못이란 말씀입니까? 스승님께서 말씀하시길……."

"닥치거라! 행여나 도석가루를 섞어 만든 자기가 가벼운 장점을 가졌다 말하려는 것이냐? 한데 그것은 장점이 아닌 단점이다. 점성이 옅고 강도가 약해 기존의 자기보다 쉬이 깨지고 파편의 수도 더 많으니, 그 어찌 장점이라 할 수 있겠느냐?"

어떠한 변명이라도 꺼내야 했지만 무엇을 어찌 말해야 할지 단 한 마디 변명도 떠오르지 않았다. 그리 머뭇거리니 강천이 더욱 매서운 눈빛으로 쏘아붙였다.

"어리석구나! 편히 차 한 잔 마실 수 없는 차완이라도 아름답기만 하면 된다 말하는 것이냐! 네가 만든 진헌자기들이 한양 도성에서 사용된다면 내 이처럼 노하진 않았을 게다. 하나, 그 자기들은 모두 이 한양을 떠나 명국까지 가야 할 자기들. 수레로 가든, 배로 가든 간에, 돌길 풍랑을 거치며 천 리 길을 가는 동안 죄다 깨지고 말 것이다!"

"……!"

미처 생각지 못한 사실이었다. 아니 정말 몰랐던 것일까, 애써 무시했던 것은 아닐까. 꽉 깨문 아랫입술에 핏물이 새어 나왔고 비릿한 내음이 입안에 번졌으나 그것을 느낄 틈조차 없었다.

"실로 오랜만이구나. 을담 그 친구가 이리도 안되어 보이는 것은……."

순간 울컥 눈물이 솟구쳐 뺨을 타고 흘렀다. 그리 터져 나온 눈물에 강천의 얼굴이 흐려졌다 생각했지만 어찌된 일인지 아무리 눈물을 훔쳐 내도 강천의 얼굴이 보이지 않았다. 어두웠다. 나락에 빠진 제 맘처럼 어두웠다. 그럼에도 그저 눈물을 쏟으며 말했다.

"낭청 어른…… 이 모두 온전히 제 잘못입니다…… 저의 아비를 그리 말씀하지 마십시오……. 저의 아비는…… 누구보다 훌륭한 사기장이셨습니다……."

저리도 눈물을 쏟는 아이를 보면 마음 한구석이 아련할 만도 하겠으나, 강천은 정이의 심중에 남은 희망마저 싸그리 뽑아낼 요량으로 호통쳤다.

"흥! 네 아비를 생각하는 마음이 그리도 가상하다면…… 너는 더 이상 자기를 만들지 말거라. 너 따위가 얕은 재주로 덤빌 수 있는 일이 아니다. 더욱! 그런 눈속임으로 만든 자기는 누구에게도 필요치 않으니, 버려질 바에야 애초에 만들지 않는 것이 더 낫지 않겠느냐. 당장 짐을 싸 분원을 떠나거라! 알겠느냐!"

감당하기 힘든 충격에 정이가 털썩 주저앉았다. 싸늘히 시선을 거둔 강천은 냉랭히 밖으로 사라졌다. 모두가 알량한 재수 하나 믿고 날뛴 제 잘못이니 분하고 원통해선 안 될 일이었으나 하염없는 눈물은 주책없이 쏟아졌다. 냉돌 같은 강천의 목소리가 머릿속에서 소용돌이 쳤고 목이 매여 목소리도 나오지 않았다. 그렇게 울며불며 앉아 있는데 광해의 목소리가 번쩍 떠올랐다. '까딱하다간 소경이 된단 말이다!' 슬그머니 두려움이 찾아들었다. 그러곤 딱 울음을 그치고 눈물을 닦아 냈다. 눈앞에 펼쳐진 것이 그저 암흑 천지라 조심스레 손을 짚어 몸을 일으키는데 사금파리 하나가 손바닥을 파고들었다. 순간 뜨끔하여 옅은 신음을 흘리곤 이내 주저앉아 버렸다. 생살을 뚫는 짜릿한 통증이 전해지자 무언가 불명확했던 것들이 선명해졌다. 애초에 불가능한 일이었다. 계집이 사기장이 된다는 것이. 바위에 부딪쳐 산산이 부서지는 물거품 같은 꿈이었다. 이룰 수 없는, 닿을 수 없는 꿈이리라. 닭똥 같은 눈물이 뚝뚝 떨어졌고 그리 목 메어 울었다. 한데 그 순간에 기대치도 않은 목소리가 들렸다.

"네 뜻대로 그리 쉽게 될 줄 알았더냐."

익숙한 목소리였다. 화들짝 놀란 정이가 저도 모르게 외쳤다.

"스승님!"

문사승이 문 앞에 서 있었다. 바닥에 주저앉아 울고 있는 제자의 절망 어린 슬픔에 가슴이 아팠지만 문사승은 애써 매서운 투로 말했다.

"하여 내 애초에 불가능하다, 꿈도 꾸지 말라 하지 않았느냐!"

"스승님 저는…… 저는 다만……."

"어찌 그리도 어리석은 것이냐. 어찌 늘상 감당하지 못할 일에 나서서 일을 그르치는 게야!"

"스승님…… 눈이…… 눈이 보이지 않습니다……."

"……!"

나오지도 않는 목소리를 쥐어 짜 뱉은 것이었다. 손이라도 잡아 주길, 하다못해 따듯한 말 한마디라도 바랐으나 돌아오는 건 차갑디차가운 냉대였다.

"해서 어쩌라는 것이냐? 지금 네 눈이 보이지 않는 것으로 너의 과실을 덮어 달라 청하는 것이냐? 아니면 네 처지가 그만큼 가여우니 봐 달라는 것이냐?"

강천보다도 더 가혹한 냉대였다. 보이지도 않는 눈을 들어 문사승을 찾았다. 그저 제 앞에 서 있으리라, 목 놓아 외치면 손을 뻗어 안아 줄 것이라 믿었다.

"아닙니다. 아닙니다 스승님, 저는 그저 한 발짝이라도 다가가고 싶었습니다. 이룰 수 없는 꿈에, 이룰 수 없다는 것을 알면서도, 그저 한 걸음이라도 가까이 가보고 싶었을 뿐입니다…… 그저……."

말 끄트머리를 맺지 못했다. 절망에 빠진 지금은 그저 스승의 위로 한마디가 필요할 뿐이라 차마 말하지 못하였다.

"차라리 잘되었구나. 소경이 눈을 뜨는 것보다 네가 사기장이 되는 것이 더욱더 불가하니, 이참에 사기장이 되겠다는 꿈을 포기하면 되겠구나. 하면 적어도 반반한 여인으로 시집은 갈 수 있을 것이다."

여린 정이의 가슴이 폭풍우에 쏠리듯 무너져 내렸다. 어찌 자신에게 그리 말할 수 있느냐 따져 묻고 되도 않는 욕지거리라도 쏟아 내고픈 심정이었다. 저도 모르게 움켜쥔 파편이 여린 손을 핏물로 물들였다. 뚜벅 뚜벅, 멀어지는 문사승의 발자국 소리가 정이의 귓속으로 야속하게 들렸다. 감당하기 힘든 슬픔에 미처 느끼지 못했으나 문사승의 발자국 소리가 제 심장을 밟는 듯했다. 당연한 것이었다. 들으라는 듯, 일부러 큰 소리를 내며 걷고 있었다.

"어리석은 것 같으니…… 결국 앞이 안 보이는 것이냐……."

들리지 않을 혼잣말이 문사승의 입에서 튀어나왔다. 백화의 불꽃 앞에서 시력을 잃었다면 그것으로써 이미 사기장으로서의 자격을 잃은 것이나 다름없었다. 그조차 극복하지 못한다면 여인인 정이가 사기장이 되는 것은 진정 불가능한 일이리라. 그때 뜻밖의 목소리가 들렸다.

"어르신."

태도의 목소리였다. 눈을 번쩍 뜬 정이가 외쳤다.

"오라버니!"

곁눈질로 울먹이는 정이를 지켜 본 문사승이 나직이 말했다.

"저 어리석은 것이 결국 눈이 멀고 말았다. 우선 의원에게 보이거라."

"……!"

마른하늘에서 떨어진 날벼락 같은 충격이었다. 감당하기 힘든 무게에 저리 엎드려 있는 줄 알았는데, 앞이 안 보인단 말인가. 득달같이 달려간 태도가 급히 정이를 품에 안았다.

"정이야! 정이야!"

가슴이 뭉클하고 아팠다. 창자를 쥐어짜는 듯 했다.

"오라버니……."

목메인 정이의 목소리에 뉘를 향하는지 모를 분노가 솟구쳤다.

"가자, 여긴 네가 있을 곳이 아니다. 두 번 다시……."

"오라버니……."

"이곳엔 발을 들이지 말거라."

초롱을 손에 든 궁녀와 내관들의 수가 열 손가락을 가득 채우고도 넘쳤다. 조선 땅에 어둠이 내린 지 두 시진이 넘었지만 지존이 머무는 강녕전 일대는 초롱이며 횃불이며 대낮처럼 물을 맑히고 있었다.

"네놈이 그러고도 일국의 왕자라 할 수 있겠느냐!"

입이 열 개라도 변명 할 수 없었다. 광해가 할 수 있는 거라곤 그저 고개를 조아리는 것뿐, 오직 그 뿐이리라. 기실 아비에 대한 섭섭함과 불신이 없지 않았지만 지금껏 아들이며 신하된 자의 도리를 다하려 뉘보다 애쓴 광해였다. 하니 광해가 진정 두려워하는 이는 선조가 아니었다. 선조 옆에 앉은, 선조의 어깨 뒤에 숨어 비수를 감추고 아양을 떨고 있는 여인, 인빈이었다. 신성군을 치마폭에 감싸 안고 장자 임해와 차남 광해를 잡아먹지 못해 안달이라는 소문이 오래전부터 광해의 귀에 들어온 터였다. 그런 광해를 앞에 두고서도 인빈은 자애로운 미소로 머금고 말했다. 늘 그랬듯이, 거짓 사랑과 거짓 속삭임으로.

"전하, 광해군도 나름 신경을 쓴 것이니…… 너무 나무라지 마시옵소서. 요즘 같은 장마철에 자기 천 점을 구워 내는 것이 어디 쉬운 일이겠습니까."

인빈의 마음이 큰 강과 바다와 같다고 칭송할 모습이었다. 하나 지금 이 순간에 선조도 인빈도 모르는 것이 있었다. 광해의 속내라, 광해의 마음은 강녕전에 묶여 있지 않았다. 이미 보이지도 않는 정이의 곁에 다다라 있었다. 정이가 입게 될 상처가 저어되었고 정이의 말간 눈에 눈물이 맺힐까 염려되었다.

가마에서 내리는 고관대작들의 발걸음과 하루 종일 품팔이를 한 민초의 발걸음엔 다름이 존재하지 않았다. 해가 뜨면 깨어 버릴 꿈이라 해도 어둠이 내린 한양에서 영화관을 찾는 사내들의 발걸음은 세상 무엇보다도 가벼웠다. 그 곳에 최충헌과 이강천이 마주 앉아 있었다.

"아주 꼴이 좋게 됐어. 금상 앞에서 고개를 못 드는 광해군의 모습이라니⋯⋯."

경박하게 입꼬리를 늘어트린 최충헌이 미동 없는 강천을 쏘아보며 물었다.

"그래, 그 아이를 어찌할 셈인가?"

정이를 말함이리라. 고심이 깊은 듯 강천이 침묵하자 이내 최충헌이 말을 이었다.

"이제⋯⋯ 내가 자넬 도울 때가 된 모양일세!"

강천이 의아한 표정으로 물었다.

"무엇을 말입니까?"

"내 벌써 손을 써 두었네. 너무 궁금해 말게. 결과를 보면 자연 알게 될 것이니⋯⋯."

"⋯⋯."

마실 약방까지는 재를 두 번 넘는 십리길이라 눈이 먼 정이를 부축해 가는 것이 여의치 않았다. 헌데 힘겹게 두 번째 재를 넘어서는 즈음 매서운 살기가 바람을 타고 전해졌다. 서릿발마냥 차갑고 날카로운 살기라 등골 뼛속까지 파고드는 듯했다. 저도 모르게 멈춰 선 태도가 바싹 긴장한 낯빛으로 사위를 살폈다. 뒤에서 좌로, 좌에서 다시 앞으로. 뉘일까, 왜인가? 아니, 언젠가 한 번 느껴본 적이 있는 기척이리라. 그 순간 태도 앞으로 섬뜩하리만큼 두려운 자가 성큼 다가섰다. 마퐁이었다.

"너는……!"

빙그레 미소를 머금은 마퐁이 나직이 대꾸했다.

"오랜만이구나."

그리 말하는 마퐁의 살기어린 눈빛이 정이를 향해 있었다. 팽팽히 솟아오른 긴장감을 물린 태도가 조심스레 정이를 옆으로 밀어내자 심상찮은 분위기에 정이가 물었다. 목소리도 조금 떨리었다.

"오라버니…… 누구야?"

멈칫한 태도가 침을 꿀꺽 삼키자 마퐁이 대꾸했다.

"벌써 내 목소릴 잊었느냐?"

갸웃했지만 이내 떠올랐다. 전신을 휘감는 공포에 소스라친 정이가 소리쳤다.

"당신은……! 오, 오라버니!"

순간 마풍의 눈빛이 번득였고 기겁한 정이의 입이 채 떨어지기도 전에 무수한 암기가 날아들었다. 창촐 지간 안색이 돌변한 태도가 급히 정이를 나무 뒤로 밀쳐내고 몸을 뒤집었으나 표창 하나가 어깨에 박히고 말았다. 이를 악물고 표창을 뽑아내자 붉은 선혈이 주룩 흘러 내렸다. 신음 따윈 흘리지 않았다. 툭 떨어 트린 표창이 바닥에 떨어지기도 전에 대호大虎처럼 발톱을 세운 태도의 검이 검광을 뿌리며 마풍을 덮쳤다. 부챗살을 펼친 듯 촘촘한 검세에 도무지 피할 재간이 없어 보였으나 한 치 간격으로 태도의 검을 비켜낸 마풍이 빈틈을 타고 연검軟劍을 흔들며 돌진했다. 연검의 변화가 기기묘묘하여 쉬이 막아낼 수 없었다. 급히 검을 회수한 태도가 잽싸게 일 보 후퇴했으나 독사마냥 몸을 흔들며 들어온 연검이 태도의 손목을 베고 지나간 후였다. 삽시간에 벌어진 일공일방一攻一防이라. 태도의 손등에 긴 혈선이 생겨났고 그제야 잔잔하던 눈빛에 살기가 충천했다. 마풍도 기다려주지 않았다. 태도가 호흡 다듬기도 전 마풍의 검닐이 춤을 추듯 재차 쇄도해왔다. 재빨리 몸을 뉘여 비킨 태도가 간신히 칼날을 피했지만 실로 일촉즉발의 순간이었다. 위기를 모면한 태도가 잽싸게 몸을 비틀어 반격하려는데 뜻 모를 조소를 머금고 있는 마풍의 표정에 멈칫하곤 멈춰 섰다. 어찌하여 웃고 있는가. '아뿔싸!' 두 사람의 위치가 어느새 뒤바뀌어 있었고 그제야 나무 뒤로 몸을 숨긴 정이가 보였다. 그리 생각한 찰나 몸을 날린 마풍이 정이에게 성큼 다가섰다. 덜덜 떨리는 정이의 복에 칼을 들이 밀자 사색이 된 태도의 눈빛이 폭발하듯 요동쳤다.

"멈춰라!"

"흥! 내 이 년의 목숨을 가져가면 그만이니…… 굳이 너와 칼을 맞댈 이유가 없다."

그리고 매서운 칼날을 휘둘렀다. 덜덜 떨던 정이의 여린 입술이 공포에 물들어 소리쳤다.

"오라버니!"

정이의 단말마 외침에 태도의 눈빛이 파르르 떨렸고 순간 시간이 멈춘 듯 잊고 있던 기억이 주마등처럼 스쳐지나갔다.

태어나 보니 집은 대장간이고 아비는 야장이었다. 걸음마를 떼면서부터 모루와 망치를 손에 쥐었지만 성장한 후엔 망치보다는 칼을, 모루 보다는 활 잡는 것을 좋아하였다. 제 뒤를 이어 야장이 되길 원하였던 아비는 태도의 손에서 칼을 뺏고 망치를 쥐어주길 수차례 노력했지만 나이 마흔이 되기도 전에 폐병을 앓다가 죽고 말았다. 날만 어둑해지면 자리를 펴고 앉아 동이 틀 때까지 술을 들이부었으니 마흔을 넘긴 것만도 기적이었다. 그때 태도의 나이가 겨우 열 살이었다. 아비의 고을 지기였던 을담이 제 집에 들어와 함께 살자 했으나 태도는 대장간을 버리지 않았다. 망치를 손에 쥐지도 칼을 만들지도 않았지만 아비가 남긴 유일한 것이리라. 한데 진정 혼자가 되고 보니 부쩍 을담네를 찾는 일이 잦아졌고 유일한 안식처이자 기쁨이 정이였다. "정이라고 부르거라. 친 오라비처럼 잘 돌보아 줘야 한다. 알겠느냐?" 정이의 해맑은 웃음을 보노라면 소슬한 외로움 따위 눈 녹듯 사그라졌고 쉼없이 종알대는 수다를 듣고 있자면 그립던 아비의 얼굴도 연기처럼 사라지곤 했다. 을담과 정이가 태도의 유일한 가족이었다. 태도가 열다섯 되던 해에 을담이 단검을 하나 선물했다. 수일간 만든 옹기를 죄다 내다판 돈으로 사온 제법 쓸 만한 검이었다. 그때 을담이 말했다. "자고로 검이란, 누군가를 해하거나 피를 보기 위해서 써서는 아니 된다. 오직 사랑하는 사람을 위해서, 사람을 살릴 목적으로만 써야 한다. 알겠느냐?" 오직 강하고 빠르게 상대를 제압할 수 있는 검술만이 제 머릿속을 꽉 채우고 있던 터라 그때는 이해하지 못했었다. 번개 같은 태도의 손길이 허리춤에 넣어둔 단검을 뽑아들었다. 을담이 죽던 날 다짐하지 않았던가. "편히 가십시오. 정이는, 반드시 제가 지킬 것입니다." 그 이후로 단 한 번도 태도의 품을 떠난 적이 없던 단검이리라. 태도의 손끝을 떠난 단검이 한 줄기 빛이 되어 마풍의 팔목을 파고들었다. 멈칫한 마풍이 칼을 떨어트리자 득달같이 몸을 날린 태도의 검이 마풍의 목을 찔러 들어갔다. 하나 잽싸게 몸을 굴린 마풍이 땅에 떨어진 칼을 회수한 후 재차 태도와 마주섰다.

"좋은 몸놀림…… 이름이 무엇이냐?"

"태도, 김태도다."

"김태도라…… 그 사이 많이도 컸구나. 실력이."

그러곤 팔목에 박힌 단검을 뽑아냈다. 지옥의 야차라도 되는 냥 옅은 신음조차 흘리지 않았다. 단검에 낭자한 선혈을 소맷자락에 스윽 닦아낸 마풍이 순간 태도의 인중을 향해 단검을 던지고 땅 위로 미끄러지듯 다가가 검을 휘둘렀다. 간신히 단검을 피한 태도가 연이어 들이닥친 마풍의 검을 비켜내자 마풍의 검이 태도의 머리를 훑고 지나갔다. 조금만 더 깊었어도 잘려나간 것은 머리카락이 아니라 목이 됐을 것이다. 서늘해진 간담을 부여잡은 태도의 시선이 일각에 주저앉아 있는 정이를 향했다.

"정이야…… 일어서거라."

주섬주섬 일어선 정이의 눈동자가 공포에 물들어 있었다. 매서운 눈빛을 마풍에게 고정한 태도가 말을 이었다.

"좌우로 나무가 있고 앞으로는 풀숲이니 그대로 뒤로 돌아 달리거라."

"오라버니…… 오라버닌 어떡하구…….."

"네가 있으면 나도 자유로울 수가 없다. 하니 너 먼저 가거라."

무겁고 나직한 음성에 정이가 주저하는 사이 마풍의 검이 날

322

아들었다. 급히 막아선 태도가 외쳤다.

"가거라! 어서!"

화들짝 놀란 정이가 도망쳤고 이내 마풍의 안면이 일그러졌다.

"예나 지금이나…… 저 년은 폐만 끼치는구나."

"해서, 더는 그럴 일이 없도록…… 오늘 이 자리에서 널 죽일
생각이다."

"할 수 있다면…… 그리 하여라!"

독기어린 눈빛이 번득였고 흡사 짐승 같은 포효가 꽉 다문 마
풍의 입술을 빠져나왔다. 살기를 품은 두 개의 검날이 허공에서
부딪쳤고 마치 봄바람을 타는 꽃잎마냥 수십 수백의 검광이 달빛
아래 흩날렸다. 그러길 한순간 칼부림이 멈췄고 거칠었던 호흡도
잦아들었다. 힘겹게 누르고 있던 숨을 토해내자에 아득히도 먼
옛적의 기억이 떠올랐다. 십 수 년 전의 일이리라.

살고 있는 산촌 부락에 역병이 돌았고 관군이 들이닥친 지 만
하루 만에 사람은키녕 생쥐 한 마리 부락을 빠져나가지 못하였
다. 채 열흘도 안 되어 부락인 절반이 역병으로 죽었고 살아남은
이들도 태반이 배를 굶주려 아사한 이가 수두룩했다. 그때 마풍
도 부모와 형, 동생을 모두 여의고 말았다. 굶주림을 참지 못해
풀뿌리를 뜯어 먹고 버티다 기어이 썩어 부패한 인육까지 먹을
수밖에 없었다. 그리 짐승처럼 연명하길 한성부의 판관이 부락에

불을 질렀다. 오로지 살기 위해 그 야밤의 혼란을 틈타 부락을 빠져나가는 중에 관군들에게 발각되고 말았다. 그때 나이가 겨우 열두 살, 한데도 덩치가 어른만 한데다 몸놀림이 워낙 재빨라 관군들 서넛이 달려들어서야 겨우 마풍을 제압할 수 있었다. 역병의 씨앗, 지엄한 국법을 어긴 죄로 즉결참형에 처해졌으나 그때 운명처럼 최충헌을 만났다. 덥수룩한 머리와 수염, 길대로 긴 손톱과 발톱, 마풍은 흡사 짐승과 같았다. 최충헌은 짐승 같은 마풍에게 죽그릇을 내밀었다. 그리고 이리 말했다.

"한 평생 밟히고 쫓기며 짐승처럼 살고 싶으냐? 네 만약 인간이 되고 싶다면 내 너를 도울 수 있음이다."

최충헌은 마풍을 살인병기로 키웠다. 절대적 주종관계, 자신의 지시라면 대왕의 목이라도 베어올 수 있는. 마풍 또한 그리 살았다. 최충헌이 없는 그는 마을이 불길에 휩싸였던 그날에 죽고 없었으니, 죽이라면 죽이고 죽으라면 죽을 것이다. 그 주인이 말했다.

"죽이거라. 그년을 죽여야…… 내가 산다."

하늘로 솟구쳐 오른 마풍의 검이 벼락처럼 방향을 틀어 태도의 심장으로 쇄도했다.

유시가 넘어 어둠이 자욱한 밤이었다. 하루 웬 종일 어수선했던 분위기에 잠이 오지 않아 가벼이 산보를 나온 터에 봉통이 막혀 있는 가마가 보였다.

"어허…… 이 가마는 어찌 입구가 막혀 있는 것인가? 한 점의 자기도 아쉬운 이때에……."

봉통이 막힌 가마를 처음 발견한 이는 파기장 심종수였다. 혀를 끌끌 내 찬 심종수가 급히 사내들이 묵는 숙소를 찾아 공초군 다섯 명을 불러내어 다시 가마 앞에 섰다. 봉통을 열고 자기를 꺼내라 지시하자 우르르 봉통이 부서지며 먼지를 토해냈고 입을 쩍 벌린 가마가 제 속을 보여주었다. 불은 완전히 죽어 있었고 불씨가 꺼진 자리엔 열화의 흔적만 남아 있었다. 소매를 들어 입과 코를 막은 심종수가 희뿌연 먼지 속을 들여다보았다. 이내 화염에 새하얗게 질린 순백색의 자기들이 하나 둘씩 그 모습을 드러냈다.

"모두 몇 점인가?"

잠시 자기를 헤아린 공초군이 답하였다.

"쉰 네 점입니다."

"어차피 진헌자기로는 쓸 수 없는 것들이나…… 우선은 도자고로 옮겨 놓게."

그리 말하고 돌아서는데 무언가가 눈에 밟혀 발길을 멈추었다. 그리곤 천천히 백자사발 하나를 응시하다가 말했다.

"횃불을 좀 가져와 보게."

공초군 하나가 횃불을 들이대자 이내 파기장 심종수의 눈빛이 파르르 떨렸다. 충격을 넘어선 경악어린 눈빛이리라. 어찌 이런 것이 여기에 있단 말인가. 보고도 믿을 수 없는 것이 눈앞에 있었다.

"자색! 자색 자기가 아닌가!"

불신어린 심종수의 눈빛이 사발을 향했다. 실로 신묘한 빛이리라. 백년에 한번 나올까 말까한, 가마신이 내린 사기장만이 구워낼 수 있다는, 바로 그 자색자기였다. 심종수가 다급히 소리쳤다.

"이것을 누가 빚은 것이냐! 이 자색자기를 빚은 사기장이 대체 누구더냐!"

"이것들은 죄다 정이 그년이……."

"뭐라? 유정…… 그 아이가 빚었단 말이냐!"

〈3권에서 계속〉

불의 여신 정이 (2)

1판 1쇄 찍음 2013년 6월 3일
1판 1쇄 펴냄 2013년 6월 10일

지은이 | 권순규
발행인 | 김세희
편집인 | 김준혁
펴낸곳 | 황금가지

출판등록 | 2009. 10. 8 (제2009-000273호)
주소 | 135-887 서울 강남구 신사동 506 강남출판문화센터 5층
전화 | **영업부** 515-2000 **편집부** 3446-8774 **팩시밀리** 515-2007
홈페이지 | www.goldenbough.co.kr

© 권순규, 2013. Printed in Seoul, Korea

ISBN 978-89-6017-561-7 04810 (2권)
ISBN 978-89-6017-559-4 04810 (set)

㈜민음인은 민음사 출판 그룹의 자회사입니다.
황금가지는 ㈜민음인의 픽션 전문 출간 브랜드입니다.